U0090843

古典文學研究輯刊

三十編

第 10 冊

曹植甄后研究（上）

木齋 著

國家圖書館出版品預行編目資料

曹植甄后研究（上）／木齋 著 -- 初版 -- 新北市：花木蘭文化事業有限公司，2024〔民 113〕
序 18+ 目 4+172 面；19×26 公分
（古典文學研究輯刊 三十編；第 10 冊）
ISBN 978-626-344-909-1（精裝）
1.CST：（三國）曹植 2.CST：中國文學 3.CST：文學評論
820.8 113009665

古典文學研究輯刊
三十編 第十冊 ISBN：978-626-344-909-1

曹植甄后研究（上）

作 者 木 齋
總 編 輯 杜潔祥
副總編輯 楊嘉樂
編輯主任 許郁翎
編 輯 潘玟靜、蔡正宣 美術編輯 陳逸婷
出 版 花木蘭文化事業有限公司
發 行 人 高小娟
聯絡地址 235 新北市中和區中安街七二號十三樓
電話：02-2923-1455／傳真：02-2923-1452
網 址 http://www.huamulan.tw 信箱 service@huamulans.com
印 刷 普羅文化出版廣告事業
初 版 2024 年 9 月
定 價 三十編 20 冊（精裝）新台幣 50,000 元

曹植甄后研究（上）

木齋 著

作者簡介

木齋，揚州大學特聘教授。歷任吉林大學文學院教授，博士生導師，世界漢學研究會（澳門註冊）會長，世界漢學書局總編輯，中國蘇軾研究會副會長，中國陶淵明研究會副會長，東北蘇軾研究會會長，中國詞學會常務理事，中國歐陽修研究會常務理事，中國作家協會會員，中央電視臺百家講壇主講人，香港大學榮譽研究員，美國休斯頓大學亞美文化中心高級研究員，新加坡南洋理工大學研究員，加拿大多倫多大學訪問教授，韓國全南大學邀請教授，臺灣中山大學客座教授，重慶大學高等研究院客座教授。

提　　要

本書在學術研究的基礎之上，成功破譯了一向所說的古詩十九首代表的漢魏失去作者姓名的優秀古詩作品，基本都是曹植甄后之間戀情的產物，其中包括十九首本身、《陌上桑》《孔雀東南飛》等優秀的漢魏詩歌作品。在學術界產生轟動性影響，被學者評價為「木齋讓文學史不得不重思重寫」。本書以編年形式，將這些作品編入曹植洛神之戀的悲慘故事之中，讀之令人千載之下為之動容。

序一　我為什麼要撰寫《曹植甄后研究》

關於《古詩十九首》所代表的漢魏古詩的作者、寫作背景等，我從2005年開始發表系列論文數十篇，至2009年歲末，《古詩十九首與建安詩歌研究》在人民文學出版社問世，提出漢魏古詩是曹植甄后戀情所作，此論如同石破天驚，霹雷電閃，在海內外的學界掀起軒然大波。迄今為止，先後有《社會科學研究》《學術與探索》《中國韻文學刊》《江西師範大學學報》《陝西師範大學學報》《山西大學學報》《河北師範大學學報》《黑龍江社會科學》《煙台大學學報》《瓊州學院學報》等十餘家權威刊物開辦專欄討論，海內外數十名學者各自立論，精彩紛呈，一些學者提出「木齋讓文學史不得不重思重寫」（長江學者張法教授語）的論題——似乎關於《古詩十九首》公案的研究，可以告一段落——但問題並不這麼簡單，當下問世的這部《曹植甄后研究》，就說明這一問題的研究，從學術史的視角而言，也許才剛剛開始：不僅僅是由於要想讓學術界全面接受，文學史真正實現改寫，還需要一個漫長的傳播、討論、辯難、質疑、確認的歷程，而且，將當下失去作者姓名的數十首漢魏古詩連同漢魏之際沒有作者姓名的所謂樂府詩的作者和寫作背景研究出來，並能做出大致的編年出來，還需要一段漫長的歲月。

現在，我想回答的首要問題是：拙作《古詩十九首與建安詩歌研究》已經問世，為何還要撰寫這部《曹植甄后研究》？這部新作與舊作之間是否會是重複之作？

促成我寫作完成《曹植甄后研究》的原動力，首先是源源不斷發現的新材料——自從拙作問世之後，不斷有新的史料出現，或確認驗證了此前推斷假設式的論斷，或修正調整了此前的認知。這種新材料的震撼感何止一端？可以說是絡繹奔會，紛至沓來。種種實證、鐵證，就像是萬物皆備於我，為我而設一般。此前的種種疑惑，忽如一夜春風來，千樹萬樹梨花開，千尺冰封，渙然而為一溪春水。讓我應接不暇的新的史料、新的信息，不斷修正我此前的研究和認知，不斷豐富和增添兩者之間戀情進展的細節。可以說，此前出版的拙作和論文，僅僅是為這部《詩傳》所做的奠基和準備，僅僅是全面細緻描述曹植、甄后一生戀情以及和古詩關係的草圖輪廓的粗線條勾勒，僅僅是為能夠結成豐碩果實而播下的一粒種子。

2012年歲末，筆者在擔任臺灣中山大學客座之際，讀到《北堂書鈔》，目睹了白紙黑字寫明《今日良宴會》中的「彈箏奮逸響，新聲妙入神」署名為曹植，這與此前閱讀曹植文集中將其說成為曹植「逸文」的感受截然不同，此為《古詩十九首》為曹植之作鐵證之一。

在臺灣中山大學，筆者還有幸看到了元代無名氏的後漢和西晉的《洛陽宮城圖》。圖中竟然就有「阿閣」作為建築物赫然在洛陽宮城圖中。元代無名氏的《洛陽宮城圖》給我的震撼不僅有阿閣，——此前我的研究，提出：曹植甄后兩人之間戀情突破的媒介物是芙蓉，也稱之為靈芝，芙蓉和靈芝是甄后的象徵物，而西晉的洛陽宮城圖竟然就出現了芙蓉殿和靈芝池！靈芝池是曹丕登基之後在黃初三年修建的，曹植為此寫作了《靈芝篇》，《靈芝篇》此前我是讀到過的，只不過還沒有讀懂曹植靈芝篇中的深意，近日方才讀懂曹植是以隱晦寫法表達了對甄后的思念和對兩人之間戀情的回憶。芙蓉殿卻是此前幾乎沒有史料記載的，第一次從地圖上讀到芙蓉殿竟然就是魏晉洛陽宮城中的宮殿名稱，這怎能不讓我驚訝？但很快也就釋然——歷史原本就是這樣，當我們發現其冰山一角，其餘部分浮出水面，也只在早晚之間的事情，它是必然的。元代地圖所展示的洛陽宮城圖中有阿閣、芙蓉殿等建築物，可謂「古詩」與曹植甄后關係密切鐵證之二。

從臺灣回來之後，我特意去了鄴城遺址去探勘，順便尋找一下甄后墓地所在的村莊。甄后埋葬在鄴城原址的南城郊外，當下的村莊名字叫作——叫作什麼？諸君不妨猜猜，叫作甄后村？不，不對。甄后埋葬的時候，還不是皇后，不是她失寵未封，而是她始終拒絕接受。那麼，至少應該叫作甄妃村吧，此前的建安二十二年十月，曹丕被確立為太子，曹操寫有《立太子令》，甄后是曹丕的原配夫人，總應該受封為太子妃才對，也沒有，歷史就是這麼奇特，這麼多的疑惑等待後人去解讀。甄后原葬之地的村莊，竟然叫作「靈芝村」。在此前近十年之久，我就提出「涉江採芙蓉」為曹植在建安十七年長江邊上所作，靈芝、芙蓉是甄后的代名詞，現在，甄后所葬之村名字就叫作「靈芝村」。此為古詩為曹植甄后戀情之作鐵證之三。

無數的巧合在等候我們，因為，歷史的真相原本就是如此。以後，我又讀到南北朝時期北朝的縣志，知道了鄴城到南北朝北周時代，被改為「靈芝縣」。〔註 1〕在歷史的某一瞬間，鄴城竟然就被更名為靈芝縣，而甄后所葬之所名為靈芝村。由此可知，靈芝、芙蓉就是甄后的象徵，曹植文集中寫作的一個中心語匯就是芙蓉、靈芝，在他的《洛神賦》《芙蓉賦》《九詠賦》等凡是涉及曹植個人自傳性質的佳篇名作中，不難處處看到靈芝和芙蓉的倩影。

以後，再重讀陸機的《擬古詩》，這一次我剛剛讀懂其中的深意，陸機詩中竟然揭櫫了曹植甄后戀情的洞房之地就在阿閣蘭室，而曹植最後竟然就是被鴆毒毒死，此為鐵證之四。

筆者嘗試將這些散落的「古詩」，重新安放到可能會出現的時間空間的交叉點位置上，它們竟然如此的嚴絲合縫，處處顯示出曹植甄后戀情的氣息，其中地名、方位、時間、節氣、人物關係，無一不是嚴絲合縫，就像是為我而設一般。這可否算是鐵證之五？

從《北堂書鈔》的版本記載，十九首中名篇《今日良宴會》為曹植所作，到元代無名氏的洛陽宮城圖，再到陸機的《擬古詩》中與曹植的對話和反思，再到古詩作品與曹植甄后戀情的全方位吻合。這些人證、物證、實證，清晰地披露了曹植和甄后，正是那些失去作者姓名的古詩的背景和主要作者。這些詩作正是因為他們戀的激情而產生、而飛揚，也因為他們戀的亂倫而消亡、而泯滅。

從 2012 年開始產生按照編年來寫曹植甄后戀情歷程，將當下沒有作者姓名的漢魏古詩和文學樂府詩，以編年體形式給予闡釋，嘗試驗證此前的論點是否準確，又是一個五年時光。驗證的結果，其中絕大多數都經得起反覆的驗證，但也對很多的作品歸屬，產生了新的思考，主要是：有些原來我以為是沒有問題的作品的署名，發現問題還很大很多，譬如此前署名曹丕的《燕

〔註 1〕隋書，卷三十志第二十五：鄴（東魏都。後周平齊，置相州。大象初縣隨州徙安陽，此改為靈芝縣。開皇十年又改焉。）

歌行》，此前署名徐幹的《室思詩》，署名班固的五言詩《詠史詩》，署名張衡的《同聲歌》，署名蔡文姬的《悲憤詩》，甚至包括曹植署名的《七哀詩》等，在這一次的反思中，都給予了重新的解讀和闡發，給予了新的定位，此一類的研究，勢必擴大了原來所謂「漢魏古詩」的範疇，認為所謂不知名的古詩作者，不僅僅存在於狹義的「古詩」之中，而且，還存在於已經署名漢魏詩人的作品之中，這是第一類的修正；第二類是修正和確認此前對一些古詩的作者和背景的認識，代表性的作品譬如《青青河畔草》的作者修改，《青青陵上柏》此前徘徊於兩個寫作時間，此次確認了為太和五年歲末曹植到洛陽京城之作，與《箜篌引》均為曹植的晚期作品。

我為此一稿《曹植甄后研究》對此前已享有盛譽的《古詩十九首與建安詩歌研究》有如此之多的修正而感到羞愧，從而深深體會到一位老學者的名言：學者在五十歲之前不要發表論文和著作。如果我能忍耐寂寞，推遲五年最後發表這部《曹植甄后研究》，讓每一個闡發都直接接近歷史的真相，似乎更好。

但我做不到這一點，先不說當下的國家管理的學術機制，幾年不出成果就難以生存，即便是我能做到暫且不發表，後來的研究能否得到當下的成果，卻是不得而知的。真理的探求，總是在荊棘叢生的曲折的小徑上逐漸得到的——事實上，在十多個專欄漫長歲月的討論中，在臺灣中山大學、成功大學、中央大學、臺南大學的演講過程中，在無數次的課堂討論中，我不僅僅是一個新學術思潮的傳播者，更是各種信息、各種思考的接受者、學習者、受益者。其中特別值得提及的，是在臺灣中山大學研究生的選修課中。依稀記得選修課第一課的試講，有八位研究生來試聽我的講課，我興奮地講述了春節前後我新的發現，蘇李詩的問題，由於沒有從頭講起，聽課者中不乏一臉茫然者，課後，果然有三位研究生放棄了選修。正當我為我的不慎懊惱時，又有三位博士生慕名而來。這八位研究生都是喜歡接受新方法論的學子，兵不在多而在精，在課堂上，他們的觀點竟然比我還要激進，給予我極大的啟發。他們的邏輯是：

曹植和甄后的戀情是歷史的著名公案，絕大多數學者都是承認這一戀情關係的，承認戀情關係就不得不承認古詩為他們所做——作為曹植才高八斗的大詩人，不將自己的戀情寫作出來是不可能的，而曹植甄后的戀情是亂倫的，是觸發曹魏皇室的大忌的，以魏明帝曹叡的九五之尊，其中利害，不作案設法刪除曹植文集是不合邏輯的。

曹植甄后既然相戀，在曹魏這個通脫時代能控制在精神愛戀是不可能的。

甚至——這些臺灣的博士生在課堂熱烈討論，兩者之間是否同居？如果同居曹丕會怎樣？曹丕允許麼？如果同居，會從什麼時候開始？是否有孩子？曹植的一個孩子為何名叫金瓠，也就是牽牛星的意思，這不就是紀念和甄后的戀情麼？為何都早夭？是否會是曹丕的謀殺？等等。

可以說，正是這些討論讓我的思想得到了解放。此前，我在解釋兩者之間的關係時候，承認兩者的戀情，但不敢承認兩者的性關係，還是有一個私心在，在道德上為曹植甄后辯護。如果先入為主有了道德的遮蔽，就不能徹底認清這一歷史的真相，反之，換一個新視角再看這段戀情的演變歷程，很多新的材料、新的闡釋就隨之出現了。由此，作為一位學者，肩負著學術史的責任，我不得不動筆重寫這一公案的諸多細節，並按照編年體方式，將古詩十九首代表的漢魏古詩，和曹植集中固有的詩賦打並一體加以研究和整合，由於幾乎每一個過程都有詩作的伴隨，因此，將其命名為《曹植甄后研究》。可以說，到這一本詩傳，才是這一研究的總結和最後果實——寫完這本書之後，關於十九首和曹植甄后戀情關係的研究，就我個人而言，可以宣告完成。

序二　曹甄秘戀千古謎　大破大立說分明——讀木齋新著《曹植甄后研究》

陳怡良〔註1〕

一、植、甄秘戀疑點多，木齋舊作檢視深

曹植、甄后是否秘戀，千年來的疑案，眾說紛紜，不少學者因儘管紛紛提出探討，卻是爭議難解，原因即在多未能全面的檢視各種疑點，而僅在少數的文獻上討論，其分析論點，有偏頗性，有局限性，自是難有說服力。而在眾多的學者中，木齋的研究，應該是較為突出的一位，在其舊作《古詩十九首與建安詩歌研究》中，個人曾在為其大著寫的《序》中，指出木齋論著的要點，是：1.確認五言詩成熟之特徵及成立之要件，破除以往學者之成見。2.釐清所謂的民間樂府詩與五言詩的關係，否定五言詩出自民間的說法。3.古詩十九首的產生時代已經確認，進而多所舉證，分析其中九首之作者即是曹植〔註2〕。

不過儘管木齋運用「以詩證詩」，及「以史證詩」的驗證方法，加以推論與分析，甚至運用「語彙」「語句」的統計法，加以論證，但不可否認，仍有

〔註1〕陳怡良：臺灣嘉義人，臺灣成功大學中文系教授。主要從事魏晉南北朝文學研究。

〔註2〕陳怡良《古詩十九首疑案　破解鎖鑰初啟——讀木齋〈古詩十九首與建安詩歌研究〉有感》，載木齋著《古詩十九首與建安詩歌研究》，人民出版社2009年版，第12～18頁。

諸多疑點與難題，無法解答清楚，以作有力論證，使得木齋大著的論點、結論，反而引起海內外學者更熱烈的討論，到目前為止，可說方興未艾，其勢不可遏。對於曹植、甄后是否秘戀，其實木齋在其舊著各章中，經不斷地研讀各種文獻，雖說問題千頭萬緒，盤根錯節，然而他毫不畏懼，闡幽探微，探索他人不大注意的細微處，終於有了進一步的發現，在其舊著的序文中，個人曾將木齋自曹植現存之作品，及《魏書》《魏略》等史料之相關記載中，發現植、甄二人確有隱情，曾加以歸納，由於事關重要，特不嫌繁瑣，再抄錄如下：

1. 甄后之死，極不合情理。甄后被賜死，據《三國志》本傳載，僅因「郭后、李、陰貴人愛幸而失意，有怨言」，如此，即予賜死，難言合乎情理，因而有學者言「宮省事密，隱奧難窺」，「事涉離奇，讀史者不能不為之推尋也」，可見甄后被賜死，當另有重大內幕。

2. 曹植在黃初二年同樣獲罪。曹植後半生，一直被以罪臣看待，其亦自念有過。黃初二年，受監國謁者灌均希旨，請加治罪，而貶為安鄉侯，清代學者言「子建於黃初二年甄后賜死之曰，即灌均希旨之時」，則其中是否有連帶關係，則或可由此推想而知。

3. 曹植母親卞太后之態度。據王沈《魏書》載，曹植犯法，太后言「不意此兒所作如是」云云，一向最疼愛曹植之太后，也無法原諒他，難道僅因是「醉酒悖慢」之罪而已嗎？而且幾乎每個人，每提到曹植罪行的詔書、話語，都對曹植所犯的罪行具體名目，避而不談，據太后所言的「所作如是」的話，更可確認曹植所犯的罪，當非同小可才對。

4. 木齋以為自曹丕賜死甄后、懲罰曹植之後，天下臣民不免大受震驚，以致隨意猜測的言論，甚囂塵上，逼得曹丕不得不宣告，要以嚴厲的法令，禁止民眾再議論此事。後《三國志．方技傳》又記載，曹丕曾問卦於周宣，並與周宣對話的事，表明了曹丕內心的震怒、不安的心緒，因此藉夢境來問卦，內在因素即在表露曹丕不願讓有關植、甄之事張揚的心情。

5. 曹丕子曹叡，一生均未曾原諒曹植。在曹叡臨死之前，曾下詔整理曹植的文集，表面的理由，是認為曹植雖有過失，但能「克己慎行，以補前闕」，且「自少至終，篇籍不離於手，誠難能也」，真正的原因，應該是將黃初二年後，公卿大臣的彈劾奏章，包括灌均的彈劾奏章，以及涉及甄氏的作品，藉重新編輯文集的機會，予以銷毀剷除，而這些動作，被認為是曹叡臨死之前不得不解決，否則即無法瞑目的心頭大患。

6. 曹植一生除甄氏外，並沒有愛戀過其他女性。曹植是才華橫溢的大詩人，在其作品中，未見有寫給其妻崔氏的詩文，即使是其妻被曹操以衣繡而違制命，還家賜死，曹植亦未有片言提及。自李善注引《記》所記載，言曹植於建安九年，在鄴城，一見甄氏，即「晝思夜想，廢寢與食」，後再無植與其他女性相愛的記載與傳聞。而經木齋探索分析，現存曹植賦作中的《愍志賦》《感婚賦》的寫作背景，應是曹植在曹丕「擅室數歲」之後迎娶甄氏所作〔註3〕。

從以上這些片斷而零散的記敘中，雖是蛛絲馬蹟，卻是隱隱的浮現植、甄秘戀的一些跡象，讓人不得不起疑心，而判定植甄二人，或有其可能發生戀情，絕不像後代某些學者，口口聲聲地以為植、甄二人，是不可能有秘戀一事發生的。當然，直接史料確實欠缺，而無法佐證查驗，如是，直接史料既不可得，那只有仰賴間接史料一途了，而且重要的，是須求其「博」，要鉅細靡遺，本末兼察。梁啟超於《清代學術概論》中，即舉顧炎武（1613～1682）治學的要訣，是「論一事必舉證，尤不以孤證自足，必取之甚博，證備，然後自表其所信」〔註 4〕，旨哉是言。木齋為了辨明曹植、甄氏的隱情問題，不辭艱辛，旁搜廣求，查閱不少相關文獻，經比對辯證，條分縷析，才歸納出上述的幾項疑點，這幾項疑點，也是古今學者較少去留意，也是少去探究的地方，而木齋則是心思縝密地緊緊掌握住上述疑點，以便揭開這千年來，文學史上的一大疑案，其用心良可欽敬！

其實正如學界前輩繆鉞說的治學觀點，是讀書發現疑難問題，最初常常感到迷惘，未必即能解決。不過可不能放棄，而是要持之以恆，尋求破解。於是就需利用已有的知識，以比勘、聯想的方法，去尋找線索，深入追蹤，再多看看資料，多方論證。或許自己最初的假設，可能是對的，也可能是錯的，也可能部分對部分錯的。因之就如剝蕉葉，如解連環，一層一層地深入下去探索，常能發前人之所未發，獲得極大的突破，當然這種探索，是很費心很費工夫的，且解決一個問題，往往需要一個相當長的時間，但一旦獲得

〔註 3〕陳怡良《古詩十九首疑案　破解鎖鑰初啟——讀木齋〈古詩十九首與建安詩歌研究〉有感》，載木齋著《古詩十九首與建安詩歌研究》，人民出版社 2009 年版，第 17～18 頁。

〔註 4〕梁啟超著《清代學術概論》，臺灣商務印書館 1958 年 2 月版，第 21 頁。

解決，卻也是會帶來很大的快樂〔註 5〕。個人以為木齋持志不懈地在探求、在追蹤曹植、甄氏秘戀的疑點，是一如繆鉞的治學心得，絕不灰心，毫無止歇地在追究，其本身既有廣博的知識，又有豐富的聯想，思路靈活，觀察敏銳，在對古詩十九首，以及有關《洛神賦》的創作旨意，與曹植甄后的秘戀情事研究上，宜其有超越他人的成就，所謂「精誠所至，金石為開」，這二句名言，真可在木齋的研究成果上，得到驗證。

二、《曹植甄后研究》編年新，植、甄戀情更確認

自木齋舊著《古詩十九首與建安詩歌研究》一書問世後，學術界風風火火地掀起波瀾，爭相討論了一段期間，而今木齋又推出新著《曹植甄后研究》，以編年體詩傳形式，對曹植與甄后的戀情關係，再作一次詳盡整理闡發。這種以編年詩傳形式的撰述，別出心裁，令人耳目一新。他為何還要寫這部《曹植甄后研究》？這部新著與舊著之間，是否會是重複之作？依木齋本人的答覆，是其能完成《曹植甄后研究》的原動力，是由于源源不斷地發現新材料，這些新材料，有者驗證以前推斷假設式的論斷，有者是修正調整了以前的認知。這些新材料紛至沓來，讓他應接不暇，重要的是這些發現的新史料、新的信息，不斷地能修正他以前的研究與認知，也不斷地豐富與增添曹植、甄后，兩者之間戀情進展的細節。這些新材料，讓木齋如獲至寶，他自己說，以前出版的著作與論文，僅僅是這部《傳》所做的奠基與準備，僅僅是要全面細緻描述曹植、甄后一生戀情，以及和古詩關係的草圖輪廓之粗線條勾勒而已。可想而知，由於他發現不少新的材料、新的信息，促使他更堅定信念，來完成這部以嶄新的編年形式寫作的《傳》。

到底木齋所發現的材料是哪些？個人在此依其原稿，約略條列如下：

1.《北堂書鈔》中，《今日良宴會》中的「彈箏奮逸響，新聲妙入神」，署名為曹植，此與前閱讀曹植文集中，將其說成為曹植的「逸文」，感受截然不同，此為《古詩十九首》為曹植之作鐵證之一。

2. 元代無名氏的後漢和西晉的《洛陽宮城圖》。圖中即有「阿閣」之建築物。而植、甄戀情突破的媒介物是芙蓉，也稱之為靈芝，而此二者均為甄后的象徵物，而西晉的《洛陽宮城圖》，上面就出現了芙蓉殿與靈芝池。曹植曾寫

〔註 5〕繆鉞《治學瑣言》，載夏承燾、繆鉞等著《與青年朋友談治學》（原北京中華書局 1983 年 3 月版），臺北：國文天地雜誌社 1989 年 1 月版，第 140 頁。

作《靈芝篇》，由此體悟到曹植是以避諱寫法，表達其對甄后的思念，及對兩人之間戀情的回憶。元代地圖所展示的洛陽宮城圖，其中有「阿閣」「芙蓉殿」等建築物，則為古詩與曹植、甄后關係密切鐵證之二。

3. 曾親自去鄴城遺址探勘，甄后是埋葬在鄴城原址之南城郊外，而所葬之村名即叫「靈芝村」，此為古詩為曹植、甄后戀情之作鐵證之三。

4. 翻閱南北朝時期北朝的縣志，知道鄴城在南北朝北周時代，被改為「靈芝縣」，而甄后埋葬之處，名為「靈芝村」。而靈芝、芙蓉就是甄后的象徵，曹植文集中的一個中心語匯，就是芙蓉、靈芝。在他的《洛神賦》《芙蓉賦》《九詠賦》等，凡是涉及曹植個人自傳性質的名篇中，不難處處可以看到靈芝、芙蓉的倩影。此為鐵證之四。另重讀陸機的《擬古詩》，發現詩中竟然揭示曹植、甄后戀情的洞房之地，就在阿閣「蘭室」，而曹植最後也就為此被鴆毒毒死，這一點可補強鐵證之四。

5. 木齋認為將這些散落的「古詩」，重新安放到可能出現的時、空交叉點上，居然是嚴絲合縫，顯示出曹植、甄后的戀情，其中地名、方位、時間、節氣、人物關係上，無一不是密密相合，如此，或可將其列為鐵證之五。

以木齋的敏而好學，深思熟慮，無論身處何地，均能乘機尋覓相關研究文獻，以補強、修正新著中的觀點。宋・陸游（1125～1210）有詩句：「獨有耽書癖，猶同總角年」（《浮生》），可作為他奮勵的生動寫照，就在他客座臺灣中山大學時，能讀到唐・虞世南（588～638）編著《北堂書鈔》這種類書，又找到元代無名氏編的方志書《河南志》，上面錄有後漢與西晉的《洛陽宮城圖》，甚至還去到甄后埋葬的村莊「靈芝村」，去做田野調查。後再讀到《隋書》「志」第十五，查出「鄴」曾在南北朝北周時代，更改為「靈芝縣」，得以印證曹植文集中，一個中心語匯即是芙蓉、靈芝，宜其經常出現在《洛神賦》《芙蓉賦》《九詠賦》中，以上幾種文獻、史料，都被木齋判為曹植、甄后，確有戀情的鐵證，也證明放開胸量，博觀約取的重要，而這種做學問的理念與方式，也符合科學的意識與研究方法。

經過木齋在文獻資料的廣賓博取，拾遺補漏，讓他採取編年的形式，來寫作這部可能會震撼學界的《曹植甄后研究》，主要是延續他前面舊著的脈絡，將古詩十九首代表的漢魏古詩，和曹植文集中固有的詩賦，整合成一體，加以解析、判讀，幾乎每一過程，都有詩作的伴隨，有如在讀曹植、甄后二人的戀情詩史。新穎獨創，在舊有的文獻資料引導下，不斷提出新資料，新問題，卻也能提出新見解，核實新資料，解決新問題，證明新見解，處處有交待，句句說清楚，也不迴避問題。更重要的是雖分進合擊，卻也能找出規律，前後一貫，讓曹植與甄后一段可歌可泣，感人肺腑的戀情，能大白於文學史，而使千年來的疑案，一掃陰霾，展現曙光！

曹植聰明穎異，早熟早慧，「年十歲餘，誦讀詩論及辭賦數十萬言」〔註6〕，而且從小打下寫作基礎，他在《與楊德祖書》中說：「僕少小好為文章，迄至於今，二十有五年矣」。而甄后外貌是「姿貌絕倫」(《三國志・魏書・后妃傳》引西晉・王沈《魏書》後按語)，也是漢魏之際，唯一一位女詩人，更是唯一女詩人兼擅長音樂彈唱者，讓一個十三歲的少年，「晝思夜想，廢寢與食」(李善注《文選・〈洛神賦〉》引《記》語)，兩人彼此互有吸引的條件，一個是才華橫溢，貴為王侯；一位是才貌雙絕，秀外慧中。誠如木齋在《詩傳》中的說法，是「曹子建的才華，從而俘獲了甄氏的芳心」，「一旦獲得一次偶然的邂逅，乾柴烈火，熊熊而燃」，就會「不顧一切生死，或說是生死置之度外的沖決，也是情理之中的事情」。不過他們這一對不倫之戀，最後人生的歸宿是「一個被賜死，一個被放逐，最後也被變相賜死，他們都為了這份愛，而獻出了寶貴的生命」。木齋以為他們的戀情，如果不研究出來，和公示出來，「則無以解決失去作者姓名的古詩的本事，就不能破譯古詩這一千古之謎，更不能闡發漢魏之際詩歌史真正的歷程」。木齋懷抱的使命感，有其高遠而神聖的意義在，探究學術，本身就是在追求真理，揭示真相，它就是透過提出問題，並以企圖解決問題的方式，表現出一種尋根究底的考據精神。

運用科學的精神與方法來做學問，才是順乎世界潮流的一種進步理念，而做學問的態度，就是要遵守幾個原則，如有學者主張的，是「重觀察，重實證，不能憑空懸想，滿足於一知半解」「重分析，要實事求是」「重精審、要切磋、不墨守成規，不蔽於自見」「重條理，避免駁雜」〔註7〕等。當然正如前節提及的，由於並無直接史料證明曹植、甄后確有秘戀情事，於是運用間接史料，則勢不可免。木齋依循張可禮編著的《三曹年譜》，一則依照曹植的年譜，排列，並以適合的文字標題，一則如前節已提及，另將古詩十九首

〔註6〕晉・陳壽撰，宋・裴松之注，明・盧弼集解，清・錢大昕考異《三國志集解》《魏書》:《陳思王傳》，新文豐出版公司 1975 年 3 月版，第 488 頁。

〔註7〕周祖譔《談治學的方法》，載夏承燾、繆鉞等著《與青年朋友談治學》，臺北：國文天地雜誌社 1989 年 1 月版，第 41 頁。

代表的漢魏古詩（如有署名枚乘八首、蘇李詩二十餘首、班婕妤一首、班固一首、蔡琰一首等），與曹植集中固有的詩賦，打並一體加以研究整合，使曹植生平的每一個過程，都有詩作的伴隨，重要的是這些數據的解析與驗證，如屬漢樂府古辭的《古歌》：「上金殿，著玉樽。延貴客，入金門。入金門，上金堂。東廚具肴膳，椎牛烹豬羊。主人前進酒，彈瑟為清商。投壺對彈棋，博弈並復行。朱火颺煙霧，博山吐微香。清樽發朱顏，四坐樂且康。今日樂相樂，延年壽千霜。」

木齋判定這一首，該是甄后第一首詩作。理由是：五言詩體式尚不夠純熟，三言與五言並用。其中「東廚」以下幾句，對比曹植《箜篌引》：「置酒高殿上」以下幾句，兩者之間何等相似，再針對《古歌》中的詞彙「彈棋」，則屬曹丕喜愛的遊戲活動，其另有《彈棋賦》，可見喜愛彈棋者，此時此地，也非曹丕莫屬。而另一首，原《玉臺新詠》卷一，署題《古詩八首》之五：「四座且莫喧，願聽歌一言」以下十四句，木齋亦自其中詩句，如鍾鼎上之雕文，分析此乃上層貴族的酒宴。再自首二句判定，知歌唱者即是創作者，且應該是即席歌唱，現編現唱，再對比前一首《古歌》詩句，分析歌唱者為女性，且是具有才華的女詩人，衡之漢魏，有此天賦、才藝、擅長音樂彈唱者，且此詩顯示的從容大氣，則分析此詩理應歸於甄后名下。另《古詩八首》之五原詩中，有「從風入君懷」，正與《怨詩行》中的「願作東北風，吹我入君懷」，《七哀詩》中的「願為西南風」云云，筆法相同，而後兩者，木齋再判定是為甄后曹植之作。而前舉出的甄后早期之作年代，初定為建安十六年、十七年之作。以上是木齋運用「以詩證詩」的方法，分析作者為何人的例證之一。

此外，最早載於《玉臺新詠》，列為《古詩八首》之一，原被視為兩漢樂府民歌的代表作之一《上山採蘼蕪》，木齋亦判為甄后之作。建安十八年歲末，曹丕與甄后離居，不久，曹丕即迎娶年長自己三歲的郭女王。木齋分析，在翌年春夏之際，甄后上山採蘼蕪，下山時，遇到了故夫曹丕，遂創作了這首著名的詩篇。所以判定此首詩為甄后所作，理由是：1.此詩見於《藝文類聚》三十二，列於《閨情》《青青河畔草》篇後，而《樂府詩集》未見收入，逯欽立輯校的《先秦漢魏晉南北朝詩》列為《古詩五首》其一，而將其視為是樂府者，是《合璧事類》卷二十八，作「古樂府」。因此分析，此詩並非樂府詩，漢魏宮廷未演奏過此詩，將其說是樂府民歌，毫無根據。2.考辨「蘼蕪」這種香草，傳說利於女子懷孕，據《藝文類聚》引《廣志》曰：「蘼蕪，香草，魏武帝以藏衣中」，以其有利女子懷孕，可更多繁衍子孫，魏武帝「以藏衣中」，頗為有趣。此詩與甄后、曹丕相關，重要物品「蘼蕪」，分明記載了與魏武帝曹操有關，此處唯一提及曹操，是否巧合？而此詩女主人公是離異者，為何還要「上山採蘼蕪」，還要企盼利於懷孕？3.為何要「長跪問故夫」，禮不下庶人，此為人所知，長跪，是何等尊嚴的禮節？4.詩句提到「門」「閤」，「閤」有兩意，一是大門旁的小門，二是宮中的小門。（參見《漢典》：「漢宮中謂之禁中。謂宮中門閤有禁」）合（同閤）、闥等，均非民間所有。魏晉之際，閤闥之屬，均為宮廷之專有建築名稱，與民間建築無關，則此詩所寫的「故夫」，其身份地位之尊崇可知。此詩排除民間販夫走卒之作，而自有名有姓的漢詩人中遴選，吻合者則非甄氏莫屬。又此詩，木齋判為建安十八、九年左右之作。

再者詩中人物熟悉織績，有人以此作為民間作品的標誌。據木齋考辨，以為其實宮中有織績，東漢開國皇帝馬皇后，即在宮中設有專門的織室，乃見於元代《河南志》所附的《後漢東都城圖》，在圖中西側有「濯龍園」中，有「馬皇后織室」字樣，又見於《東觀漢記》卷六《明德馬皇后》：「太后置織室蠶室濯龍中」，到曹魏政權，后妃織績，乃是尋常，而織績其實也是甄后喜愛的業餘生活之一，因之在古詩中和曹植詩中，即有許多「織婦」之類的記載。

除此之外，尚有多首，亦被木齋判為甄后的作品，如鼎鼎有名的《江南可採蓮》，以為是甄后在建安十七年冬十月，曹植跟隨曹操大軍南征孫權時，甄后思念曹植之作，時間、背景，應為《涉江採芙蓉》，以及曹植《離友詩》其二的延續和對話。經過文字的解讀，以及對字彙「蓮」的辨析，加上引《爾雅・釋草》：「荷芙蕖，其實蓮」的釋義論證，得以確認，此詩當為甄后之作。其他如署名宋子侯的《董嬌嬈》，署名張衡的《同聲歌》，《古詩》中的《步出城東門》，蘇李詩的《良時不再至》《燭燭晨明月》《結髮為夫妻》《晨風鳴北林》，《古詩十九首》中的《孟冬寒氣至》《冉冉孤生竹》《迢迢牽牛星》《明月皎夜光》《凜凜歲云暮》等作品，經過木齋的解析、辯證，皆認為是甄后之作，也都是出於曹叡刪除曹植文集情愛之作的作案手段。

而《古詩十九首》中的《今日良宴會》，趙幼文《曹植集校注・附錄一・逸文》中摘引原文兩句：「彈箏奮逸響，新聲妙入神」，並《詮評》說：「《書抄》引為植作，當別有所據。姑附錄以廣異聞」，木齋研讀《曹植集校注》，頗見細心，且由此受到感發，以為此詩，其實是曹植所作。他另引繆鉞說：「『彈箏奮逸響，新聲妙入神』二句，在《古詩十九首》《今日良宴會》篇中，《北堂書鈔．樂部．箏》中引為曹植作，當別有所據，故《古詩》中是否雜有曹植之作，雖難一一確考，然就上引兩事觀之，可見昔人視曹植詩與《古詩》極近似，蓋二（指曹植與《十九首》作者）撰作之途徑與態度相同也」〔註8〕，木齋再引胡懷琛的看法，是：《古詩十九首》為「子建、仲宣作，不肯自承，所以他人不知」〔註9〕；又說，但學術界已經先入為主，接受了東漢無名氏所作之說，出現了這樣重大的資料，卻未受到應有的重視。後來木齋再進一步求證，發現《北堂書鈔》原作，在「箏部」條下，明白寫道：「奮逸響『曹植詩云彈箏奮逸響新聲好入神○今案陳俞本好作妙』，揚大雅之哀吟『曹植思人賦云□秦箏之慷慨揚□雅之哀吟○今按陳本百三家本陳思王集思人作幽思秦箏之作素筆而餘同』」〔註10〕，如此，則《北堂書鈔》記載的《十九首》《今日良宴會》，其中的「曹植詩云：彈箏奮逸響，新聲好入神」，又與同書同頁所載的「曹植《箜篌引》云：秦箏何慷慨，齊瑟且和柔」，有何不同？故木齋乃如此判定，說若無《十九首》等詩作的遺失，又有誰會懷疑「曹植詩云：彈箏奮逸響，新聲好入神」這一記載呢？故綜合各方面情況來看，此「逸文」並非「逸文」，而確實是曹植所作，否則不會有這麼多方面的一致性。最後木齋鍥而不捨地再查證，是《北堂書鈔》，類書之作，始於三國魏文帝令劉劭、王象等人編纂的《皇覽》，是最為接近曹魏時期的大型類書，因而這也該列為鐵證之一。

其他諸如《古詩十九首》《涉江採芙蓉》，木齋則錄曹植《離友》詩相比對，經過文句解析，確認這首《涉江採芙蓉》，應是曹植在建安十七年十月之際，寫作於長江邊上的思念甄氏之作。蘇李詩中的《雙凫俱北飛》，判定為曹植回覆甄后詩作之一。也是蘇李詩中的《爍爍三星列》，則判為曹操死後同年之秋，曹植在鄄城之作。古詩《蘭若生春陽》，則認定為曹植在黃初二年早春作，標誌了曹植的轉折。

又另有著名的敘事詩《孔雀東南飛》，至少有兩種版本，木齋認為是曹植與甄后在不同時期，不同作品，是兩個不同的原型。第一個版本極短，僅有二十四句，載於《藝文類聚》，判定為曹植或是甄后在建安時期所作，其原型寫

〔註 8〕繆鉞著《繆鉞全集．曹植與五言詩體》，河北教育出版社 2004 年版，第 31 頁。
〔註 9〕胡懷琛《古詩十九首志疑》，載《學術世界》1935 年第四期。
〔註10〕木齋文稿，引虞世南著《北堂書鈔》，臺北文海出版社，1978 年版。

的應是廬江太守劉勳休妻的故事。第二個版本，也就是首見於《玉臺新詠》的敘事長詩，是在第一個版本基礎之上修改加工完善而成的，其寫作時間，應該是黃初六年，曹丕「幸植宮」前後，曹植為曹丕御駕臨幸所準備的音樂歌舞節目。曹植在原先近似於娛樂性的劉勳休妻故事原型基礎之上，融入甄氏與他自己的悲劇戀情故事，而寫出來這首流傳千古的長篇敘事長詩。木齋將此詩之二種版本比較，其差異性甚大。經過木齋對原文字句的解讀，以及對某些字詞意義的辯證，最後木齋認定此詩是在東吳的黃武五年，也就是曹魏的黃初七年，曹植完成了這篇作品。

《孔雀東南飛》的作者，木齋分析判定為曹植，雖說在原文字句上，木齋剖析入微，還參閱曹植自己的詩作，互相對比，又或引錄其他文獻，如陸侃如於 1925 年發表的《〈孔雀東南飛〉考證》、唐人段成式《酉陽雜俎．禮異》《三國會要》引《通典》的記載，以解釋「青廬」的意涵，不過由於此詩屢經後人潤色，加之《文選》不錄，《文心雕龍》《詩品》均未提及，詩句偶染六朝風格，情節亦不無增飾，且在時代背景，以及其中的字句，與習俗方面，可能爭議紛起，是否為無名氏或曹植，又或他人所創作，一定會引起學界強烈的質疑。

至若另一首署名曹丕著述的《燕歌行》，一向被視為七言詩成立的代表，藝術價值甚高。清．程琰評此詩云：「七言古前罕有，自此始暢。比四愁風度更長。然每句押韻，卻是柏梁體。而格調仍是樂府，與唐人歌行固然不同，此魏文興到之筆也」（程琰刪補本《玉臺新詠》卷九，收入《四部備要》）。清．沈德潛亦云：「和柔巽順之意，讀之油然相感，節奏之妙，不可思議」（《古詩源》卷五）〔註 11〕。曹丕的時代，五言騰踊，這一種七言新體，竟遭忽視。兩晉詩人，也是罕見製作的，至南朝鮑照，才繼起推展。今木齋逐句解析後，認定此詩應為甄后之作。並以為這也是在魏明帝時期，曹植詩作被下詔重新撰錄，造成其中敏感之作溢出，其中大部分被安放到漢魏時期，不同詩人的名下，如蘇武、李陵、枚乘、張衡、傅毅等人身上，同樣也可以編造到曹丕甚至曹叡的名下云云。

個人以為木齋將古詩十九首，或某些著名的古詩，如「孔雀東南飛」「燕歌行」的作者，來一個大顛覆，大翻案，必然會引發學界的大地震，對這些相關問題有興趣研究的學者們，可能會提出許多的疑點問難，經過不斷地質疑、爭辯、討論，當是無可避免，不過問題一經提出，學界會有所反應，也是很自然的事，而這對於學界而言，無寧是一件好事，因古有名訓，「小疑則小進，

〔註 11〕葉慶炳著《中國文學史》上冊，臺灣學生書局 1982 年 8 月版，第 102 頁引錄。

大疑則大進，不疑則不進」，疑問原就是進步的動力，不是嗎？

有關曹植、甄后戀情的緋聞，木齋認為曹魏之後，一直是口耳相傳的，在阮籍的《詠懷詩》中，可以看出這些所謂古詩，以及曹植、甄后戀情對他的詩作的影響。由於所有的詩人，對此皆保持沉默。在內容上引用，在名稱上卻稱為「古詩」，以為這即是由於中國這種儒家傳統為尊者諱的必然結果。為曹丕、曹植、曹叡、甄后這一曹魏帝王家族隱諱，為曹植這一偉大詩人隱諱。木齋經多年來的廣搜資料，思深慮微，投入於植、甄秘戀千古疑案的揭秘探究，終於有了答案出來，那就是確認曹植、甄后，確有一段纏綿悱惻，生死與共的秘戀。

三、結論

木齋新著《曹植甄后研究》，可說是樹立起曹植研究史的新里程碑，其秉持熱愛學術研究的赤誠，不辭艱難，不計毀譽，揭示文學史上曹植、甄后戀情的千古疑案，闡幽探賾，嘔心瀝血，如老吏斷獄，或以詩證詩，或以史證詩，更運用文史相參的驗證法，以方志，或地圖，加以印證詩人作品的關鍵字、詞，而得到一個較圓滿的解答，可說得來不易。其無怨無悔、殫精竭慮的付出，讓人深深感動！姑不論其研究結論，是否能獲得學界的認同與肯定，單論其投注的心血與時間，已足以讓學界刮目相看。

學術研究，貴在獨創，顧炎武於《日知錄》說：「必古人所未及就，後世之所不可無，而後為之」〔註12〕，木齋的研究，甚具開發與創造性，頗符合顧氏名言的要義。流傳千餘年的植、甄秘戀疑案，深信只要有心、有熱情，執著不息探討，雖無直接史料予以驗證，但可運用所能搜集到的間接史料，參照比對，解析判讀，予以精審識斷，應該還是可據以斷案的。清·惲敬（1757～1817）曾說：「夫古人之事往矣，其流傳記載，百不得一，在讀書者委蛇以入之，綜前後異同以處之，蓋未有無間隙可尋討者」（《大雲山房文稿二集》卷二《陶靖節集書後》），言之誠是。清·閻若璩（1634～1704）也提過：「古人之事，應無不可考者，縱無正文，亦隱在書縫中，要須細心人一搜出耳。」（《潛邱札記》卷二）〔註13〕。古人治學的良好經驗與方法，真的可給我們後人啟示與學習，

〔註12〕顧炎武《日知錄》，載梁啟超著《清代學術概論》，臺灣商務印書館 1985 年 2 月版，第 20 頁。

〔註13〕按：以上惲敬、閻若璩二氏語，載夏承燾、繆鉞等著《與青年朋友談治學》，繆鉞著《治學瑣言》，臺北：國文天地雜誌社 1989 年 1 月版，第 140 頁。

對於曹植、甄后是否有秘戀一事，文獻方面，本極為貧乏，不過木齋能當個「細心人」，把搜集的資料，「綜前後異同以處之」，終於有了成果面世，所謂「學無止境」「學海無涯」，植、甄秘戀的探討，當不是至此結束、終止，切盼未來應該有更熱烈的討論空間，有更深入精闢的見解，個人拭目以待。是為序。

目次

上冊

緒論　曹操對文學中國的奠基

一、概說：曹操是文學中國的奠基人

文學中國界說：文學是中國文化——哲學及思想史的主要表達方式；直覺與審美是華夏文化的本質特徵；中國哲學的儒道釋三家都不能成為華夏民族的本質文化特徵，重回文學中國不僅僅是華夏民族之所急需，而且應該成為指引人類未來走向的世界哲學；文學中國源流史的發展歷程，展示了傳統的中國哲學史和中國思想史不同視域下的華夏傳統文化的本質特徵。

文學是華夏傳統文化的本質特徵：正如我們可以稱希臘而為哲學希臘——儘管希臘也有從荷馬史詩開始的詩歌和文學，中國也同樣有儒道釋三家作為主體的哲學，從而構成狹義的中國哲學史，並可以進一步擴展而為中國思想史，但狹義的哲學和思想，卻並非華夏文化的本質特徵，這一點，正與西方文化是理性的、抽象的、科學的，而華夏傳統文化卻是感性的、具象的、審美的同體同源。所謂同體同源，是由於兩者互為因果，互為源流。華夏文化的感性的、具象的、審美的民族文化特徵，正是產生文學中國的源遠流長的歷史大背景，同時，文學而非哲學和思辨反過來也深刻影響了華夏民族文化本質特徵的凝定和強化。

文學是中國歷史演變的主要文化載體：在華夏文化漫長歲月的演變中，狹義的哲學、哲人、思想家出現的時代，可謂是文學中國浩瀚星河中寥落的晨星，他們似乎僅僅是華夏民族經歷的某一些特殊的歷史時刻出現，譬如春秋戰國時代的諸子百家，奠定了華夏文化的哲學史和思想史基礎，漢武帝時代的董仲舒、東漢開始的佛教傳入等。

到了唐宋時代中國已經成為詩的國度，在很長的歲月裏，哲學和思想雖然並未缺席，但作為狹義的哲學家和思想家卻是缺席的，盛唐三大詩人杜甫、李白、王維，都是在用詩的語言闡述各自的哲學和思想，但這並非指的是他們在用文學闡述哲學，王維詩作中有不少直接闡述佛教教義的作品，反而由於不成功而被後來的讀者所忽視。他們不僅僅是以文學的直接、具象和審美來闡述含蓄蘊藉其中的哲理思辨，而且，其人生的行跡本身就成為了儒道釋的行為藝術哲學。

文學中國展示的源流歷史，是對狹義的哲學和思想史的不斷修正和補充，是更為本質的、準確的華夏文化哲學和思想的表達。儒道釋三家哲學思想，各自有其偉大之處，但也都各自有其局限之處，這些局限之處，在後來的發展演變中，與中央集權的皇權統治思想相互吻合，甚至發展而為扼殺思想的思想，扼殺哲學的哲學，而在由士人漸次轉型而為詩人，而為士大夫群體覺醒的歷史進程中，優秀的文學汲取的是儒釋道三家哲學中的優秀的思想，並不斷校正、修正和發展、突破原本的教義，也同時不斷突破在哲學家和思想家內部演變的新的哲學所形成的新的思想牢籠，譬如在宋元明清時代的程朱理學、王陽明心學等存天理滅人慾的學說，而以文學的具象和審美，展示出來具有革命性的、顛覆性的新的哲學思想，譬如《牡丹亭》《金瓶梅》《紅樓夢》所內涵的新型的人本主義思想。

與西方的由古希臘哲學——如蘇格拉底、柏拉圖、亞里士多德，並經歷亞當斯密、盧梭、伏爾泰等哲學大師的哲學思考來設計、改造，從而形成啟蒙運動、法國大革命、文藝復興的一系列的思想革命、文化革命、社會革命，從而產生這一大背景下的文學演變史不同，文學中國的本質演變線索在於文學在扮演著思想的探索者的使命。狹義的哲學和思想，往往是文學演變里程碑的總結。

先秦諸子百家的哲學思想，是前諸子百家時代的思想總結，孔子的儒家思想是周公制禮作樂和詩經、尚書代表的兩周詩書文化的思想總結，老子一方面也同樣是詩書禮樂易春秋的另一個側面的總結，同時，也是對儒家思想偏頗的對立互補。明清時代的理學演變，乃至李贄代表的反儒家思想，一方面是道學日益走向反動的必然反撥，另一方面，也是明末由戲曲、小說等湧現的強烈的人文主義個性解放思潮的必然結果。

但即便是明末思想家出現了前所未有的思想史突破，更為豐富的、更為深邃的新思想的表達，卻是由湯顯祖的《牡丹亭》、李贄的《金瓶梅》和脂硯齋的《重評石頭記》所來實現。形象大於思想，對於整體華夏文化的影響和傳播接受，也是通過文學藝術以審美的方式完成。

文學中國源流史，是筆者的另外一部等待修改出版的大書稿，而曹操——正是這一源流史的奠基人。之所以如此說，先秦兩漢的時代，還是經術時代，而非文學時代。曹操可謂是中國詩歌真正意義上的開端。

過去有一個說法，曹操開創的建安詩歌，是中國詩歌史的第三次高潮，還有一個著名的說法，建安文學是中國文學的自覺時代。傳統的這些說法到底是對還是不對？若說是不夠準情，為何會有這樣的提法？所謂三次高潮，指的是先秦兩漢以來，詩、騷、建安五言詩。但既然是三次高潮，則建安時代是文學自覺的時代，就不是準確的命題，因此，也有學者提出這是一個偽命題，詩經楚辭漢賦，都是文學自覺的產物。如此，則三次高潮說和建安文學自覺之說，只能有一種說法是正確的。

欲要辨析曹魏建安文學的開闢性地位，首先，需要對中國詩歌以及中國文學的起源發生歷程，具有清晰而深邃的認識：

1. 詩三百之前無詩。當下中國文學史的兩大說法：起源於神話或起源於上古的歌謠，這些都是漢魏後人對於上古時代慷慨的想像和浪漫的追憶，中國文學的起源，發端於殷商甲骨文文字。

2. 詩三百是周公制禮作樂的產物，殷商時代，國之大事，唯祀與戎，是一個除了戰爭就是祭祀鬼神的時代，對鬼神的崇拜遮蔽了文明的進程，只能產生與之共生的甲骨文字，而不能產生表達更為豐富內容的竹簡文字和竹簡文化，當然也就無法產生詩歌與文學。王國維《殷商制度論》開篇即言：「中國政治與文化之變革，莫劇於殷周之際。」指出了殷周之際，周公禮樂制度，是一個全新的儒家政治體制。體制的急劇變革，向儒家教育提出需求，儒家人倫教育向文學、文字、文章、文化提出需求，禮使人明辨尊卑等級，樂使人相互親和，禮樂向樂歌提出需求，於是，中國詩歌就從禮樂制度的這種儒家政治需求中應運而生。

3. 風雅頌的產生次序，實則為周頌、大雅、小雅、國風，《周頌》中的《清廟之什》，就是中國最早的一組詩歌，清晰顯示了中國詩歌是從祭祀先祖的散文中來，尚未有詩歌的韻律、節奏、樂章等，顯示了中國詩歌從儒家禮樂體制而來，從祭祀樂歌而來。這就先天地決定了中國詩歌對於儒家政治的依附性，因此，也就不能說是文學的自覺。

4. 正因為詩三百的性質是儒家的經典而非曹魏文學自覺之後的詩歌，因此，詩經的本質是儒家思想的載體，是記載歷史的文字形式，大雅主要是記載前代歷史的頌歌，小雅轉型而為記載當下歷史，國風主要記載諸侯的當下歷史。詩三百作者的話語權，也由此經歷了由周公代表的王寫作，漸次下移到小雅宣王時代的執行戰爭任務的卿士將帥寫作，伴隨著王室的衰微，禮崩樂壞，一些較為接近王室的諸侯國之中，出現了士階層對於王室詩樂文化的效法，從而產生了十五國風詩的士階層寫作，並在這種寫作之中，對傳統儒家思想實現了某種突破，所謂國風好色而不淫。但就其本質而言，仍舊是禮樂制度的產物和附庸，但也因此成為了後來曹魏文學自覺的先驅和寫作的營養。

5. 正因為詩三百並非審美意義上的文學作品，伴隨著禮樂制度的消亡，詩三百的這種歌詩形式也就因此而消亡。到春秋時代，如同孟子在《離婁》（下）所說：「王者之跡熄而詩亡，詩亡然後春秋作」，隨著東周王室的式微，詩三百的創作也宣告結束，大抵在前 600 年左右結束。從孔子春秋之後，就進入到諸子百家的時代，就中國文學史而言，也從詩三百的歌詩時代進入到先秦諸子的散文時代。諸子百家散文時代比較詩三百而言，是由詩而文的時代，由儒家一統而百家爭鳴的時代（老子在孔子之後的戰國時代），正是由於百家爭鳴而非儒家一統的時代，詩經中原本蘊含的文學的、審美的、詩性的因素，就由原本的萌芽破土而出，茁壯成長，發揚蹈厲，張皇幽眇，成為戰國中期之後的時代風尚。雖然如此，這個時代仍舊不是文學自覺的時代，而僅僅是為文學自覺做出準備的時代。

6. 屈原楚辭正是戰國時代這種思潮之下的產物，我們習慣稱屈原為偉大愛國詩人，其實，就連屈原本人生前也不知道他會在未來的文學史長廊上作為詩人出現。屈原楚辭僅僅是戰國時代散文的詩化產物，是散文的詩性表達，或說是散文文體與詩性的雜交產物，雖然如此，屈原楚辭仍舊是周公孔子以來儒家思想與法家思想的嫁接，而非文學審美的自覺。即便如此，到了漢武帝獨尊儒術之後，原本就依附於政治的詩騷傳統也就此中斷，兩漢時代能夠稱得上文學的，不過是延續戰國中後期誇飾文風的漢賦以及無韻離騷的《史記》而已，文學史由此進入到詩歌的荒漠時代。

二、曹操奠基文學中國的主要原因

在以上先秦兩漢文學史源流的簡單勾勒基礎之上，再來解讀曹操開創的文學自覺，以及隨後發生的曹植甄后戀情文學寫作，才有可能具有深度理解的同情。

中國文學的自覺，為何會在曹操的這個時代出現，又為何會由曹操來給予完成呢？其中的因素固然是多方面的，茲舉其要：

1. 從儒家經術向文學中國演變的必然結果：從時代的政治文化演變來說，兩漢的時代，進入到一個愚腐僵化的經術時代，士階層自從漢武帝獨尊儒術以來，漸次淪落為經術之士。由漢代到建安時代的政治文化，可以概括為由經術時代到通脫時代的解放，由群體循吏時代到士人個性張揚時代的轉型，由功利文化，到審美文化的嬗變以及由群體詩學到個體詩學的嬗變。

劉師培所說：「兩漢之世，戶習七經，雖及子家，必緣經術；魏武治國，頗雜刑名，文體因之，漸趨清峻」、「迨及建安，漸尚通侻，侻則侈陳哀樂，通則漸藻玄思。」堪稱經典，士人的生命價值中心，由立功立德立言，而漸次走向了追求個體生命的存在和愉悅，因此，「建安詩歌的最為突出的特點，便是完全擺脫了漢代詩歌那種『經夫婦，成孝敬、厚人倫、美教化、移風俗』的功利主義詩歌思想的影響，完全歸之於抒一己情懷。」從而，實現了建安文學的群體覺醒。

2. 漢靈帝鴻都門學的出現，成為由經術時代向文學中國的轉關樞紐：鴻都門學是宦官集團迎合漢靈帝個人的喜好，而開設了中國教育史上的第一所專科學校，其本意是用書法、繪畫、音樂、辭賦這些藝術門類來抗衡東漢以來作為主流的門閥士族集團，並用以抗衡他們所壟斷的文化形式——經術和經學，這種在正統儒家學者原本視為離經叛道的教育史事件，卻由此發生了中國文學史上的巨大轉折——同樣出身於宦官集團的曹操及其文學集團，由此成功實現了中國思想史的通脫解放，並深刻影響了其後的魏晉風度的士人文化，更為重要的成果，是實現了文學的自覺，文學由此走上了擺脫依附於對儒家經學經術的獨立和自覺的道路，從而開闢了以建安發端的獨特的中國古典詩歌的演變歷程。

3. 曹操的宦官家族出身與其自身獨特的人生經歷，成為其易代革命的背景基礎。曹操（155～220）出生的時代，是東漢中後期的所謂末世，經歷了由東漢中後期的黨人時代到末世的戰亂時代，再到曹操為奠基的建安時代。曹操不僅僅是兩漢時代的重要終結者，同時，也是一個新時代的奠基者、開啟者，這個時代，不僅僅含有由兩漢大一統向三國分治的分裂時代這種政治、經濟、軍事等方面的內涵，更含有由兩漢儒家一統的經術時代向魏晉南北朝的反經術時代的嬗變。同時，在文學領域，也就開啟了完全不同於兩漢經術依附下的文學和文學思想的時代，這個新的文學時代，縱貫於魏晉南北朝，乃至於唐五代。直到宋代的文學，才開始在這個基礎之上開始了一個新的歷程。由此可以見出，曹操其人特殊的重要性。

曹操生於桓帝（劉志）永壽元年（155）乙未，屬羊。曹操的父親曹嵩，本是夏侯氏子，是宦官中常侍曹騰的螟蛉子（養子），靈帝時官至大司農，最後，用錢買了一個太尉。這一出身，對於曹操破壞性的性格和思想具有一定影響。因為，曹操出身於一個雖有權勢，但卻為當時的士族清流所鄙視的家庭，他自己後來曾在《讓縣自明本志令》說：「自以為非岩穴知名之士，恐為海內人之所見凡愚」，反對他的人如陳琳的《移豫州檄》則直斥他是「贅閹遺醜，本無令德」。

曹操的祖父曹騰，在桓帝繼位的問題上，有著至關重要的地位。曹騰，字季興，歷事安帝、順帝、沖帝、質帝與桓帝。順帝繼位，為中常侍大長秋。大長秋，是太監總管，並對桓帝有擁立之功，對於東漢中後期的歷史進程產生著直接的影響。從史書所記載的情形來說，曹操的祖父曹騰，還是一個不錯的太監，「好進達賢能，終無所毀傷。」所推薦的大臣，都是不錯的人選。但在質帝死後的立嗣問題上，卻出於私心，勸說梁冀不立眾望所歸的劉蒜，而立了劉志，這就是後來的桓帝。范曄《後漢書》卷七八《宦者傳》：「曹騰參建桓之策……自曹騰說梁冀，竟立昏弱。」注：「謂立桓帝也。」曹騰在擁立桓帝上居功至偉，被封為費亭侯。曹操就是在這種政治背景中出現的。

曹操的思想歷程，也大致經歷了三個時期：

1. 黨人思想時期，或說是曹操力圖進入正統的清流時期。如前所說，曹操是傳統儒家一統的解構者，也是一個新時代的開闢者、奠基者，曹操是怎樣實現這種破壞和新建的使命的？從其個人的歷史背景來看，又有何必然性？這些，都需要首先對他的人生經歷，特別是他的早期人生經歷進行一番研究。

在曹操成為歷史意義上的曹操之前，這個時代的主要特點：其一、宦官外戚專權，皇權孱弱，而曹操的家族正在這一權力鬥爭的中心；其二、延熹九年（166）第一次黨錮之患起。宦官誣告李膺養太學士，共為部黨，誹訕朝廷。桓帝怒，命郡國逮捕黨人，布告天下。李膺、杜密、范滂等二百多人下獄，此時曹操十二歲。建寧二年（169）十月，第二次黨錮之患起，李、杜等百餘人被殺，妻子皆徙邊，其死徙廢禁者六七百人。此時曹操十五歲，可知黨人事件對於曹操影響至為深遠；其三、公元 184 年，黃巾起義，何進被殺，董卓進京，拉開東漢末期動亂的序幕，從此曹操開始正式進入歷史舞臺。曹操的家族，就是在這種背景中，出現在歷史的舞臺上，而且是其中的弄潮兒。

此時期曹操力圖進入士大夫清流行列，成為其出身的宦官階層的叛逆。曹操的青少年時代，從十二歲到十五歲之間，在他形成世界觀的重要時期，是在兩次黨錮之禍中度過的，可以說，黨人的思想氣節，對於青少年時代的曹操來說，影響至深。曹操在 20 歲被舉為孝廉之前，有著積極向黨人靠近的一個過程。當時，黨人雖然慘遭殺害，但全國的輿論無不讚美黨人而污穢朝廷。

少年曹操非常想背叛自己的家庭，成為黨人之一員，於是，他屢次向黨人靠攏，但是，黨人卻因為他的大宦官家庭背景，對他比較冷淡。如曹操曾想請交南陽宗世林，《世說新語》卷三《方正》第五，注引《楚國先賢傳》:「魏武弱冠，屢造其門，值賓客猥積，不能得言；乃伺承起往要之，捉手請交，承拒而不納。」喬玄對曹操非常賞識，給曹操出主意，讓他去結識許子將。那個時候，非常講究品鑒，而許子將這方面很有名氣，若有許子將的美言，曹操就能有機會施展其才華。曹操果然去找子將，子將對曹操的評價是「子治世之能臣，亂世之奸雄」。《後漢書・郭符許列傳第五十八》:「許劭字子將，汝南平輿人也。少峻名節，好人倫，多所賞識……故天下言拔士者，咸稱許、郭」「曹操微時，常卑辭厚禮，求為己目。劭鄙其人而不肯對，操乃伺隙脅劭，劭不得已，曰:『君清平之奸賊，亂世之英雄。』操乃大悅而去。」

漢靈帝熹平三年（174），曹操二十歲的時候，被舉為孝廉，並直接被任命為郎，授予洛陽北部尉的職務，推舉他作為北部尉的正是司馬懿的父親司馬防（建公）。當時，曹操希望能直接做洛陽令，這是曹操初出茅廬，年輕氣盛的表現，隨後，被推薦為洛陽北部尉，《武帝紀》:「年二十，舉孝廉為郎，除洛陽北部尉。」《武帝紀》建安二十一年注引《曹瞞傳》:「為尚書右丞司馬建公所舉。及公為王，召建公到鄴，與歡飲，謂建公曰:『孤今日可復作尉否？』建公曰:『昔舉大王時，適可作尉耳。』王大笑。」《曹瞞傳》:「造五色棒，縣門左右各十餘枚，有犯禁者，不避豪強，皆棒殺之。後數月，靈帝愛幸小黃門蹇碩叔父夜行，即殺之。京師斂跡，莫敢犯者。」後任頓丘令，徵拜議郎，曾上疏為黨人領袖陳蕃鳴冤，後任濟南相，所屬十餘縣，多阿附當權宦官，曹操奏免了其中的八個，因開罪於當朝宦官，而辭官還鄉。不久，又被徵入洛陽為典軍校尉，直到漢末亂起。顯示了曹操要廓清吏治、除殘去穢的政治理想和不凡的才幹魄力。

2. 統一北方時期。如果說，第一個時期，曹操其人屬於大漢政權的能臣干將，其思想是在傳統的儒家範圍之內，第二個時期，曹操已經成為擁兵自重的地方割據的軍閥，其思想也已經開始為第三個時期的轉型奠定基礎。第二個時期，曹操還一半是奸雄，一半是賢臣，不僅僅是由於他還需要傳統的儒家思想來作為旗幟，就像他還需要挾天子以令諸侯一樣，他思想中叛逆的因素，還處於一種潛伏的、遮蔽的狀態，還有待於漸次轉型和成熟的過程。中平元年（184 年），黃巾軍起義，曹操參加征討，中平六年（189），漢靈帝死，何進被宦官十常侍所殺，董卓進京，天下大亂，初平元年（190），曹操參與討伐董卓的行動，擁有了自己的武裝，初平三年（192），收編了青州黃巾降卒，組成青州兵，從此實力大增。曹操之生平，有幾個重大的事件，具有里程碑式的地位，此為其一。建安元年（196 年），迎接漢獻帝於洛陽，從此「挾天子以令諸侯」，具有了佔有中央朝廷的有利位置，此為其二。建安五年開始的官渡之戰，一舉戰勝強大的袁紹，至建安九年八月，攻克鄴城，此為其三。到建安十三年（208），荊州的劉表投降為止，曹操基本上建立了一個以北方的鄴城為中心的強大的曹魏政權。

3. 易代革命時期。這也是曹操思想的第三個時期，應該以建安十五年為標誌。易代革命，並非僅僅指改朝換代的行為，更為重要的是思想上對於經學思想的解構和新的通脫思想的建構。建安十五年，發生了兩件對於中國詩歌的演進，具體來說，對於五言詩的成熟具有重大意義的事件：

其一，是曹操《求賢令》的頒布，《武帝本紀》：建安「十五年春，下令曰：『今天下得無有被褐懷玉而釣於渭濱者乎？又得無盜嫂受金而未遇無知者乎？……名揚仄陋，唯才是舉。』」這是對漢武之後儒家作為國家官方哲學的顛覆，為建安時代的思想解放和文學自覺打開了大門，也為五言詩迥然不同於先秦兩漢的獨特思想內容和情調奠定了基礎。

其二，建安十五年，曹操在鄴建成銅雀臺，標誌著清商樂和文人樂府詩的創作走向高潮，為五言詩的成熟準備了音樂條件和作者條件。《求賢令》的頒布，標誌了一個政治上的曹操，完成了他政治人生轉型的歷史使命；銅雀臺的建立，則標誌了一個文化藝術上的曹操，奠基了新的文學藝術時代。

三、結論

曹操對文學中國的奠基以及對曹植甄后戀情的影響，如前所述，可以歸納幾點：

1. 曹操是文學中國的奠基人，所謂文學中國的奠基，而非中國文學的奠基，涉及到文學中國和中國文學是不同的兩個概念。可以說，周公的詩經寫作，是中國文學史的發端，但這一發端，詩性還在經學的依附之下，因此，也就不能說是中國文學的自覺，真正意義上的文學自覺，是由曹操所奠基實現的偉大歷史轉型。

2. 文學自覺的主要標誌，在於由此前對儒家哲學禮樂制度的依附，而成為獨立於政治、政權、道德、倫理的一種審美文化形式，由於其為獨立的審美文化，因此，成為具有生命的文學本體，不論政權王朝如何更迭，文學本體以及詩本體，始終是一個綿延不息的獨立生命。詩三百之後，漫長歲月無詩人詩作，而在曹操之後，不僅形成了一個建安七子代表的文學集團，而且，此後的竹林七賢、太康文學的三張二陸一左、東晉六朝時代陶淵明、謝靈運代表的田園山水詩派，唐宋之後，更是成為詩詞國度，從此，士階層的標誌，不再是儒家哲學或是佛老之說。所有的哲學思想融入到文學藝術等審美文化之中，兩漢的經術之士，脫穎而為文學藝術之創造者，中國的士人和知識者，在儒家哲學的牢籠下，獲得了靈性的創造力和鮮活的生命。

3. 曹操對清商樂的個人喜愛，成為曹魏五言詩孕育的溫床，是五言詩起源發生的直接緣起，並成為後來六朝江南樂府詩、唐宋曲詞的音樂淵藪。

4. 曹操的這一偉大奠基，就其本質而言，是由曹植接力，並由此出發，另闢蹊徑，重伐山林所共同完成的。曹植甄后以生命的實踐，在儒家倫理的傳統說教中，將愛情作為其生命價值的本質存在形態，以新興五言詩和洛神賦代表的文賦作品，成為文學中國的真正奠基人。由於愛情是伴隨日常生活的，是伴隨著日常生活的具體物象而生的點點滴滴細節，從此，意象的寫作方式、曲折委曲的內心情境表達、深情綿渺的私密內心寫照，通過漢魏古詩和殘留在曹植文集之中的作品作為載體，成為唐詩宋詞取之不盡，用之不竭的寫作範式。而對於人性情愛的深刻表述，成為晚唐花間詞的源頭，晚明情愛主題戲曲小說的源頭。

第一章　曹操和家族對曹植的影響

第一節　引　言

作為本書《曹植甄后研究》開篇第一章，卻不得不從曹操及其家族講起。因為，曹操的思想和人生方式，是曹植出生成長的背景、土壤和源頭。曹植之所以成為才高八斗的偉大詩人，之所以成為敢於逾越儒家道德，敢於成為獨尊儒術以來以生命追求情愛的第一人，並且，也是唯一的一位——將這種戀情寫成不朽文學作品的第一人，萬斛源泉，都離不開曹操及其家族的背景。

當然，以更為宏闊的眼光來審視，兩漢的政治、歷史、文化、文學、教育、音樂藝術的演變，是曹操之所以成為曹操的深刻背景，也是曹植之所以成為曹植的背景原因。

這是一個什麼樣的時代，或說是一個什麼樣的歷史背景，造就了曹操對文學寫作的選擇，而非繼續沿襲盛行數百年的儒家經術的時代風尚呢？同此，這是一個什麼樣的時代，或說是一個什麼樣的歷史背景，造就了曹植成為了「才高八斗」的偉大詩人呢？

自從漢武帝獨尊儒術以來，特別是漢光武帝劉秀的東漢時代以來，就形成了一個將儒家經典奉為神明的經術時代，士人階層已經固化而為儒家國學哲學宏大機器上的齒輪和螺絲釘。到了黨錮之禍之後，更形成為一個黨人（當時士人精英的代稱）與宦官抗爭的時代，一個宦官專權而士人享有廣泛文化清譽的時代。

對於宦官家族出身卻心神嚮往士族文化的曹操而言，其糾結的內心世界可想而知。但有趣的是，曹操的這一宦官家族，卻一直享有「清譽」，是宦官污泥濁水中的清流；而曹操本人，卻原本是滿心期盼自己也成為黨人的一個成員，獲得經術士族群體的承認，但這僅僅是曹操政治上的歸屬感，而在其人生的探索之中，卻極其自然地選擇了原本在儒家經術之中屬於從屬地位的詩性素質，並最終以文學的選擇，成功地改造了這個愚腐僵化的經術時代，從而，成為一個新的文化國度的奠基者，這個新的文化國度，就是筆者在本書《緒論》之中所論述的「文學中國」。

而文學中國作為一個新的文化體系和生命，如果單靠曹操的幾首五言詩的探索，而無後來者的發揚光大，是無法實現這一偉大變革的。但文學中國作為一個新興的生命體，不僅僅吻合於華夏民族的歷史文化品性，而且，吻合於人性的解放，吻合於人性內心世界的審美表達，於是，三曹七子另加甄后的文學集團應運而生，曹子建的偉大文學創造應運而生。

曹子建的才高八斗，正來源於曹操開創的這個思想通脫的黃金時代，來源於由思想通脫漸次昇華而為情愛的發生。傳統儒家仍舊存在的巨大黑暗，對曹植甄后這種被視為亂倫的戀情的巨大壓力，反向壓迫了兩者之間的無所不在、無時不寫的戀情五言詩。這就是令後人稱之為五言詩之母的古詩十九首，更進一步來說，就是所謂漢魏之際丟失作者姓名的「漢魏古詩」，包括被安排在樂府詩中的《陌上桑》《孔雀東南飛》；被安排在蘇武李陵名下的所謂「蘇李詩」，以及被安排在曹丕、曹叡等文集之中的戀情詩作。

大宦官家族的家族背景，與曹操本人遠大的士人理想，濃鬱的士人精英人生情結，形成了巨大的反差，或說是張力，迫使曹操不得不建構特殊的人生行為。身處士人文化對立面的宦官子弟的曹操，呈現了比之士人還要激烈的、極端的表現，而宦官家族的背景，又使他具有士人精英所不具備的創造力、顛覆力和靈活性，從而創造了前無古人之獨特的曹操現象。

從時代而言，伴隨著董卓被殺，以及黃巾軍主力被曹操收編，自公元 184 年以來由黃巾軍起事直接造成的社會大混亂、大崩潰的時代結束了；自公元 160 年左右開始的黨錮之患所體現的士階層與宦官階層鬥爭作為統治階層主體矛盾形態，也同時宣告結束了；更進一步說，從西漢武帝時代開始的長達數百年的以獨尊儒術為標誌的經術時代，也同時宣告結束了。從此的歷史，開始了「合久必分」的分裂割據時代，開始了魏晉南北朝的分裂帝國的時代，以及由此決定的儒家一統的顛覆瓦解的時代。

一個思想觀念、意識形態解構，個性解放，包括性觀念解放的時代，正像是經歷漫漫長夜之後噴薄欲出的一輪紅日冉冉升起。還有一點，值得關注的，是曹操的詩歌寫作，特別是樂府詩的寫作和提倡。關於這一點，典型地體現了曹操出身於宦官家族背景而又自身強烈要成為士族一員的矛盾關係。

有幸的是，曹植就出生在這樣一個時代的奠基者曹操的家庭之中。這是曹植之大幸，也是曹植之大不幸。大幸與大不幸，似乎就是這樣的孿生姊妹，並體聯生，密不可分。大幸決定了大不幸，大不幸造就了大幸。這是一個事物的雙面體。

第二節　曹操與家族對曹植的影響

曹操，字孟德，小字阿瞞，出生於公元 155 年，屬羊，曹丕子桓出生於 187 年，屬兔，曹植，字子建，出生於公元 192 年，屬猴。三個屬性，三種命運，兩大帝王，三個詩人。

曹植從父親曹操身上，獲得了哪些遺傳基因呢？應該說，曹操是一個複雜的多面體，從大的方面來說，他是大政治家、大軍事家、大文學家。他和卞氏所生的三個兒子，正好分別主要繼承了這三個方面。這是非常有趣的事情。

曹操子嗣眾多，有 25 男，其中和夫人卞氏（後來為皇太后）所生分別為丕、彰、植、熊，曹熊早夭。

老大曹丕，字子桓，主要繼承了曹操的政治家因素，以及陰謀和謀略，後來成為曹操政治事業的繼承人，是為文帝。

老二曹彰，字子文，主要繼承了乃父軍事家的才華和高超的武藝，被稱之為「黃鬚兒」，是曹操軍事事業的繼承人。曹操臨終前，他鎮守長安，與蜀國抗衡，曹彰為前敵總指揮。曹操自知不久於世，緊急宣召曹彰到洛陽，囑託大事，可惜未能趕到，曹操已經咽氣。如果趕到，曹魏的歷史，又不知道怎麼樣改寫。

老三曹植，字子建，主要繼承了父親的文學才華，他的《洛神賦》和五言詩寫作，達到了中國文學史前所未有的高度，甚至可以說是前無古人後無來者的。

如果由曹植繼承大統，則不僅僅曹魏政權會擁有更為穩定的政治局面，或許會是唐宋帝國的雛形，會是承接中國的文化治國、文學治國的路線，而曹丕繼承大統，道德淪喪，必然會形成短祚和混亂的局面，魏晉六朝，走馬燈似的，你方唱罷我登場，都與曹操的接班人選擇有直接的關係。

可惜，曹植失去了這個他曾經有過的良機，在政治和情愛的天平上，他自覺或是不自覺地倒向了情愛，或說是人的本性的天平，從而成了中國的第一情聖。中國的歷史，也就由此走出了一段曲折的彎路。當然，這種看似偶然的選擇，是被其中的必然因素所決定的。

曹操出生在大宦官家庭，其父曹嵩作為大宦官曹騰的螟蛉子（養子），至於其本家，則「莫知其出生本末」，有一種說法，說是曹家本家是夏侯家，因此才有那麼多的夏侯家族的人作為戰將，著名者如夏侯惇、夏侯淵等，還有一位不太有名的夏侯威，是曹植青少年時代的發小密友。

曹氏家族是宦官家族中具有一定士人色彩的家族，從桓帝時代開始，地位始終在中央政權的高層。曹騰的父親曹節，「字元偉，素以仁厚稱。鄰人有亡豕者，與節豕相類，詣門認之，節不與爭；後所亡豕自還其家，豕主人大慚，送所認豕，並辭謝節，節笑而受之。由是鄉黨歎焉。」鄰居家的豬丟失了，鬧到曹家，曹節並不爭辯，任其將自家之豕認領而走，直到鄰家的豬自己回家，才知道冤枉曹家，送還錯領的豬，上門賠罪，曹節也不以為意，笑而受之。這不是典型的儒道兼備的長者麼？

曹操的祖父曹騰，字季興，（曹節有四子，伯、仲、叔、季，騰為其四子，故字為季），永寧元年時候，鄧太后令選擇「年少溫謹者配皇太子讀書，騰應其選。」這種從少年時代作為陪伴太子讀書的小夥伴，在太子登基為帝後，是最為容易獲得皇帝寵愛的，因為他們是皇帝從小一起長大的玩伴，何況曹騰「溫謹」的性格和資質。

曹騰「歷事四帝，未嘗有過」，「好進達賢能，終無所毀傷」。後來發生的一件事情，可見曹騰的品格：「蜀郡太守因計吏修敬於騰，益州刺史種暠於函谷關搜得其箋，上太守；並奏騰內臣外交，所不為當，請免官治罪。」「騰不以介意，常稱歎暠，以為暠得事上之節。」（司馬彪《續後漢書》）

當時的蜀郡太守，依靠著計吏的關係，修敬於曹騰，這不是很自然的地方官員敬奉中央領導麼？結果這封修敬的信函連同禮物被益州的刺史種暠在函谷關給搜查出來了，並且上奏給了中央朝廷。曹騰作為當事人也被檢舉出來，但曹騰不以為意，反而經常讚美種暠的廉潔，推薦種暠。這不也是一種典型的儒家風範麼？

漢質帝死後，太尉李固欲立「年長有德」的清河王劉蒜為帝，大將軍梁冀欲立蠡吾侯劉志，雙方相持不下。曹騰等夜見梁冀，力勸梁冀立劉志，是為桓帝。騰等因為參與定策有功，「遷大長秋，封費亭侯」。曹操生父曹嵩做到司隸校尉，遇到靈帝時候西園買官，出錢一個億而為太尉，曹氏家族在政治上已經位極人臣，出資一個億，又足見其家資殷富。

應該說，大宦官家族的身世背景，一方面為青少年的曹操提供了強有力的政治背景，譬如步入仕途的舉孝廉、除洛陽北部尉，以及以後的歸而復起，徵為西園八校尉之一的典軍校尉，均與這一背景存在某些微妙的聯繫；也正因為宦官這一特殊的背景，才迫使、促使曹操付出比之一般士人家族子弟更為艱辛的努力，來表現自己的士人身份和品格，努力躋身於士人精英階層，表現出比士人還要士人，比士人精英更為精英的行為藝術，從而獲得當時士人清議品評的好評。

在獲得士人清譽方面，曹操頗費苦心，下了一番工夫。首先努力使自己獲得太尉橋玄的賞識：「太尉橋玄，世名知人，睹太祖而異之。」（《魏書》）又得到當時以品鑒知人著稱的許子將之稱賞，說他是「治世之能臣，亂世之奸雄」。這些話語看似有對曹操的貶義，實則不然，在治世之中，能成為能臣，在亂世之中，能成為奸雄，就更為不易。亂世之中，原本就不需要治世能臣，無所用也，而在亂世之中能通過權謀、計謀等馳騁天下，建立天下，這是更為常人所不能企及的。由是，青年曹操更為知名於當時的士人階層。

為了進一步表現自己的士人立場，曹操更是做出了一系列的表演，表演給士人階層來看。一是曾經親入虎穴，私下潛入到中常侍張讓家中，被發覺，「乃舞手戟於庭，逾垣而出，才武絕人，莫之能害」，顯示了驚人的武林工夫和過人的膽量；二是初入仕途，為洛陽北部尉，上任伊始，就造五色棒，「有犯禁者，不避豪強，皆棒殺之」。後來，大宦官蹇碩的叔父夜行，即棒殺之。要知道，蹇碩是靈帝最為喜愛的小黃門，後來，靈帝建立西園八校尉，即以蹇碩為上軍校尉，是為三軍總司令，足見靈帝對蹇碩的重視和喜愛。蹇碩當時是如何容忍曹操棒殺自己叔父的，此事不得而知，大抵是由於其叔父違令在先，曹操棒殺於後，加上曹操自身的大宦官背景，也就不了了之。

結交士人精英，獲得清議美評，挺身而出，打擊宦官權貴，彰顯自己雖為宦官家族子弟，但卻心屬士人的立場，這是青年曹操入仕前後的兩大基本策略。但僅有此兩條還不夠，還需要加強自身修養，使自己成為貨真價實的士人、詩人，文學家，同時，還需要有隱士的名聲和資歷。因此，曹操數次告歸故里，過隱士的生活。一方面可以通過潛心讀書，增長知識，擴展視野，成為真正的，或說是這個時代最為傑出的知識分子，大文學家；另一方面，提升自己的人格形象，與宦官家族子弟的形象劃清界限，頗似宗教之洗禮。

光和末年，曹操任濟南相後，大刀闊斧，將貪官污吏「奏免其八，禁斷淫祀。姦宄逃竄，郡界肅然。久之，徵還為東郡太守，不就，稱疾歸鄉里」。於是，在家鄉譙縣，「築室城外，春夏習讀書傳，秋冬弋獵，以自娛樂」。此又與諸葛之於隆中，謝安之於東山何異哉！人生就是這樣，有進就有退，退是為了更好的進。曹操放著好好的東郡太守而不就，偏偏要稱疾歸鄉，築室城外，習讀書傳，秋冬弋獵，躲避亂世，積累知識，冷靜思考局勢，為後來再次出山，積蓄了能量，做了很好的準備。

如果說，曹操就其總體而言，是反儒家的，應該大體不錯，但曹操所反對的，是經術化之後的儒家，而其所發揚的，正是儒家的精華。在這個戶習七經的經術時代、思想僵化時代，曹操「築室城外，春夏習讀書傳，秋冬弋獵，以自娛樂」，系統自學當時所能讀到的一切經典，並將讀書鎔鑄進入到自我的思想體系之中，這不是一種很好的儒家哲學的繼承嗎？

對於先秦諸子百家的爭鳴，我有一個認識，先秦哲學，自從周公到孔子，儒家哲學既是國家哲學的主體，也是華夏民族的民族哲學，其主流性質、主體性質，往後不論多少年，其根基都在，不可動搖。孔子才是諸子百家之首，孔子之後的弟子所編輯的《論語》，仍舊只稱呼其為「子」——正如詩經時代並無其他詩人詩作，因此，詩經只被稱之為「詩」即可；尚書時代並無其他書，尚書稱之為「書」即可。

孔子之後，才有墨、道、法百家的出現，百家皆為出自儒家，從而修正、批判儒家，但從總體而言，仍舊可以採用儒家代表整體的傳統文化思想，可以稱之為「大儒家文化圈」。譬如儒道對立，但卻儒道互補，儒道一體。

所以，曹操對曹植的影響，既有突破儒家、革命儒家的因素，也還有接受儒家精華的成分在內。以後，曹植在曹操「盜嫂受金」通脫思想的解放下，勇敢突破儒家禮教的藩籬，來實現自己愛情人生的旨歸。但從曹操而言，仍舊是不可接受的，這種突破，仍舊是不可逾越的藩籬。這是曹植甄后戀情的悲劇所在。

第三節　曹操對曹植情愛人生的開蒙

曹植才高八斗，是漢魏時代最偉大的詩人。曹操二十五子，為何只有曹植取得了如此之高的文學成就？應該說，前述曹操所給予其孩子們的家族背景幾乎是相同的、近似的，所給予孩子們的生活環境和影響也是相同的、近似的，為何獨有子建脫穎而出，寫作出來如此之多、如此之美的詩賦文章呢？

對此，首提「天下文才十斗，曹子建獨佔八斗」的謝靈運，曾經嘗試解答。謝靈運認為曹植是由於曹操死後，由父王寵兒變為時時處處受到監視的皇帝政敵，由「不及世事，但美遨遊」的公子而為「頗有優生之歎」的縲絏罪臣。

換言之，曹植的人生本質就是一種由政治人生的失意造就的才情，這顯然是牽強的。從古至今，在中國歷史上，還沒有聽說哪位詩人是由於爭奪皇位或是王位繼承人失敗而成為偉大詩人的，曹植何以能成為例外？如果一個人將權位看得如此之重要，視為其生命的終極追求，他也一定不是一個具有完整人格的人，如何能成為像曹植那樣寫出千古不朽的詩文作品的人？

事實上，曹植從很早就退出了繼承人之爭，曹操死後的時光裏，曹植也並未受到任何政治迫害，一直到黃初二年，甄后被處死前後，曹植才因為和甄后的戀情關係而受到灌均等人的彈劾。曹植一生中最為偉大的作品，也無不是以情愛為題材——正是由於曹植經歷了他人所未經歷的戀情歷程，才使其擁有他人所無法體驗、無法理解的深邃情感世界，從而產生了如此之豐富的偉大作品。

對愛情的終生追求，正是曹植其人的生命本質，愛情，也正是曹植文學作品的第一主題和永不枯竭的情感源泉。

曹操建國曹魏之後，在漢制基礎之上，對後宮制度做了改動，把王后之下的妃子分成了五個等級：夫人、昭儀、婕妤、容華和美人。後三種也統稱之為姬。當下資料顯示的 25 個兒子分別為 13 個老婆所生：

卞后：丕、彰、植、熊（早夭）

劉夫人：昂、鑠（早夭）（另有清河長公主）

環夫人：沖、據、宇

杜夫人：林、袞

秦夫人：炫、峻

尹夫人：矩（早夭）

王昭儀：幹

孫姬：上（早夭）、彪、勤（早夭）

李姬：乘（早夭）、整、京（早夭）

周姬：均

劉姬：棘（早夭）

宋姬：徽

趙姬：茂

25 個兒子中，有熊、鑠、矩、上、勤、乘、京、棘早夭。此外，劉夫人所生昂為長子，在建安二年討伐張繡時候，與典韋為掩護曹操而死，曹丕因此順承而成為長子，最以聰慧著稱的曹沖死於建安十三年，年僅 13 歲。曹操原先的正夫人先後為丁氏和劉氏。丁氏無子，且與操不合，被打入冷宮，劉夫人早亡，因此，原本為妾的卞氏被確立為正室夫人，遂為王后，太后。

卞氏來自倡家，「本倡家，年二十，太祖於譙納後為妾，後隨太祖至洛」。卞后雖為婦人，卻極有政治眼光和謀略，一生謙謹質樸，深得曹操喜愛。當董卓作亂時候，曹操微服潛逃避難，袁術甚至已經傳問其凶吉，而曹操的部下聞訊也皆欲返回，正是卞氏制止了大家，說主公吉凶尚未可知，大家就原路返回，以後如果相見，有何面目？即便是兇信禍至，大家共同赴難，死在一處，又有何不可？曹操後來果然平安歸來，聞之深慰，對卞氏自然另眼相看。

建安初，丁夫人廢，遂立卞氏為正室夫人。以後，諸子無母的，皆令卞后撫養。如曹彪，其母孫姬早死，自幼便跟隨卞氏生活，又由於和曹植年齡相近（小曹植約 3 歲），故兩人雖為異母，卻情同（同母同父的）手足，感情最為深厚。曹彪在建安十六年遊宴詩興起時候，年僅十七歲，亦應參加遊宴，雖然當時沒有詩作，但以後卻成為五言詩人之一。此外，杜夫人所帶秦宜祿之子秦朗，尹氏所帶何進外孫何晏，應年長於或是相仿於曹植，皆應為曹植鄄城少年時代生活的玩伴。

曹植，漢靈帝初平二年，公元 192 年，出生於山東東武陽，翌年，旋即遷入鄄城。位於山東黃河邊上的鄄城，和當下位於河北臨漳的鄴城，這將是曹植一生最為重要的兩個地方，是曹植從小出生成長到後來愛情演繹的兩個地方。

簡單列出一個曹植出生的公元 192 年前後的大事年表：

在曹植出生的前兩年，初平元年，春正月，袁紹等十八路諸侯起兵，討伐董卓。曹操此時尚無地盤，依附於陳留太守張邈，以奮武將軍身份，參加了討伐董卓的諸侯聯軍。當時，諸將「日置酒會，不圖進取」，如同曹操《蒿里行》所寫「軍合力不齊，躊躇而雁行」，各路諸侯各懷鬼胎。隨後，袁紹欲立幽州牧劉虞為帝，要拉曹操共同舉事。曹操堅決反對，說廢立之事，乃為大不祥之事，舉出了歷代廢立的不同情況，顯示了曹操深遠的政治眼光和豐富的歷史知識。同時表示「諸君北面，我獨西向」，意思是諸君自可北向劉虞（幽州在北）稱臣，自己要以本部微弱兵力，獨自西向以擊董卓。顯示了曹操獨立特行的士人品格和堅忍不拔的人格精神以及精衛填海似的英雄氣概。

曹操遠大的政治理想，潛移默化，影響曹植以終生。討伐董卓失敗後，曹操聽從鮑信的建議，去建立和發展自己的根據地，暫且與當時力量最大的袁紹結為同盟，先是打敗了黑山軍，成了東郡太守，治所初在東武陽，旋即轉到鄄城，曹植在襁褓中也隨軍轉移到鄄城。

在曹植出生的公元 192 年前後，對於曹操家族的政治、軍事而言，正是一個新時代的開始，百廢待興，百業待舉，對於剛剛出生的植兒曹植來說，又何嘗不是一個新的生命的誕生，一個新的世界的到來呢？曹操在給自己的這個兒子命名的時候，也一定是充滿了喜悅之情，在「植」和「子建」的名、字裏，攜帶了自己的雄心壯志，也攜帶了自己的遠大理想和無限希冀的信息。

曹植聰明穎異，早熟早慧，「年十歲餘，誦讀詩、論及辭賦數十萬言」〔註 1〕，詩經、楚辭、漢賦、史記、論語、孟子、老莊等，理應是曹植少年時代啟蒙學習的主要讀物。而且，少年時代就打下寫作基礎，他在《與楊德祖書》中說：「僕少小好為文章，迄至於今，二十有五年矣」。十歲多一點，就能誦讀這些經典數十萬言，這些經典，即便是年長他幾歲的曹丕也未必能讀懂，曹彰的興趣自然更在軍伍，是故，長兄曹丕未嘗不在青少年時代就開始嫉妒曹植的天才早慧。

當然，天才早慧，誦讀詩書，並非曹植後來成為才高八斗之詩人的唯一因素，就勤奮好學而言，曹家子弟中，比之曹植還要酷愛學習的，也大有人在。如曹衮，後封中山恭王，史料記載他：「少好學，年十餘歲能屬文。每讀書，文學左右常恐以精力為病，數諫止之，然性所樂，不能廢也。」看來曹家子弟，無奇不有，曹植少年時代的聰慧和學業，已經令人驚歎，但曹家子

〔註 1〕晉·陳壽撰，宋·裴松之注，明·盧弼集解，清·錢大昕考異《三國志集解》《魏書》：《陳思王傳》，新文豐出版公司 1975 年 3 月版，第 488 頁。

弟竟然還有更甚者，讀書讀得讓文學侍從都感到心疼，生怕太過於用功，讀書讀出毛病來。比起曹植，曹袞之酷愛讀書，尤為更甚。

但曹植雖然天才早慧，並不專執於讀書一端，而是興趣廣泛，屬於上知天文，下曉地理，三教九流，無不涉獵的那種類型。《魏略》記載他，後來會見邯鄲淳，「科頭拍袒，胡舞五椎鍛，跳丸擊劍，誦俳優小說數千言」，被邯鄲淳稱之為「天人」，頗有點李太白謫仙的意思。由此可知，曹植的少年時代，誦讀詩書，僅為其鄄城少年時代生活之一隅，他就像是一塊海綿，熱烈地汲取著生活中所有有趣的、快樂的事情：什麼胡舞五椎鍛啦，什麼音樂、跳丸擊劍、俳優小說啦，什麼鄄城在梁山腳下，當地流傳著杞梁妻哭夫，梁山為之崩塌的故事啦，（曹植後來寫「杞妻哭死夫，梁山為之崩」）什麼女休為父報仇啦，緹縈上書北闕救父啦，什麼子丹西質秦，烏白馬角生啦，很多的歷史故事混雜著民間傳說，成為後來文學寫作以及表達自我情懷的不盡源泉。

換言之，曹植之為學，乃為鮮活的人生經歷之組成，而曹袞之為學，乃為學究式的書本學習；植之為學，成為後來曹植偉大人生、偉大人格之重要組成，他敢於思索，敢於追求美好的愛情，敢於追求美好的人生，並且敢於以詩歌文賦來表達他人生旅途的所聞所見，所思所想，所感所懷，遂為一代之詩宗；而袞之為學，囿於書本，困於禮防，史載「每兄弟遊娛，袞獨覃思經典」，其文學侍從認為「不可匿其美也」，於是，一同上表，稱讚袞之美德，「袞聞之，大驚懼，責讓文學」，說這些「修身自守」，都是「常人之行」，諸君上表讓皇帝知道「適所以增其負累」。

可見他活得有多麼辛苦，活得有多累！已經謹小慎微到像是契科夫的套中人了。以後，由於入朝，偶犯京都城禁，在青龍元年被有司彈奏，雖然明帝呵護有加，仍然驚懼而死。史書評價袞，說他「才不及陳思王而好與之侔」，這是非常準確的。但兩者之間，並非簡單的才華高低問題，而是兩種不同的人生觀念、人生方式所致。

對曹植影響最大的，莫過於其父曹操了。曹操的一言一行，無疑在少年曹植的心中，都無不刻上深深地烙印。除了前面所說的傳統的讀書教育、軍事教育（騎馬射箭、擊劍）、藝術薰陶（舞蹈、音樂）、文學寫作之外，還有什麼父親給兒子帶來深刻的影響，留下終生的記憶，並影響曹植的終生呢？

那就是曹操對美麗女性的追求以及由之所付出的慘痛代價。此外，還能引人聯想的是，曹植少年時代所接觸到的美麗女性，主要是父親的戰利品，屬於自己母親一輩的女人。她們美麗動人，撩撥著自己正在發育的身體和心弦。對美的追求，對美麗女性的憧憬，伴隨著曹植的詩書學習，同行相伴，相互依存，正反兩面地構成了曹植質樸、原始而又複雜、靚麗的人格和內心世界。

中國之歷史文化，自從西周周公制禮作樂，前有西周東漢，後有南宋朱熹、明清時代，皆為儒家禮義教化之時代典型，尤其以東漢對士人思想最為桎梏，士人皓首窮經，不知情愛為何物。情愛成為禮義教化之附庸，如梁鴻孟光、諸葛亮之類，皆為時代之犧牲；中間一段通脫解放，魏晉六朝乃至於隋唐北宋，是較為自由之時代。曹魏政權之意識形態及文化風俗，正為這一時代之奠基、之肇始。所謂魏晉風度，遺世絕塵，皆以曹魏時代為其淵藪。

曹操為人並不高大威猛，其貌也並非英俊小生之類，但性慾旺盛，終生追求美麗女性無所饜足。其所娶為之生有子女者，記有 13 人，無子之女性，類似一夜情之女性，又不知有多少？兩漢時代，男人們在經術思想的牢籠裏，不敢越雷池一步，縱使對女性有非分之想，也都消解在求媒人成婚禮的禮制之中，多妻制度合理地解決了男性的本能需求，曹操以戰爭俘獲對方主將妻子的方式，攜帶著大一統帝國瓦解，軍閥混戰的影子，也顯示了對異性追求的通脫和解放。中國人在經歷解構兩漢儒家的囚禁之後，似乎重回原始的自由擄掠時代。

譬如建安二年（197），時曹植六歲，曹操攻打張繡於宛城，張繡投降，曹操看到張繡的嬸子（張濟之妻）貌美，遂占為己有，張繡不堪恥辱，率眾反叛。長子曹昂、侄兒安民，猛將典韋等，均為掩護曹操而陣亡。因為美人而造成如此慘痛的軍事失敗，豈不痛心！但曹操並不為意，也許在曹操看來，如不擁得美人而歸，空有江山又有何趣味？

建安四年，時曹植八歲，曹操討伐呂布，關羽時在曹軍麾下效力，聽聞秦宜祿之妻杜氏貌美，特意參謁曹操，懇請戰後將杜氏賞賜自己所有。臨戰之前，關羽再次拜謁曹操，叮囑再三。操疑心杜氏貌美，攻破下邽後，親自查驗，果然美貌，遂留為己用，帶回鄴城而為夫人之一，羽心不安，與張飛等離開曹操而去，臨行前並勸秦宜祿叛離曹操。

在曹操影響之下，通脫自由，以及追求異性之美，成為曹魏士人之風尚。七子之一王粲死去，魏文帝曹丕臨喪而作驢鳴，曹操崩於洛陽，曹丕將侍奉曹操之女性納為己有，曹植愛戀年長自己十歲的甄氏等，不一而足。後人以朱熹之後的儒學人倫來衡量曹植甄后之戀情，亦為絕無可能，豈非緣木求魚，癡人說夢？

第四節　曹操五言詩的探索歷程對曹植的文學啟蒙

曹操的詩作，主要是以四言為基礎的雜言。五言詩約為全部作品的三分之一：「曹操今存詩歌，計得二十二首，包括作者有疑問的三首……其中四言、五言、雜言大約各占三分之一。」〔註2〕其中一個有趣的現象，是在同一曲調中分別使用四言和五言。如《善哉行》原有古詞「來日大難，口燥脣乾」，說明原本是四言，但所收曹操、曹丕的《善哉行》，皆為四言、五言兼有，曹操四言如「古公亶甫，積德垂仁」，五言如「自惜身薄祜」；曹丕的《善哉行》四言為「上山采薇」，五言有「朝日樂相樂」。顯示了中國詩歌之由四言向五言過渡的痕跡。由此看來，中國詩歌自《詩經》以來四言代表的偶言歷程，至此剛剛作結。

曹操最早的五言樂府詩是《薤露行》：

惟漢廿二世，所任誠不良。沐猴而冠帶，知小而謀強。
猶豫不敢斷，因狩執君王。白虹為貫日，己亦先受殃。
賊臣持國柄，殺主滅宇京。蕩覆帝基業，宗廟以燔喪。
播越西遷移，號泣而且行。瞻彼洛城郭，微子為哀傷。

此詩所記錄的歷史事件主要是建安之前的中平六年（189）「賊臣持國柄，殺主滅宇京」和初平元年（190）「播越西遷移，號泣而且行」董卓強迫百姓遷徙入關並焚燒洛陽的歷史事件。故此詩應該是建安之前，至多是不超過建安二年的作品。此詩在形式上雖然是曹操第一首五言詩，但在內在表達方式上，仍然屬於四言言志詩的範疇，是使用四言詩的寫作方式加上一個虛字來湊夠五言的，並且不是五言抒情詩，而是記載歷史的散文詩。

寫於建安三年的《蒿里行》〔註3〕，才是真正意義上的五言詩：

關東有義士，興兵討群凶。初期會盟津，乃心在咸陽。
軍合力不齊，躊躇而雁行。勢利使人爭，嗣還自相戕。
淮南弟稱號，刻璽於北方。鎧甲生蟣虱，萬姓以死亡。

〔註2〕徐公持著《魏晉文學史》，人民文學出版社 1999 年版，第 31 頁。
〔註3〕張可禮編著《三曹年譜》，齊魯書社 1983 年版，第 71 頁。

白骨露於野，千里無雞鳴。生民百遺一，念之斷人腸。

此詩特點：1.敘述到建安二年袁術在淮南稱帝號之事，比上首詩的歷史記錄晚，因此，《三曹年譜》標為建安三年是大體可信的，但也許會更晚一些，因為詩人的寫作不一定就記錄當時發生的事件，有時候是回憶而作，但此詩確實應該是曹操的第二首五言詩。2.此詩仍然有言志詩歷史實錄的痕跡，但由前首的空洞議論而轉向具體描述，譬如描寫初平元年盟軍討伐董卓的「軍合力不齊」的狀態是「躊躇而雁行」，描寫戰亂的災難是「鎧甲生蟣虱，萬姓以死亡，白骨露於野，千里無雞鳴」，具有了概括性場景的特徵，因此，成為了名句。在客觀記錄史實的同時，也傳達出了詩人自我情感的悲哀：「生民百遺一，念之斷人腸」。3.此首五言詩的駕馭能力，較之前首，也有了明顯的提高，虛字減少，五言音步在多數句子中得到實現。因此，我們可以將曹操的這首詩作為標誌，標誌建安五言詩寫作開始了它的第一個階段。

再看曹操的第三首五言詩作《苦寒行》：

北上太行山，艱哉何巍巍。羊腸阪詰屈，車輪為之摧。

樹木何蕭瑟，北風聲正悲。熊羆對我蹲，虎豹夾路啼。

溪谷少人民，雪落何霏霏。延頸長歎息，遠行多所懷。

我心何怫鬱，思欲一東歸。水深橋樑絕，中路正徘徊。

迷惑失故路，薄暮無宿棲。行行日已遠，人馬同時饑。

擔囊行取薪，斧冰持作糜。悲彼東山詩，悠悠使我哀。

此詩特點：1.詩中所記載的史實是建安十一年征討高干時所作，明顯寫作於前兩首詩作之後，而其駕馭五言詩的熟練程度，也明顯發生了飛躍。2.詩中出現由前文的客觀記錄歷史，而轉向了主體抒情的新的視角，其中景色的摹寫，如「艱哉何巍巍」「樹木何蕭瑟」「雪落何霏霏」等，都有著明顯的由主體感受出發來摹寫客觀景物的色彩，這種句式，成為了建安詩體最為流行的句式。其他如「我心何怫鬱，思欲一東歸。水深橋樑絕，中路正徘徊」等，更是主體視角的直接抒發。3.開始有意象式的景物描寫，奠基五言詩「窮情寫物」的特點，如「熊羆對我蹲，虎豹夾路啼」「水深橋樑絕，中路正徘徊」「擔囊行取薪，斧冰持作糜」等，對比前文所舉第一首的空洞議論，可以看到五言詩寫作技巧在曹操手中漸次成立的痕跡。4.五言詩的音步趨向成熟，不再依靠虛字作為襯字來維持，而是五個字各司其職，各有作用。

如果以這些詩作來比照曹操最早的詩，就能更清晰地看到曹操詩的演進歷程。《三曹年譜》記載曹操的第一首詩作，寫於中平元年（184）的《對酒》：

> 對酒歌，太平時，吏不呼門。王者賢且明，宰相股肱皆忠良。咸禮讓，民無所爭訟。……爵公侯伯子男，咸愛其民。……犯禮法，輕重隨其刑。路無拾遺之私。囹圄空虛，冬節不斷。人耄耋，皆得以壽終。恩德廣及草木昆蟲。

這不僅是完全的雜言詩，而且是言志詩的表達方式，五言詩「窮情寫物」特徵，在曹操這首詩中則既沒有「情」，也沒有「物」，僅僅是抽象表達的「志」，因此，也就沒有五言詩的「滋味」。此詩的特點：全詩的主題是歌詠極為傳統的老子參雜孔孟式的政治理想。曹操在《讓縣自明本志令》中回憶自己年輕的時候「欲為一郡守，好作政教以建立名譽」，《年譜》說曹操任濟南相時「政教大行，一郡清平」。〔註 4〕與後來頒發「盜嫂受金」求賢令的曹操，簡直判若兩人。這不僅僅是曹操個人生命歷程的巨變，而且是一個時代的變化。正如曹操的詩作由散文體詩向抒情四言詩、五言詩的轉型一樣，都不是個人的行為，而是分別折射了歷史的和詩史的轉變。換句話說，在公元 184 年左右的時代，優秀的士人還奮鬥在「好作政教以建立名譽」的仕途上，沒有人能預見建安時代的那些「大逆不道」的話語和生活方式，譬如十九首中的「先據要路津」的政治功利和「空床難獨守」的生理宣洩，都是建安之前士人可想（甚至想也不敢想）而不可說、可感而難以言的主題。曹操是時代的開風氣之先者，他尚且如此，他人如孔融，如劉備等，都是終生生活在正統名教的窠臼中。劉師培所說的「迨及建安，侈尚通脫」，想說什麼就說什麼了，思想從儒家的禁錮中大解放，十九首所表達出來的思想情調，顯然是在這個範圍之內。

從《苦寒行》到《觀滄海》，曹操詩歌發生了某種飛躍，試比較兩詩之異同。兩詩的起首，前者為「北上太行山」，後者為「東臨碣石」，都是起首就將詩人置身於一個具體的場景之中，為王夫之所說的「一詩止於一時一事」〔註 5〕奠定了基礎。兩詩隨後的文字，想不說具體場景都難，因為，詩人起首就將自己與讀者的目光凝聚於某個特定的場景之中，這種寫法，已經類似後來詩歌美學所說的意境、意象。所以，曹操山水詩寫作的嘗試，其意義不

〔註 4〕張可禮編著《三曹年譜》，齊魯書社 1983 年版，第 31 頁。

〔註 5〕〔清〕王夫之撰《薑齋詩話．卷二．八》，人民文學出版社 1961 年版，第 148 頁。

唯在題材方面，而兼及意象的寫作方式。

試比較趙壹《刺世疾邪詩》起首的「河清不可恃」，孔融的《臨終詩》的開頭「言多令事敗」，曹操本人早期《薤露行》開頭的言志議論「惟漢廿二世」，都可以說是以四言詩的方式寫作五言詩。而曹操後期的詩作，不僅這首《觀滄海》的「東臨碣石」，《短歌行》的起首「對酒當歌」，也是同樣將作者置身於一個具體的場景之中，以後即便是多有議論，也是這「對酒當歌」中具體的、鮮活的、生動的對酒中的曹操所發出的感慨，因此，也就擁有了具象感。可以說，五言詩「窮情寫物」的具有具體場景的美學特徵，是來自於曹操的探索，而曹操之所以能夠完成這一探索，與其「往往鞍馬間為詩」的寫作方式有著密切的關係，不論是五言還是四言，縱馬揚鞭於太行，就寫「北上太行山」，於碣石觀滄海，就可以以「東臨碣石」起首，景色既在其中，情感自然感發於景，情景交融的「窮情寫物」的寫作方式就此形成。

在具體寫作方式上，前者多有「艱哉何巍巍」「樹木何蕭瑟」之類主觀的描述性語句，而後者除了結尾處「幸甚至哉，歌以詠志」的卒章顯志之外，其餘均為對「以觀滄海」的客觀性摹寫，在摹寫大海的同時，顯示曹操自我之胸襟懷抱。曹操開拓的建安風骨並非不言志，而是要將抽象之志，附麗在濃鬱的情感上，而情感又附麗在具體的場景事件的形體之中。

試看曹操的《觀滄海》：

> 東臨碣石，以觀滄海。水何澹澹，山島竦峙。
> 樹木叢生，百草豐茂。秋風蕭瑟，洪波湧起。
> 日月之行，若出其中；星漢燦爛，若出其裏。
> 幸甚至哉，歌以詠志。

真如明人鍾惺所評：「直寫其胸中眼中，一段籠蓋吞吐氣象。」〔註6〕也就是說，曹操通過「胸中眼中」的大海景物，完美地展示了他「籠蓋吞吐」的政治胸懷。其中又包蘊著某種悲涼的人生體驗，如王夫之評（《船山古詩評選》卷一）《碣石篇》：「不言所悲，而充塞八極無非愁者。」〔註7〕一幅大海的畫圖，竟然包蘊了如此之多的內涵，這正是後來意象、意境理論之濫觴。而其中的大海描寫，又通過山木草風的細節鋪墊，使之更為細膩，如張玉穀《古詩賞

〔註6〕〔明〕鍾惺撰《古詩歸·卷七》，河北師範學院中文系古典文學教研組編《三曹資料彙編》，中華書局1980年版，第17頁。

〔註7〕〔清〕王夫之撰《船山古詩評選·卷一》，河北師範學院中文系古典文學教研組編《三曹資料彙編》，中華書局1980年版，第25頁。

析》卷八所評：「鋪寫滄海正面，插入山木草風，便不枯寂。……寫滄海，正自寫也。」〔註 8〕

曹操的觀滄海詩句，並沒有直接的比興指向，而是具有某種朦朧的暗示，沒有明確的、清晰的、功利性的指向，反而擁有了多層次的暗喻色彩：巨大的海濤將一輪夕日吞沒，又將一輪明月推向天空的舞臺；燦爛的銀河星漢，圍繞著夜空的新主人，在海波的起伏裏時隱時沒。場面如此闊大恢弘，氣勢如此超卓不群，有併吞八荒之心，囊括四海之意。這裡的「日月之行」和「籠蓋吞吐」氣象，讓人聯想漢魏之際的時代政治風雲，曹操易代革命的雄心和開創建安曹魏一代新思想潮流的偉岸。

由兩漢言志詩到曹操《苦寒行》代表的山水詩句，再到《觀滄海》的獨立意義的山水詩，是中國詩歌在漢魏之際山水題材方面的演進軌跡。但曹操寫得早些的《苦寒行》是五言詩，寫得晚些的反而為四言詩，這似乎是某種意義上的倒退。其實，漸進式的、交錯漸進式的嬗變，正是中國詩歌演進的最為正常的狀態，也是最為基本的規律。題材方面飛躍了（由言志而產生寫作山水景物題材的詩句），而在詩體形式方面則退回到四言詩的外形，使用曹操最為嫻熟的、得心應手的詩體形式，這是十分自然的事情。進一步說，曹操是以五言詩的寫作方法來寫作四言詩，是以五言詩的內形式來改造四言詩的外形式。

曹操五言詩雖然數量不多，但卻極為重要。曹操是最早的真正意義上的五言詩作者，是四言向五言過渡的代表人物。中國詩歌自《詩經》以來形成的以四言為代表的偶言歷程，至此剛剛作結。五言詩為起點的奇言歷程，雖然自其起點《詩經》時代就有，但還僅僅是巧合的五字詩，秦嘉時代的五言詩，即便是真實存在的話，也還僅僅是五言形成漫長歷程中的一個局部的突破，更何況其為偽作。曹操五言詩表現了五言詩走向成立的歷程，顯示了由言志向抒情轉型的痕跡，並成為後來山水詩、意象寫法的先驅者；其五言詩的表達方式、句式方式，都對建安詩壇產生了極為重要的奠基作用。

曹操在中國詩歌史的演變歷程中，站在了前所未有的歷史高度之上。可以說，曹操篳路藍縷，上下求索，開創了文人五言詩的新天地，是五言詩體形式的開創者，也是整個漢魏詩歌史轉型的樞紐。曹植生活在這樣的家庭環境之

〔註 8〕〔清〕張玉穀撰《古詩賞析．卷八》，河北師範學院中文系古典文學教研組編三曹資料彙編》，中華書局 1980 年版，第 40 頁。

中，加以伴隨他終生、影響他終生，成為他終生寫之不盡、用之不完的戀情話語的激情傾訴，遂為曹植成為才高八斗的曹子建的雙重原因。

第二章　建安九年：悲劇戀情人生的肇始

第一節　概　說

白馬飾金羈，連翩西北馳。借問誰家子，幽并遊俠兒。
少小去鄉邑，揚聲沙漠陲。宿昔秉良弓，楛矢何參差。
控弦破左的，右發摧月支。仰手接飛猱，俯身散馬蹄。
狡捷過猴猿，勇剽若豹螭。邊城多警急，虜騎數遷移。
羽檄從北來，厲馬登高堤。長驅蹈匈奴，左顧凌鮮卑。
棄身鋒刃端，性命安可懷？父母且不顧，何言子與妻！
名編壯士籍，不得中顧私。捐軀赴國難，視死忽如歸！

這是曹植著名的詩篇《白馬篇》，是曹植詩作中較為少見的意氣昂揚之作。曹植和曹丕、六子等同在建安十六年開始起步學做五言詩，此詩自然不是曹植的少年之作（根據詩意，似當為跟隨父親西征韓遂、馬超之作），但其原型，卻是曹植少年時代的原型。

詩中的這個騎著白馬馳騁幽并的遊俠兒，正是少年曹植的一個縮影。他時而仰手接住飛來的箭矢，好似猿猱般的矯捷，時而俯身在馬鐙之下射裂遠處的箭靶，矯捷勝似猿猴，勇剽更似豹螭。所謂「少小去鄉邑，揚聲沙漠陲」，乃為實寫。

曹操對待兒子們的培養方式，沒有絲毫的溺愛，而是置之死地而後生，從小就將他們置放到戰爭的前線去磨礪，如前文所述，建安二年宛城之戰，曹昂戰死，安民戰死，曹丕僥倖逃脫，當時曹丕才十來歲，已經是九死一生、久經沙場了。這種出征，不是作為被保護的眷屬，而是作為戰鬥中的一員，出生入死，真刀實槍，因此，曹植詩中所寫，皆為子建少年時代之真情實況。

建安四年，曹操大軍在南方戰場節節勝利，袁紹在北方戰場吞併幽州公孫瓚之後，已經兼有幽、并、冀、青四州之地，曹、袁兩大軍事割據的局面形成，成為最大的軍事抗爭的雙方，決戰已不可避免。雙方的割據形勢，看似袁紹遠遠強大於曹操，但曹操在戰前就預言說：袁紹為人「志大而智小，色厲而膽薄……土地雖廣，糧食雖豐，適足以為吾奉也」。戰爭還沒有打響，戰爭的勝負已經在談笑之中確定了！

建安五年八月，兩軍大戰於黃河岸邊的官渡，正如曹操的預言，曹軍大勝，袁紹在建安七年五月，吐血而亡，死于鄴城。到了建安九年正月（公元204年），曹軍渡過黃河，進逼鄴城。同時，曹操命令在淇水入河處修築坎堰，使淇水東流白溝，以便打通糧道。八月，攻克鄴城。曹操從此以鄴城作為自己真正的政治軍事和文化中心，以後被稱之為鄴下文化。一直到曹操死後的黃初元年，鄴城都是曹魏版圖的政治文化中心。

這一年，曹丕十八歲，曹植十三歲。在鄴下，發生了驚心動魄的故事。

《後漢書》卷七〇《孔融傳》記載：建安九年，「曹操攻屠鄴城，袁氏婦子多見侵略。而曹子丕私納袁熙之妻甄氏。融乃與操書，稱『武王伐紂，以妲己賜周公』」。孔融是在反用典故來諷刺曹操，說當年武王伐紂，是把妲姬賜給周公的，這當然是子虛烏有的事情，但現在曹操攻克了鄴城，卻縱容兒子曹丕佔有了袁紹的兒媳甄氏。

魚豢《魏略》更記載了曹丕私納甄氏的細節：「（袁）熙出幽州，后留侍姑。及鄴城破，紹妻及后共坐皇堂上。文帝入紹舍，見紹妻及后。后怖，以頭伏姑膝上，紹妻兩手自搏。文帝謂曰：『劉夫人云何如此？令新婦舉頭！』姑乃捧后令仰，文帝就視，見其顏色非凡，稱歎之。太祖聞其意，遂為迎取。」〔註1〕

> 《世說新語》則記載：太祖下鄴，文帝先入袁尚府，有婦人被髮垢面，垂涕立紹妻劉后，文帝問之，劉答「是熙妻」，顧擥（音攬）髮髻，以巾拭面，姿貌絕倫。既過，劉謂后「不憂死矣！」遂

〔註1〕〔晉〕陳壽撰〔宋〕裴松之注《三國志・魏書・后妃傳》，引〔魏〕魚豢《魏略》，中華書局，1982，第160頁。

見納，有寵。

這些記載，大同小異，甄后和其公婆劉氏當時都異常緊張，擔心受辱和性命不保，甄后面上抹了厚厚的灰炭，但仍然遮不住她的姿貌絕倫。這些記載，都是點到為止，都不如曹丕自己的記載，更為直接，更有趣味，更為準確地記載了他自身心理活動的變化。魏徵等撰《群書治要》卷四六載曹丕《典論・內戒》：

上定冀州屯鄴，舍紹之第。余親涉其庭，登其堂，遊其閣，寢其房。棟宇未墮，陛除自若。

曹丕自己在《典論》中回憶當時侵入袁紹府邸的過程和心情，不僅僅「登其堂，遊其閣」，而且「寢其房」，直接在袁府與甄氏入寢，強行佔有了甄氏。這一年，曹丕剛剛十八歲，尚未正式娶親。他可能聽說做出這樣的壞事，是要遭報應的，因此，當他走出袁紹府邸的時候，看看飛簷畫棟，看看陛除屋瓦，一切照舊，安然地無動於衷地冷漠凝視著這一切人間的悲劇。

史書的另一個記載，是曹丕的弟弟曹植。關於植、甄戀情的最早記載，應是李善注《文選・洛神賦》引《記》：

魏東阿王，漢末求甄逸女，既不遂，太祖回與五官中郎將。植殊不平，晝思夜想，廢寢與食。〔註2〕

東阿王，是曹植在明帝時代的一個封號，臨終之前，曹植雖然改封為陳，死後謚號為思，因稱陳思王，卻死於東阿，在距離當今山東聊城不遠的地方。稱呼東阿王，並非指的是曹植作為東阿王的時候，而是指稱曹植。說曹植在漢末時候曾經追求甄逸的女兒，實際上應該是建安九年，鄴城城破的時候。

第二節　明詩習禮：特立獨行的甄氏其人

甄逸，是甄后的父親。關於甄后的家庭情況，《三國志》卷五的《甄后傳》這樣記載：「文昭甄皇后，中山無極人，明帝母。漢太保甄邯后也，世吏二千石。父逸，上蔡令，后三歲失父。」〔註3〕

從這段記載來看，甄后出身於貴族名門之家，是漢代太保甄邯的後代，其家族一直是兩千石，其父甄逸是上蔡令。甄后三歲喪父，甄后應在上蔡出生。

〔註2〕參見張可禮編著《三曹年譜》，齊魯書社1983年版，第87頁。
〔註3〕〔晉〕陳壽撰《三國志・魏書・后妃傳》，中華書局1982年版，第159頁。

上蔡在春秋戰國時代，位於鄭楚之間，是秦漢時代出產美女之地，也是先秦時代所謂鄭衛之音的所在地，因此，也多有優伶娼家的傳統。這些都對甄后其人多才多藝的素質具有一定影響。後曹植多用「越鳥」「南國有佳人」稱謂之；同時，由於甄后家族為中山人，乃為趙地，因此，曹植也用「趙燕多佳人」等來稱謂之。

裴松之注引《魏書》說：甄逸「娶常山張氏，生三男五女：長男豫，早終，次儼，舉孝廉，大將軍掾、曲梁長；次堯，舉孝廉；長女姜，次脫，次道，次榮，次即后，后以漢光和五年十二月丁酉生。」〔註 4〕這段史料，更進一步披露了甄后的家庭情況。甄家的這一代子女，都是有名有姓，即便是甄家的女兒，甄后的四個姐姐，分別叫作：甄姜、甄脫、甄道、甄榮，唯獨到了甄后失去了名字的記載，甄后為何失去名字？也許是因為她和曹植的宮闈秘聞，史家有意遮蓋。

根據《三國志．甄后傳》記載：甄后出生於漢靈帝光和五年十二月丁卯，為公元 183 年 1 月 26 日，卒於黃初二年（221 年）六月辛卯，為公元 221 年 8 月 4 日。一向所說甄后年齡問題，實際上享年為 38 歲半，長於曹植 9 歲。曹植生於公元 192 年，卒於 232 年，史書記載「卒年四十一」，不知其月。郭后生於 184 年，曹丕生於 187 年，可知，曹丕先後兩任夫人，均長於曹丕。

甄后生前並無「后」之封號，曹丕璽書三至而甄后三讓，並終生未接受曹魏宮廷的封號。史家所稱「甄后」，乃為其子曹叡即位之後的追封。

不僅如此，甄后也從未見有將其稱之為甄妃的記載，曹操生前已經在建安二十二年封為王，二十五年正月，曹操死，曹丕即為王，「太祖崩，嗣位為丞相、魏王。尊王后曰王太后，改建安二十五年為延康元年。」〔註 5〕其後本應有「封甄夫人為王妃」，但不見記載，隨後，同年五月「天子命王追尊皇祖太尉曰太王，夫人丁氏曰太王后，封王子叡為武德侯。」〔註 6〕理應有甄夫人為王妃，或是郭夫人為王妃之類的字樣也沒有。一直到黃初元年，曹丕登基，追尊武王曰武皇帝，尊王太后曰皇太后等，同樣不見有對王后封為皇后的記載，不僅未提甄后，而且，從王后到皇后的位置，一直闕如。

這是不正常的，這一現象，說明甄后此時仍與曹丕處於分離狀態，不能直

〔註 4〕〔晉〕陳壽撰〔宋〕裴松之注《三國志．魏書．后妃傳》，引〔西晉〕王沈《魏書》後按語，中華書局 1982 年版，第 159 頁。

〔註 5〕〔晉〕陳壽撰《三國志．魏書．文帝紀》，中華書局 1982 年版，第 57 頁。

〔註 6〕〔晉〕陳壽撰《三國志．魏書．文帝紀》，中華書局 1982 年版，第 59 頁。

接封妃封後，同時也說明，甄后仍是曹丕的最愛，王后位置仍然為之保留。

甄后由於有這段不光彩的戀情，其名字被文帝、明帝以來的史學家所嚴密封殺，以為皇家尊者諱。《記》的作者以及《記》原書本身都已經失傳，根據學者的研究，《記》是一部嚴肅的史書，「記」，如同史記的「記」，為六朝人所作，當下零星所見，主要見於李善注《昭明文選》所引等。

甄氏其人大抵有這樣幾個特點：

1. 特立獨行的性格：也就是說，甄后是一個有個性，有自己的見解，不隨波逐流的女性。《三國志》卷五《魏書．甄后傳》注引《魏書》曰：「後自少至長，不好戲弄。年八歲，外有立騎馬戲者，家人諸姊皆上閣觀之，后獨不行。諸姊怪問之，后答言：『此豈女人之所觀邪？』」〔註 7〕性格決定命運，特立獨行的性格，決定了甄后在後來的人生之旅中，放棄皇后之位而選擇了和曹植的戀情，並最終被曹丕下詔書賜死。

2. 飽讀詩書：甄氏是一位很有文化底蘊的才女，史書記載她從小愛讀書寫字，剛才說到甄氏對屋外的騎馬遊戲，毫無興趣，好像給人一個古板的印象，甚至可能會有道學的印象，其實不然，她是性格使然，並非虛偽。「年九歲，喜書，視字輒識，數用諸兄筆硯。兄謂后言：『汝當習女工。用書為學，當作女博士邪？』后答言：『聞古者賢女，未有不學前世成敗，以為己誡。不知書，何由見之？』」〔註 8〕可知，甄氏好學，通過諸多史料可以知道，甄氏對先秦典籍非常精通，尤其是對詩三百非常喜愛，非常熟稔，這一點，成了甄氏詩歌寫作的一個重要基礎。

3. 習禮明詩：《洛神賦》描寫洛神（甄后）是「嗟佳人之信修兮，羌習禮而明詩」，這是非常準確的。修，是先秦以來就一直講求的修身原則，說甄氏確實有非常好的修養氣質；習禮，正吻合於上述各種史料對甄氏的記載，而「明詩」，建安時期甄后是獨一無二的女詩人，其臨終之作的《塘上行》，即使併入三曹七子的詩作之中也毫不遜色。

4. 精通音樂：《太平廣記．蕭曠》中有蕭曠和甄后的一段對話，頗有意味：「女曰：妾即甄后也。為慕陳思王之才調，文帝怒而幽死。后精魄遇王於洛水之上，敘其冤抑，因感而賦之，覺事不典，易其題……妾為袁家新婦時，性

〔註 7〕〔晉〕陳壽撰《三國志．魏書．后妃傳》，中華書局，1982，第 159 頁。

〔註 8〕〔晉〕陳壽撰〔宋〕裴松之注《三國志．魏書．后妃傳》，引〔西晉〕王沈《魏書》後按語，中華書局 1982 年版，第 159 頁。

好鼓琴，每彈至悲風及三峽流泉，未嘗不盡夕而止。」〔註9〕關於甄氏精通音樂這一點，在曹丕贈送給甄氏的詩作中，在唐人的相關記載中，都可以得到相應的印證。

5. 精妙無雙：甄氏之美，古今無雙。甄氏的形象，我們大多可以通過曹植的作品得到側面形象。甄后到底長得什麼樣子？可以參看《洛神賦》，甄后的身材窈窕，曹植多次寫她「腰如約素」，李商隱《蜂》詩說「宓妃腰細才勝露」。皮膚非常白皙，「延頸秀項，皓質呈露」，還有就是多次描寫她的纖纖玉手，眼睛「明眸善睞」，具有勾魂攝魄的力量，這些，配合上「瑰姿豔逸，儀靜體閒」的修養氣度，遂為曹植終生追求的洛神偶像。

李善注引《記》，則說明《記》至少是唐之前的史料，它比清代學者的說法，更為接近歷史的真實。所說漢末求甄逸女，時間殊為不詳。古代有學者據此認為這一記載絕無可能，說是甄后十七歲嫁給袁熙，時間當為將近公元200年前後，其時曹植剛剛八九歲，怎麼會去求女？這是對《記》的誤讀。曹植開始對甄后產生戀情，是在204年鄴城攻破，此時當是曹植第一次見到甄后，驚豔於甄后的國色天香，一見傾心，這第一次的怦然心動，便成了曹植難以捨棄的終生之戀。

李善所引的六朝人記載，是否準確，還需要看曹植後來的人生軌跡。如果後來曹植並無和甄后關係的任何蛛絲馬蹟，則說明這一記載不一定準確，或說是曹植僅僅是一時之間的衝動而已，隨後就偃旗息鼓，另有所愛了。但事實上，從曹植、甄后一生的關係發展史來說，後來的記錄可謂是不絕如縷，而且，呈現越演越烈的局面。

根據魚豢的《魏略》記載，曹丕佔有甄后「擅室數歲」，才得到了父親曹操的批准。曹植憤恨不平，晝思夜想，廢寢與食，以絕食絕睡和父親兄長抗爭。我們難以想像，一個十三歲的少年，平生第一次墜入情網，會是一個什麼樣的生活。而這個令他朝思暮想的女性，卻偏偏並不能離開他的視線，成了他的親嫂子。即便是還沒有完成和曹丕正式的婚典之前，應該一直是和曹丕同居的狀態。這讓他何等嫉妒，何等不平！

嗟爾同衾，曾不是志。

寧彼冶容，安此妒忌。

此數句話語，后以《妒》為題，被作為曹植逸文出現在曹植的文集中。

〔註9〕〔宋〕李昉等編《太平廣記》卷三百一十一，中華書局1961年版，第2459頁。

《藝文類聚》「曾不是志」，「不」作「弗」。此四句大意應是：感歎你和他人同衾，而這曾經就是我的夢想。只有你那美麗的容顏，能撫慰我這妒忌的心情。這應該是曹植最早的作品，也許是不完整的作品。

第三節　妾本穢宗之女：甄氏的表白

曹丕和甄氏之間的婚姻關係，令人費解：根據曹丕自己的說法，建安九年八月鄴城攻破，他即佔有了甄氏，而根據魚豢的記載，則是在佔有之後「擅室數歲」，而甄氏所生的兒子曹叡，根據史學家的計算，仍有不是曹丕兒子的可能性，則至晚也要在建安十年出生，同時可證曹丕當時已經佔有甄氏。那麼，兩者之間到底是何時舉辦的大婚典禮？

此外，另外一個令人費解的問題：曹植究竟何時開始進行文學寫作？迄今保存完整的、較早的曹植作品，應該是《愍志賦》和《感婚賦》。其背景應該是：甄后終於同意了曹丕的求婚，並獲得了家族的祝福。舉行大婚的時候，曹植獨自跑到高高的山頂，俯瞰著熱鬧的婚禮，淚流滿面。《愍志賦》可能是同時，也應該是迄今為止保存最為完整的曹植的開蒙之作：

《愍志賦．並序》：或人有好鄰人之女者，時無良媒，禮不成焉。彼女遂行適人。有言之於予者，予心感焉，乃作賦曰：

竊託音於往昔，迨來春之不從。
思同遊而無路，情壅隔而靡通。
哀莫哀於永絕，悲莫悲於生離。
豈良時之難俟，痛予質之日虧。
登高樓以臨下，望所歡之攸居。
去君子之清宇，歸小人之蓬廬。
欲輕飛而從之，迫禮防之我拘。

序言中，說「或人有好鄰人之女者，時無良媒，禮不成焉。彼女遂行適人。有言之於予者，予心感焉」，曹植雖然在癡狂的戀情狀態，但顯然不願意別人看到他的這一篇近乎是處女作的單相思情節，因此，託之於「或人有好鄰人之女者」，正是假作真時真亦假，無為有處有還無。戀情總是自我的、隱私的，有誰願意讓自己內心深處的隱私被別人窺破呢？因此，說是「或有人」，將自己隱藏起來了，而戀情的對方呢？則是「鄰人之女」，曹植終生只有愛戀甄后的種種記載，終生皆無移情她戀，而後文中說是「哀莫哀於永絕，悲莫悲於生離」，哀痛欲絕，這一表達方式，後來在甄后的《塘上行》和曹植當時同作的《蒲生行浮萍篇》同一機杼，語句和含意均無二致。

此文起首兩句難以詮釋，「竊託音於往昔，迄來春之不從」，從這兩句的意思來說，甄后對曹植或許也有所允諾，所謂「託音於往昔」「迄來春之不從」，都隱約含有對對方責備的意思。

「思同遊而無路，情壅隔而靡通。哀莫哀於永絕，悲莫悲於生離。豈良時之難俟，痛予質之日虧。」此六句一氣而下，到「豈良時之難俟，痛予質之日虧」，更點明兩者之間有約，只不過時至今日，甄后終於與曹丕完婚。也只有兩者之間的互相愛戀和許諾，才有可能發生一旦聽說對方結婚的消息而悲痛欲絕的情感崩潰，這是合於情理的。

「哀莫哀於永絕，悲莫悲於生離」，在曹植看來，婚姻就意味著一錘定音，意味著生離死別，意味著終生永遠不可能再得到機會。得不到的東西，包括異性、情愛，永遠是最可珍貴的。這也是後來曹植知其不可為而為之，終生視甄后為女神的原因之一。

此兩句的句式方法，也在後來曹植詩中、甄后《塘上行》「眾口鑠黃金，使君生別離」，以及十九首如「行行重行行，與君生別離」的句子中反覆使用——這些都屬於他和她這兩個人的內部話語——別人能讀懂外在的語言形式，而只有他們自己能讀懂其中的內在含義。

此時，曹植只能「登高樓以臨下，望所歡之攸居」，長久地登高窺視所愛之人的居所。後四句：「去君子之清宇，歸小人之蓬廬。欲輕飛而從之，迫禮防之我拘。」「去君子之清宇，歸小人之蓬廬」，這顯然是說甄后，離開了君子（自己）的清宇，而投入了小人（曹丕）的懷抱。說自己真想展翅輕飛，帶著你從此遠遊出走，但又迫於禮防對我的拘束。結尾一句，在《洛神賦》中再次使用：「收和顏而靜志兮，申禮防以自持」。

曹植總是把年輕時候兩者之間使用的通信話語，變為後來兩人之間的語碼，不斷重複使用，成為兩人之間才能真正讀懂的信息。

或說：賦中說對方「歸小人之蓬廬」，暗指曹丕為小人，難道就不懼怕曹丕的憤恨麼？這裡的原因，一是曹植寫作此文，年輕氣盛，又正在憤怒的燃燒之中，不能不一吐為快！還有一個因素，此一篇賦，並非一般意義上的文學創作，它僅僅是借用賦或說是借用文學的外殼，完成一封情書的使命。以後，曹植甄后之間，這種用文學形式，特別是以五言詩作為兩者之間的情書往返，就成了一種普遍的現象。而這種私密的情書，由於沒有面對普泛意義上的讀者，沒有了戴著面具表演的拘束，反而成了意悲而遠，讀之令人驚心動魄的傳世佳作。

甄后讀到了曹植的這一封悲痛欲絕的情書賦作之後，又是怎麼回覆的呢？

妾本穢宗之女，蒙日月之餘輝。

委薄軀於貴戚，奉君子之裳衣。

這四句應該是當時甄后回覆曹植的文字。此四句趙幼文在曹集中附錄在《愍志賦》文後，並說明：《書鈔》八十四引《愍志賦》，此疑篇首脫文。〔註10〕其實，從文意來說，放到曹植文中，完全不能對應，而作為甄后的回覆信函，則完全吻合。

文中說，妾本是穢宗之女，這裡的穢宗之女，並非指的她的娘家出身，而是指的她袁紹兒媳的這一身份。面對曹操家族的人，能稱之為穢宗之女者，捨此之外，豈有她人？非甄后不能吻合，非袁氏家族之女不能吻合也。而「穢宗」之「穢」字，更有女子已經被他人佔有過的含意。

「蒙日月之餘輝」，同樣面對曹氏家族的人，在建安這個特殊的年代，非曹操又有何人堪當之？日月，可以通指曹操、曹丕、曹植三人。所以，自己殘花敗柳的薄軀，嫁給曹丕，也就聽天由命了。這裡，應該不僅僅是甄后自己的選擇，還有原先的婆婆劉氏的誘脅，曹丕的種種手段等等。

第四節　懼歡媾之不成：曹植的失戀

曹植還有一篇《感婚賦》：

陽氣動兮淑清，百卉鬱兮含英。

春風起兮蕭條，蟄蟲出兮悲鳴。

顧有懷兮妖嬈，用搔首兮屏營。

登清臺以蕩志，伏高軒而遊情。

悲良媒之不顧，懼歡媾之不成。

慨仰首而太息，風飄飄以動纓。

如果在前篇，我們還不能知道，曹丕和甄氏之間的大婚時間，補充閱讀此

〔註10〕趙幼文《曹植集校注》，人民文學出版社，1984年版，第32頁。

一首，大體能夠知道，時間是一個早春的季節：「陽氣動兮淑清，百卉鬱兮含英。春風起兮蕭條，蟄蟲出兮悲鳴。」

那麼是哪一年的早春呢？《武帝本紀》：建安十六年，「春正月，天子命公世子丕為五官中郎將，置官屬，為丞相副。」這也就能解釋前文所說的「委薄軀於貴戚，奉君子之裳衣」的背景，或說是潛臺詞。在曹丕被任命為五官中郎將，丞相副的建安十六年春正月，甄后同意了曹丕的求婚，並且正式完婚，吻合於曹植此篇《感婚賦》的背景，也吻合於常理常情。

對於曹植來說，這一年的正月早春，原本是春意盎然的正月，在他悲哀的視角中，無不抑鬱著悲情，百卉悲鬱，春風蕭條、蟄蟲悲鳴。「顧有懷兮妖嬈，用搔首兮屏營」，此兩句點明悲哀的原因，是由於他日思夜想的美女，妖嬈絕代，令他搔首屏營。

「屏營」這個語詞，意指彷徨、踟躕，後來在所謂蘇李詩中「良時不再至，離別在須臾。屏營衢路側，執手野踟躕」「三萍離不結，思心獨屏營」，署名蔡文姬《悲憤詩》：「不能寢兮起屏營」等中反覆使用，也是兩者之間熟悉的語碼。

「登清臺以蕩志，伏高軒而遊情」，此一句說自己如此悲哀，只能登清臺以蕩志，舒解心中的塊壘。清臺，指的是銅雀臺。在銅雀臺建成之前，未聞鄴城有臺，銅雀臺初步落成於建安十五年冬十二月，但尚未完成裝飾工程，一般人還不能來登臺，故曰「清臺」。此一句驗證了此前的推論，也許會是建安十六年正月，曹丕甄后大婚，曹植鬱悶中登臨尚未正式啟用的銅雀清臺。

「蕩志」，這也是曹植創造性的用語，表達舒解鬱悶情懷。十九首中《東城高且長》中有「蕩滌放情志」，把蕩志這一個語詞擴展開來成為一個語句，也正見出十九首此一首正為曹植之作品無疑。

「悲良媒之不顧，懼歡媾之不成」，此兩句可以和前文《愍志賦》所說的「時無良媒，禮不成焉」對照來看。如果是偶然一次使用，我們可能會理解為一個比喻，現在兩次使用，不能不引起研究者的關注：一定是實有其事，曹植拜託了一位朋友為之說項，但最後得來的消息卻是失敗了。此事，曹植後來在《洛神賦》中再次提及：「余情悅其淑美兮，心振盪而不怡。無良媒以接歡兮，託微波而通辭。」

「懼歡媾之不成」，寫得大膽、直露。歡媾，《易經．屯卦》：「求婚媾」，《釋文》引鄭注：「媾，會也。」是歡媾猶歡會。曹植託人說項，已經在預期和甄后的歡媾了，結果是他眼睜睜看著心中的女神與他人走上婚姻的殿堂，這一打擊實在是太大了。所以，結尾兩句說：「慨仰首而太息，風飄飄以動纓」，只能仰首太息，仰望之中，只能看到東風吹動著旗杆上的旗幟和旗纓。

曹植另一首《言志》詩作說：「慶雲未時興，雲龍潛作魚。神鸞失其儔，還從燕雀居。」(曹集第 539 頁)，題為《失題》的逸文兩句：「情注於皇居，心在乎紫極」，則披露了對於身處皇居紫極的甄后的繫念。都與甄后戀情有關，寫作時間還有待研究。

如前所述，建安十六年正月早春，曹丕被封為五官中郎將丞相副，初步確定了曹魏大業的接班人位置，同時，迎娶了擅室數歲的絕代美人甄氏，可謂是雙喜臨門；而對於二十歲的青年才俊曹植來說，無疑是一個致命性的打擊。

筆者不能想像，曹植是如何擺脫這場精神危機的，應該是一個逐漸平復心態的過程。那麼，後來，是什麼事件的發生使得曹植走出了這種悲情的陰影？

建安十六年暑期，鄴城西園遊宴詩興起，這對曹植來說，無疑是一個多方面的好事：

首先，轉移了曹植對於失戀悲情的關注，讓他的文學才華得以釋放；其次，建安五言詩興起，是中國詩歌史意義重大的里程碑，它宣示了中國詩歌寫作由先秦兩漢不自覺的狀態，進入到自覺的時代。參與這一次五言詩寫作的詩人，主要是曹丕、曹植兄弟及其文學侍從，總共在十人左右，沒有參與這次五言詩寫作活動的文人們，如蜀漢的文人都不會寫詩，曹魏政權的其他文人，大多還在寫作效法詩三百寫法的四言詩，或是空泛議論的五字詩。

擔任過曹丕、曹植文學侍從的人物不止這些，也並不是在這個時期所有擔任過文學的人都參與遊宴詩的寫作活動，還要看每個人的天分、氣質、修養、愛好等，譬如同為建安十六年被任命為平原侯文學侍從的，有司馬孚、邢顒、毋丘儉等。

《晉書》卷三十七《安平獻王孚傳》：「魏陳思王有俊才，清選官屬，以孚為文學掾。植負才陵物，孚每切諫，初不合意，後乃謝之，遷太子中庶子。」而同時被任命為曹植家丞的邢顒，則甚至跟曹植鬧彆扭。

《魏志・邢顒傳》記載：「是時，太祖諸子高選官屬。令曰：侯家吏，宜得淵深法度如邢顒輩。遂以為平原侯植家丞。顒防閑以禮，無所屈撓，由是不合。庶子劉楨書諫植曰：家丞邢顒，北土之彥，少秉高節……私懼觀者將謂君侯習近不肖，禮賢不足……為上招謗，其罪不小，以此反側。」

邢顒名氣很大，以至於曹操在為曹植兄弟選擇文學侍從的時候，以邢顒為例，要宜得淵深法度如邢顒輩，所以，有司索性就安排邢顒作曹植的家丞，結果，少秉高節的邢顒防閒以禮，無所屈撓，和曹植矛盾很深，不用說參加遊宴詩活動，就是平日也是一言不合，就有爭端，同為曹植文學侍從的庶子劉楨以書諫曹植，將自己的種種擔心直言相告曹植。

可知，同為文學侍從應瑒、劉楨等與曹植情投意合，遂為七子，而司馬孚、邢顒等正統儒家人物，一本正經，教訓切諫曹植，只好改任它職，自然也就不會參與這些鬥雞走馬、為女性寫作之類不合禮教的活動。

曹植和甄后，都身歷其中，深受其陽光雨露之沐浴，而各自都有自己獨特的天資和豐富的情感，這為兩人之間後來以五言詩作為情書表達，奠定了基礎。

再次，曹植從建安九年秋第一次驚豔甄氏，一直到以後甄后嫁人，宣告了曹植愛情追求之旅的失敗。愛情和政治事業的雙重失敗，在已經一段時間的沉淪之後，壓抑反彈出來曹植的奮起。隨後開始的遊宴詩活動，為他提供了展示才藝的舞臺。他的才華學識，在壓抑下噴發出來，他要寫出驚人佳句，寫給父親看，以博得同樣是詩人的父親曹操之愛；他要寫給甄氏看，他要重新奪回似乎已經注定屬於他者的戀情；他要寫給一切似乎都在嘲笑他是失敗者的人看，重新找回自己的人生位置。

人說，天下才華一石，曹子建獨佔八斗，這可不是從天而降的榮光，這其中必定有它的來源。

我們說，古往今來，一切大有成就者，無不經歷苦難的洗禮，所謂文王拘而演周易，屈子放逐，乃賦離騷。每一個天才的成就，都是在苦難的放逐之旅中磨礪出來的。曹植的才高八斗，必定有其人所未知的苦難，這一苦難，正如筆者前文所析，是戀情和事業的雙重挫折所給予的。

兩者之間，戀情屬於人的本性，事業則屬於後天。有些人也許會拋棄一切而要政治地位和權利，而有些人則恰恰相反，願意拋棄一切而要情愛。這要看你愛得有多深，也要看你的作為人的本質屬性。

當下，曹丕和曹植兄弟，兩人的本質屬性恰恰相反，曹丕的本質是一個政治動物，曹植的本性則是情感的俘虜。而兄弟二人恰恰同時擁有爭奪權利和情愛的雙重權利，因此，這雙重的爭奪，也就勢必伴隨著兩人之間終生的矛盾和糾葛。

到建安十七年仲夏，曹植和甄后的戀情實現了真正意義上的突破——在建安遊宴詩的群體活動中，原本已經平復的悲情，原本已經沈寂的愛，在建安西園遊宴詩和五言詩體形式的創制中，在甄后不得不對曹植另眼相看的時候，戀情——悄然而至，像是沉睡百年的睡美人被某種魔法喚醒，而建安十六年之後的通脫氣氛，也就成了使這種戀情發酵的酒窖。

第三章　建安十六年：遊宴詩的興起

第一節　概　說

鄴城，將是本書主人公最為重要的生活和活動地點，曹植和甄后的戀情發生在鄴城，甄后後來被賜死的地方也是在鄴城。鄴城位居當今河北邯鄲和安陽之間。原本是袁紹冀州州治之所，也可以是袁紹總領北方四州之都。

或說，既然北有邯鄲，戰國時代趙國的都城，南有安陽，更是殷商後期的都城（後來發現甲骨文的殷墟即在此地），當袁紹在此建都之際，鄴城應該僅僅是位於兩大都市中間地帶的縣城，袁紹為何不選擇安陽或是邯鄲兩大古都，而要在兩大古都之間，選擇鄴城這樣的縣城呢？

須知這是戰爭時代，選擇中心，首先要看地理環境，鄴城緊鄰漳河，漳河水成了鄴城的南護城河，再往南更有黃河天險；西側則在太行山麓，在古代地處太行山東部的關東經濟區，地理險要，經濟富庶，人口眾多，這是袁紹首先考慮的要素。

其次，戰爭時期，作為各個集團的政治軍事中心，還要考慮到大部隊在周圍的安營駐紮，這樣的話，無論是往南數十公里的安陽大都市，還是往北一些的邯鄲，都不能適合。同此，曹操在相當長的一段時間之內，也就是在攻克鄴城之前，大約是曹植出生之後的第二年，公元 193 年，就一直以黃河邊上的山東鄄城為實際的中心，將漢獻帝安排到許昌，則為河南的南部，相對於強敵袁紹而言，屬於大後方。

這裡需要提及，很有趣味的事情是曹操和袁紹對峙，分別以當下位於山東的鄄城和位於當下河北河南交界處的鄴城為兩大中心，若干年後，曹植和甄后書信往返，也同樣是以這兩大古城為中心，展開情愛的戰爭，這是歷史的巧合，還是一種宿命？

在鄴城的西北角，是高聳入雲的銅雀臺。所說西北角，是由于鄴城沒有直角的西城和北城交接，西城斜著連接在北城上，而銅雀臺，正是建立在西城銜接北城的點位上，所謂「西北有高樓，上與浮雲齊」，寫得正是銅雀臺。曹操將自己家族的眷屬和藝伎，就安置在銅雀臺以及銅雀臺下的西園。

西園林木蒼翠，中間開鑿了大湖，灌上漳河水，每當夏秋季節，湖波蕩漾，碧波粼粼，湖中盛開著菡萏芙蓉，因稱芙蓉池。曹植甄后第一次的戀情突破，就是在這芙蓉池邊，由採擷芙蓉贈送引發而成。芙蓉、靈芝等，也就成了兩人之間的記憶終生的信物，後來，甄后被賜死，「攬衣入清池」，跳湖而死。

這裡，是兩人戀情的開始點，也是終結點。而銅雀臺，由於坐落在鄴城西北角，因此，建安詩人的五言詩中，很多次地提及西北的高樓。

「西北有高樓」的銅雀臺，後來是曹植甄后戀人之間經常活動的地點，「西北有織婦」中的「織婦」，則是甄后的代名詞之一。在建安十六年初始進入銅雀臺的時候，銅雀臺西園，也是曹丕、曹植帶領他們的文學侍從，飲酒作詩欣賞音樂的文化中心所在，中國的詩歌史，由此走進了五言詩的時代。

可以說，銅雀臺，是五言詩興起的搖籃，也是曹植甄后發生戀情的溫床。

先看曹植《七啟》對銅雀臺的描寫：

> 崇景山之高基，迎清風而立觀。彤軒紫柱，文榱華梁，綺井含葩，金墀玉廂。溫房則冬服絺綌，清室則中夏含霜。華閣緣雲，飛陛陵虛。俯視流星，仰觀八隅。升龍攀而不逮，眇天際而高居。繁巧神怪，變容異形。班輸無所措其斧斤，離婁為之失睛。麗草交植，殊品詭類。綠葉朱榮，熙天曜日。素水盈沼，叢木成林。飛翮陵高，鱗甲隱深。於是逍遙暇豫，忽若忘歸。乃使任子垂釣，魏氏發機。芳餌沉水，輕繳弋飛。落翳雲之翔鳥，援九淵之靈龜。

這段對於宮館樓閣的鋪寫，其原型正是銅雀臺，大意是說：

高高的銅雀臺以景山為地基，迎著清風樹立起高聳入雲的樓觀。彤紅色彩的軒窗，醬紫色彩的門柱，雕樑畫棟，綺麗的天井像是奇葩綻放。金玉鑲嵌的臺階和兩廂。溫房中即便是寒冷的冬天也可以穿著薄薄的紗衣，清涼的室中，即便是盛夏季節也能結霜。高聳的阿閣直入雲霄，飛簷上的走獸陛除凌空而飛。

站在銅雀臺上，可以俯視流星飛走，仰望遠方，能看到四通八衢。飛騰的蛟龍也不能飛到高聳的臺端，那銅雀臺，高局在渺渺無垠的天際。它的工巧繁複，造化鬼神，它的變異創造，魯班公輸也無所措手足，號稱千里眼的離婁也要為之歎惋。

西園內更兼有美麗的花草樹木，交錯文采，各種奇奇怪怪的品類詭異繁多。碧綠的枝葉與紅色粉色紫色的花朵交映生輝，和天上的彩虹、東方的日出、西天的殘照成為一體。更兼有芙蓉池水碧波蕩漾，池邊的西園中蓊蓊鬱鬱的森林。飛鳥在池中水邊倏忽飛起，飛向高高的雲端，水中的魚類在陽光下閃耀美麗的鱗甲，然後消隱在深深的水中。

曹植對於銅雀臺和西園的描寫，足可以彌補我們對之描述匱乏的遺憾，給予我們立體的畫面和無盡的想像。建安十六年暑期之後，曹丕、曹植等人開始了西園之遊，並伴隨著大量五言詩的寫作。

這裡所說的西園之遊，實際上就是銅雀臺之遊，需要特意說明的是，筆者所說的不論是西園還是銅雀臺，都是以局部替代總體的一種代稱。鄴城有內外二城，內城中建有宗廟和聽政殿、文昌閣兩座主建築。

文昌閣西面是內苑，其中有三座著名的亭臺建築，就是銅雀臺、金虎臺和冰井臺。銅雀臺居中，因此又稱中臺；金虎臺在南，冰井臺在北，合稱「三臺」。三臺在文昌閣西，因此稱為西園。

在銅雀臺東面還有一個芙蓉池，曹丕《臨高臺》詩「下有水，清且寒」，即詠此池。曹丕等人在銅雀臺於建安十五年歲末建成之後，又經過建安十六年半年左右的進一步修繕加工，於該年暑期之末開始進入銅雀臺建築群中遊宴賦詩，這是合於常理的，即便是現代工業化的建設，也是需要在主體建築完成一段時期之後，進一步的完善加工，而不是主體工程剛剛建成就可以開放遊覽。

建安十六、十七年，曹丕、曹植以及建安六子開始了銅雀臺之遊，或說是西園之遊，這次遊宴活動的一個主要特點，就是隨遊隨寫，此前，曹丕為首的這一幫人，去了河北的南皮，有南皮之遊的記載。但僅僅是絲竹悅耳，酒宴瓜果等，並沒有開始五言詩寫作。

這次，之所以不同，主要與建安六子基本都是曹丕兄弟的文學侍從有關，既然是文學侍從，職責所在，隨遊隨寫也就成了自然的、水到渠成的事情。如曹丕詩「逍遙步西園」，曹植詩「清夜遊西園」，王粲《雜詩》「日暮遊西園」「從君出西園」等，即詠此園。還有「建章臺」，也應該是銅雀臺的初名。

銅雀臺初名應為建章臺。應瑒《侍五官中郎將建章臺集詩》，題所云建章臺，疑即銅雀臺。《藝文類聚》卷六二載繁欽《建章鳳闕賦》，「其敘建章鳳闕之地理、形制與左思《魏都賦》說銅雀臺相符，豈建章臺或為銅雀臺之初名邪？」〔註1〕

《藝文類聚》載繁欽《建章鳳闕賦》:「築雙鳳之崇闕，表大路以遐通……嘉樹蓊薆，奇鳥哀鳴。臺榭臨池，萬種千名。」〔註2〕繁欽卒於建安二十三年（218），與七子約略同時人，魚豢《魏略》記載他「長於書記，又善為詩賦」，以豫州從事，遷為丞相主簿。《文選》著錄有《與魏太子箋》一首，《玉臺新詠》一有《定情詩》一首。

其中「築雙鳳之崇闕，表大路以遐通」，正與曹植筆下的「雙闕」相互吻合，則曹植寫作有關在雙闕下遊玩之作，也應在此西園之遊的遊宴詩之內；而繁欽筆下的「嘉樹蓊薆，奇鳥哀鳴。臺榭臨池，萬種千名」，正與王粲、曹丕、劉楨、曹植等人筆下的西園遊宴的場景吻合，建章宮原為西漢在上林苑所建宮殿，曹魏鄴城乃用漢建築名稱:「建章宮建於漢長安城西的上林苑內，其地原為建章鄉，因鄉名為宮名。」〔註3〕

第二節　永日行遊戲：鄴下文人集團的形成

參加銅雀臺西園遊宴作詩的，除了曹丕、曹植之外，就是他們的文學侍從，主要有王粲、陳琳、劉楨、徐幹、應瑒、阮瑀等。這就是一向所說的三曹七子的鄴下文人集團。

三曹中，曹操公務繁忙，身份又特殊，故不經常參加；七子中，孔融由於在此前已經被曹操殺害，自然也不能參加。順便說及，孔融雖然也名列七子之中，卻並不會寫作這種抒情五言詩，僅有的一兩首五言詩，還是漢詩的空泛議

〔註1〕參見俞紹初輯校《建安七子集·七子年譜》，中華書局2005年版，第432～433頁。

〔註2〕〔唐〕歐陽詢撰《藝文類聚》卷六十二，上海古籍出版社1999年版，第1117頁。

〔註3〕何清谷校注《三輔黃圖校注》，三秦出版社2006年版，第144頁。

論式的寫法，尚不會運用場景、意象、描寫等方式來抒發情感。筆者因此將這個經常一起遊宴的鄴下文人集團概稱之為「二曹六子」。

「七子」之稱，始見於曹丕《典論．論文》：「今之文人，魯國孔融文舉、廣陵陳琳孔璋、山陽王粲仲宣、北海徐幹偉長、陳留阮瑀元瑜、汝南應瑒德璉、東平劉楨公幹，斯七子者，於學無所遺，於辭無所假，咸以自騁驥騄於千里，仰齊足而並馳。」〔註4〕

胡應麟則說：「文舉自是漢臣，與王、劉年輩迴絕，列之鄴下，其義未安。」〔註5〕這是正確的，七子之稱，實應為六子。曹丕將此七子置放一處，本無過錯，因孔融在當時名氣也很大，但究竟其實，孔融與王粲、劉楨等人，並非同一類群之詩人。不僅僅是由於孔融比曹操大兩歲，死於建安十三年，更為重要的，是孔融並未能真正參加為七子帶來巨大聲譽的建安詩歌寫作活動。

七子中的另一位詩人阮瑀，死於建安十七年，僅僅比孔融晚死四年，但阮瑀的詩歌，屬於名副其實的「魏響」，而孔融早死四年，就還在「漢音」之內。同此，七子中的另外五位詩人，都死於建安二十二年左右的大瘟疫，比起孔融來說，也不過是晚死不足十年的時間。

一切都說明，時間發生在建安十六、十七年暑期，這是一個重要的時間窗口，中國詩歌史和中國文學史，在這個時間點上，發生了一次飛躍。可以借用當代的一句名言，建安十六年十七年，三曹六子的一小步，中國詩歌史的一大步。從這個時間點開始，五言詩開始走向成立，中國詩歌史從真正意義上來說，才開始進入自覺的時代。

陳琳，原本在袁紹帳下效力，官渡之戰前夕，為袁紹寫下著名的討伐曹操的檄文，說曹操是「贅閹遺醜，本無令德」。〔註6〕鄴城攻克之後，投誠曹操，《宴會詩》是陳琳寫作的最早五言詩，其詩如下：

凱風飄陰雲，白日揚素暉。良友招我遊，高會宴中闈。

玄鶴浮清泉，綺樹煥青蕤。

再看王粲寫的《公讌詩》，可知是同一個節氣中的作品：

昊天降豐澤，百卉挺葳蕤。涼風撤蒸暑，清雲卻炎暉。

高會君子堂，並坐蔭華榱。嘉肴充圓方，旨酒盈金罍。

〔註4〕《魏晉南北朝文學史參考資料》，中華書局1962年版，第46頁。
〔註5〕〔明〕胡應麟撰《詩藪》外編卷一，上海古籍出版社1958年版，第139頁。
〔註6〕見〔南朝宋〕范曄撰《後漢書．袁紹本傳》，中華書局1965年版，第2363頁。

管絃發徵音，曲度清且悲。合坐同所樂，但愬杯行遲。

常聞詩人語，不醉且無歸。今日不極歡，含情欲待誰？

見眷良不翅，守分豈能違？古人有遺言，君子福所綏。

願我賢主人，與天享巍巍。克符周公業，奕世不可追。〔註7〕

《文選》李善注：「此詩侍曹操宴」。可知曹操若不繁忙，有時也會參加遊宴活動。

劉楨《公讌詩》：

永日行遊戲，歡樂猶未央。遺思在玄夜，相與復翱翔。

輦車飛素蓋，從者盈路傍。月出照園中，珍木鬱蒼蒼。

清川過石渠，流波為魚防。芙蓉散其華，菡萏溢金塘。

靈鳥宿水裔，仁獸遊飛梁。華館寄流波，豁達來風涼。

生平未始聞，歌之安能詳？投翰長歎息，綺麗不可忘。

其中「園中」，正指銅雀臺之西園，劉楨此詩，較為詳盡地描述了二曹六子等人「永日行遊戲，歡樂猶未央」，餘興未盡，一直玩到晚上，「遺思在玄夜，相與復翱翔」的景況，詩中描寫了西園園中「珍木鬱蒼蒼」，也描述了芙蓉池「芙蓉散其華，菡萏溢金塘」。

曹植當時僅有二十歲，但他的《公讌詩》，也已經非常出色：

公子敬愛客，終宴不知疲。清夜遊西園，飛蓋相追隨。

明月澄清景，列宿正參差。秋蘭被長阪，朱華冒綠池。

潛魚躍清波，好鳥鳴高枝。神飆接丹轂，輕輦隨風移。

飄颻放志意，千秋長若斯。

專門的酒會遊宴玩夠了，也寫膩了，他們在西園開始了新的遊戲，譬如斗雞，曹植寫有《鬥雞詩》：

遊目極妙伎，清聽厭宮商。主人寂無為，眾賓進樂方。

長筵坐戲客，鬥雞間觀房。群雄正翕赫；雙翹自飛揚。

揮羽邀清風，悍目發朱光。觜落輕毛散，嚴距往往傷。

長鳴入青雲，扇翼獨翱翔。願蒙狸膏助，常得擅此場。

當厭倦了觀賞那些美妙的舞姿，也厭倦了那些動聽的宮商妙樂，主人正在寂寞無為、百無聊賴的時候，有賓客獻上了新的娛樂方式，於是，賓主在長筵短席上坐滿，一起來觀賞鬥雞表演。

〔註7〕 見吳雲、唐紹中注《王粲集注》，中州書畫社1984年版，第19頁。

你看那一對雄雞個個氣勢兇猛，兩個長長的尾毛高高翹起，翅膀揮動，引來了陣陣清風，眼珠中發出兇悍無比的目光。尖尖的嘴如同利劍，嘴啄之處，羽毛飄散，輕輕地飛揚，有力的雞（距），鋒芒所向，無不見傷，勝者一聲長鳴，直入雲霄，扇動著翅膀，獨自翱翔，雞主人常常希望得到狸膏，塗抹在雞冠上，常常會戰無不勝，蓋雞畏狸，聞狸膏即退避故。

這最後兩句很有意思，有些像是現代體育競賽中的興奮劑，而曹植這首《鬥雞詩》，也許就是關于競技比賽中使用興奮劑的第一個記載。但這也許僅僅是詩歌中的第一個記載，在散文體中，《事類賦注》引《莊子》逸篇：「羊溝之雞，時以勝人者，以狸膏塗其頭也」。

第三節　彈瑟為清商：樂府詩「上金殿」的創作

甄后作為新婚女主人，一直在宴會之外主持著、忙碌著，同時也常常偷聽著丈夫曹丕、小叔曹植等人作詩，自己也嘗試了一首，並且調弦而歌：

上金殿，著玉樽。延貴客，入金門。入金門，上金堂。
東廚具肴膳，椎牛烹豬羊。主人前進酒，彈瑟為清商。
投壺對彈棋，博弈並復行。朱火颺煙霧，博山吐微香。
清樽發朱顏，四坐樂且康。今日樂相樂，延年壽千霜。〔註8〕

這應該是甄后第一首詩作，五言詩體形式還不夠純熟，三言與五言並用。其中：「東廚具肴膳，椎牛烹豬羊。主人前進酒，彈瑟為清商」，對比曹植《置酒高殿上》：「中廚辦豐膳。烹羊宰肥牛。秦箏何慷慨。齊瑟和且柔。」兩者之間何其相似乃爾！建安十六年，曹丕在銅雀臺西園與曹植、王粲等開展遊宴活動，甄氏與焉，極為吻合。

「投壺對彈棋，博弈並復行」，極寫酒宴上的遊戲節目。「彈棋」是曹丕首先發明並最為喜愛的遊戲活動。邯鄲淳的《藝經．彈棋》中說「彈棋，始自魏宮，內裝器戲也。文帝於此技以特好。用手巾拂之，無不中。有客自云能，帝使為之。客著葛巾拂棋，妙逾於帝。」

搜索漢魏詩歌，漢魏詩中寫到「彈棋」的，也是首見於曹丕，其《豔歌何嘗行》：「何嘗快，獨無憂。但當飲醇酒，炙肥牛。長兄為二千石，中兄被貂

〔註8〕此詩見《古詩類苑》卷四十五，《詩紀》七，《類聚》七十四引。逯欽立頁289，又見載《藝文類聚》卷七十，《初學記》卷二十五。

裘。……但當在王侯殿上，快獨摴蒱六博，對坐彈棊。」

曹丕自己寫的《彈棋賦》：「惟彈棋之嘉巧，邈超絕其無儔。」〔註9〕寫出了自己對於彈棋的酷愛和彈棋技藝的自信。關於彈棋是否從曹丕才開始，固然有爭論，但畢竟主流說法是曹丕為始，作為宮廷人物，喜愛彈棋者，漢魏之際，也非曹丕莫屬。

《玉臺新詠》卷一，《古詩八首》其五：

> 四座且莫喧，願聽歌一言。請說銅爐器，崔巍象南山。
> 上枝似松柏，下根據銅盤。雕文各異類，離婁自相聯。
> 誰能為此器，公輸與魯班。朱火然其中，青煙颺其間。
> 從風入君懷，四座莫不歡。香風難久居，空令蕙草殘。〔註10〕

「四座且莫喧，願聽歌一言」，在喧嘩的酒筵中，忽然有人開腔彈唱，可謂是一語驚人，語驚四座。這是我們現代人多麼熟悉的開場方式，多麼自然，多麼口語化，而又多麼有氣勢！根據詩中下文所說的這些鍾鼎雕文，可知這是上層貴族的酒宴。一向所說的所謂民歌風格，不就是這樣的風格麼？但又有哪個民間歌妓具備這樣的修養，這樣的素質，這樣的氣質呢？而且，從這兩句開場白來看，這歌唱者即是創作者，而且，應該是即席歌唱，現編現唱，漢魏之際，哪位女子具備這樣的才華呢？再對比前一首：「朱火颺煙霧，博山吐微香。清樽發朱顏，四坐樂且康。」兩首詩都洋溢著貴族氣息，所顯示出歌唱者對於貴族器皿的熟稔。兩首之間同樣使用「四座」，顯示了兩作之間風格用語的相似性；「朱火颺煙霧，博山吐微香」，與「朱火然其中，青煙颺其間」，又是何其相似乃爾！

如前所述，「願聽歌一言」，顯示出來歌唱者即為詩作者，詩作者即為表演者的關係。而從後面來看：「香風難久居，空令蕙草殘」，歌唱者顯然是女性。再考察漢魏之際，甄后是唯一的一位女詩人，也是唯一一位女詩人兼擅長音樂彈唱者，而此詩顯示出來的從容大氣，也非藝伎之所能寫出，則此詩理應歸於甄后名下。

「上枝似松柏，下根據銅盤。雕文各異類，離婁自相聯。誰能為此器，公輸與魯班。朱火然其中，青煙颺其間。」以鋪敘誇飾手法，解說這一銅爐器的

〔註9〕曹丕撰《彈棋賦》，張溥編《漢魏六朝百三名家集》，臺灣文津出版社，1979年版，第961頁。

〔註10〕《玉臺新詠》，第2頁。

出處和名貴，其中更兼採用離婁、公輸、魯班等典故，「雕文各異類，離婁自相聯」，對雕文的精通，而且，能給「四座」來講解，更為說明了此為女主人公的文學、歷史、收藏、雕文、器皿等多方面的修養。能兼有如此之多方面才華的女性，漢魏之際，亦非甄后莫屬。

此詩還有一處值得關注：「從風入君懷」，正與《怨詩行》中的「願作東北風，吹我入君懷」，《七哀詩》中的「願為西南風」云云相同筆法。而後兩者，應分別為甄后曹植之作。參看後文。

「香風難久居，空令蕙草殘」，顯示出作者的女性身份，與後來明確為甄后作品的一些詩作遣詞用意，感傷青春貌美的短暫同一機杼。

體會此詩口吻，應該同樣是甄后早期之作，兩首詩大致可以初定為建安十六年、十七年之作。在這極具喜劇氣氛的歡樂中，其實，也會發生一些悲劇性的，或是悲喜劇似的事件，至少值得提及的有兩個事件，兩個事件均與甄后有關。

建安十六年，劉楨因「失敬被刑」〔註11〕，這是當時建安詩壇的一個重大事件。大抵是由於七子與曹丕的關係非常親密，曹丕《與吳質書》說他和劉楨等人：「行則同輿，止則接席」「每至觴酌流行，絲竹並奏，酒酣耳熱，仰而賦詩」。劉楨有些忘形，在酒酣坐歡之際，平視曹丕夫人甄氏，所謂平視，是從禮節上來說，原本應該俯身迴避主公的夫人，而劉楨忍不住抬頭窺視甄氏，這也從側面說明了甄氏之美，令人寧肯觸犯條律、寧可死罪也要一飽眼福。

可以想見的合理推測，窺視甄氏的還會有曹植。這是曹植少年時代的女神偶像，眼神自然也會控制不住而窺視。這應該也是後來劉楨幾乎被判死刑的內在原因。劉楨原本要被判決死刑，謀士提醒他，他自己剛剛頒發過求賢令，明確說，「有盜嫂受金而未遇無知者」，都可以重用，方才減為勞改。「太祖聞之，乃收楨，減死輸作。」「《世說新語．言語篇》注引《典略》謂楨平視甄氏事在建安十六年。」〔註12〕

第四節　傷無階以告辭：《離思賦》的創作對象

甄氏同意嫁給了曹丕，曹植悲痛欲絕，但對甄氏的愛情攻勢卻並未因為

〔註11〕俞紹初輯校《建安七子集．七子年譜》，中華書局2005年版，第438頁。
〔註12〕俞紹初輯校《建安七子集．七子年譜》，中華書局2005年版，第438頁。

求婚的失敗而告終，相反，曹植一直在尋求機會，要將這份失去的戀情重新奪回。到建安十六年盛夏，曹植甄氏之間的關係，應有一定的進展。

《藝文類聚》記載：魏陳王曹植，建安十六年，大軍西討馬超，太子留監國。植時從焉，意有憶戀，遂作《離思賦》云：在肇秋之嘉月，將耀師而西旗。余抱疾以賓從，扶衡軫而不怡。慮徵期之方至，傷無階以告辭。念慈君之光惠，庶沒命而不疑。欲畢力於旌麾，將何心而遠之？願我君之自愛，為皇朝而寶己。水重深而魚悅，林修茂而鳥喜。」〔註13〕

此賦寫於建安十六年七月，曹操西征馬超之前，曹植抱病從征，卻心事重重，說自己「余抱疾以賓從，扶衡軫而不怡」，其所「不怡」者為何？乃是「慮徵期之方至，傷無階以告辭」。那麼，曹植所「無階以告辭」者為誰？

不可能是曹丕，別說兩人競爭，即便是當時關係還不那麼緊張，也不會是「無階以告辭」。所謂「無階」，並非真正意義上的沒有臺階，而是一個抽象意義上的「無階」，是無法找到這個臺階去與心中思念之人告辭。

《離思賦》，顧名思義，離別之思也，是誰人能讓曹植尚未出征就開始這麼思念呢？「念慈君之光惠，庶沒命而不疑。欲畢力於旌麾，將何心而遠之」，「慈君」，當指曹操，意味自己雖然萬般思念，但父親的慈愛，恩惠於己，自己又怎能不沒命不疑，勉力從征呢？不過，雖然是自己想要畢全力於父親的旌麾之下，但怎樣安放自己的那顆漸漸遠離思念者的心呢？

閱讀到此處，我們已經能深切體會到曹植那種愁腸百結、婉轉悱惻的矛盾心境了。曹植最後的選擇是：「願我君之自愛，為皇朝而寶己。水重深而魚悅，林修茂而鳥喜」，雖然如此，自己只能勉力向前，和思念者別離，但願你能自愛自珍，要為皇朝、為父親所開創的事業保重，因為，水若是深清魚兒就會快樂，林茂密鳥兒就會歡喜呀！

從全詩語氣來看，曹植內心深處所記掛的，只能是一位自己深愛而又不能去愛的人，而此人對皇朝至關重要：「願我君之自愛，為皇朝而寶己」，結尾將所思念者比喻為水、林，而將自己比喻為依附於水、林的魚、鳥，不難看出，這正是寫給甄氏而無從奉達的內心表白。

史書記載曹植從十三歲就愛戀甄氏，苦於甄氏被曹丕捷足先登，「擅室數歲」。此文的出現，也許能標誌植、甄之間的感情在此期間有所發展，從曹植

〔註13〕〔唐〕歐陽詢撰《藝文類聚》卷二十一，上海古籍出版社1999年版，第390頁。

思念的強度來說，應該說正是相互之間的相戀之始——雖然還僅僅是精神上的默許——那種情人之間互相能讀懂的眼神、表情、暗示等，有時候還會有欲擒故縱的推卻。之所以推斷兩者之間尚未發生實質性的突破，尚逗留在精神層面的準突破階段，其中的原因主要有：

首先，從曹植的這一篇賦作來看，主要涉及甄氏的內容和說法是：說自己「抱疾以賓從，扶衡軫而不怡」，以「抱疾以賓從」來代指自己由於剛剛獲得甄氏的戀情不願意離開的心情，但也僅僅是「不怡」而已，其程度可以說是不痛不癢，比較以後離別的描寫用詞，其中輕重緩急，兩者之間的關係親密程度，自有種種不同。

同時，還可以注意到，兩人之間的這次離別，曹植寫作了《離思賦》，卻並未見到甄氏有任何的回應之詞。既不像是此前曹植寫作《愍志賦．並序》前後，甄氏有簡短的四句回覆，雖然是拒絕的信函；更不像是以後歲月中，甄氏寫給曹植的書信絡繹不絕。

此次全無音訊，可以說是甄氏的某種冷處理。慎思而行，保持貴族女性的高貴，是在情理之中的。因此，曹植和甄氏之間在精神上成為戀人之後的這一次遠別，並沒有給曹植帶來特別劇烈的思想波動，反倒是一路跟隨曹操西征，寫作了不少出征記遊詩作。這裡，不妨梳理一下曹植早年文學創作的歷程。

曹植聰明穎異，早熟早慧：「年十歲餘，誦讀詩、論及辭賦數十萬言」〔註14〕，曹植在《與楊德祖書》中也說：「僕少小好為文章，迄至於今，二十有五年矣。」〔註15〕少年時代的大量閱讀，為其打下了紮實的文學寫作，特別是詩歌寫作的堅實基礎，同時，他又能在最為合適的年歲，參加到建安遊宴詩、女性題材寫作的五言詩寫作的熱潮之中，從而成為其中的佼佼者。

如前所述曹植的文學寫作，並不是很早，如果更早的話，曹操不至於在建安十七年春，看到曹植揮筆立就，出手成章，而發出「汝倩人邪」的質疑。曹植文學才華的飛躍，應該是從建安十六年春天開始，到六月參加遊宴詩，更成為他五言詩寫作的溫床。

建安十六年之前的作品，幾乎主要都是圍繞對甄氏單方面的思戀之作。當然，也有其他方面的習作，目前排列在《曹集》前十篇之後的作品，也有

〔註14〕〔晉〕陳壽撰〔宋〕裴松之注《三國志．魏書．曹植傳》，中華書局，1982，第557頁。

〔註15〕曹植《與楊德祖書》，曹集校注，第153頁。

寫作於曹植的青少年時代。譬如《曹集》中列在較後位置的一些讚頌。如：

《庖犧贊》《女媧贊》《神農贊》《黃帝贊》《少昊贊》《顓頊贊》《帝嚳贊》《帝堯贊》《帝舜贊》《夏禹贊》《殷湯贊》《周文王贊》《周武王贊》《周成王贊》《漢文帝贊》《漢景帝贊》《姜嫄簡狄贊》《班婕妤贊》《卞隨贊》《商山四皓贊》《古冶子等贊》《三鼎贊》《赤雀贊》《吹雲贊》等 26 篇讚頌。

此 26 篇讚頌，一律採用四言形式，或用韻，或脫韻，一般為八句，每篇均按照史書所說的故事，加以讚頌。譬如第一篇《庖犧贊》前四句：「木德風姓，八卦創焉。龍瑞名官，法地象天。」多用虛詞連綴，並無新見。應該是曹植青少年時代的課業，應列於曹集之首。顯示曹植少年時代讀書和作業的情況。

總體來看，曹植在建安十六年之前，只有少量的四言詩作和文賦之作，建安十六年，曹植才開始進入到真正意義上的五言詩寫作和具有文學審美意義上的文賦創作。此外，還需要提及的是《班婕妤贊》，並無隻言片語提及班婕妤著名的團扇故事和團扇詩，說明所謂班婕妤的這首《怨歌行》，至少是曹植寫作此贊之後的作品。

建安十六年七月，曹植跟隨父親曹操征討馬超，沿途中寫作了一系列的詩作。這一組詩作，可以總稱之為「西征詩作」：

《述行賦》之「觀秦政之驪墳」，感歎「酷始皇之為君，濯余身於秦井」，記載曹植遊覽了秦始皇驪山陵墓，在華清池洗浴溫泉。此為一篇賦作，藝術手法未見高明之處，僅僅是記載而已。此外，《贈丁儀王粲》：

從軍度函谷，驅馬過西京。山岑高無極，涇渭揚濁清。
壯哉帝王居，佳麗殊百城。員闕出浮雲，承露槩泰清。
皇佐揚天惠，四海無交兵。權家雖愛勝，全國為令名。
君子在末位，不能歌德聲。丁生怨在朝，王子歡自營。
歡怨非貞則，中和誠可經。

此詩為曹植西征歸來之後，寫給丁儀、王粲的五言詩作，回憶一路西征的情況。其中「德聲」李注：「德聲謂太祖令德之聲也。」〔註 16〕可以再次關注，《三良》：

功名不可為，忠義我所安。秦穆先下世，三臣皆自殘。
生時等榮樂，既沒同憂患。誰言捐軀易，殺身誠獨難。

〔註 16〕趙幼文校注《曹植集校注》，人民文學出版社 1984 年版，第 134 頁。

攬涕登君墓，臨穴仰天歎。長夜何冥冥，一往不復還。

黃鳥為悲鳴，哀哉傷肺肝。

其中引用了黃鳥的典故，這一引用，後來在很多的所謂古詩中多次出現，需要關注一下。

再如《送應氏二首》，其一起首即云：「步登北邙阪，遙望洛陽山。洛陽何寂寞，宮室盡燒焚。」應是曹植跟隨曹操西征馬超，歸來至洛陽，送應瑒所作。〔註17〕其二有「山川阻且遠，別促會日長」之句，可與後來所謂十九首《行行重行行》對比：「道路阻且長，會面安可知」同一筆法；而結句「願為比翼鳥，施翮起高翔」，則是上承《愍志賦》句意，下啟《西北有高樓》。

曹操大軍於建安十七年正月，返回鄴城。這第一次離別，大約經歷了五個月的時光。俗話說，遠別更勝新婚，兩人之間從一開始產生戀情，就不斷處於離別之中，即便是兩人同在一地，由於沒有名分，也不能正常相聚，這也是造成兩人之間情愛不斷昇華的原因之一。

〔註17〕黃節所考最為有力：「子建於建安十六年封平原侯，是年從操西征馬超……殆由鄴而西，道過洛陽……是此詩之作，蓋在其時。」

第四章　建安十七年：《今日良宴會》的寫作背景

第一節　概　說

建安十七年正月，曹植跟隨曹操大軍返回鄴城，大軍西征的順利，對戀情即將大功告成的憧憬和期許，都讓曹植興奮不已。正月，曹操大軍返回鄴城，曹操率領家族及部署登臺，耳聞前一年曹丕兄弟在銅雀臺西園寫作遊宴詩，正好有此閑暇和登臨的氣氛，遂命曹丕曹植兄弟當場寫作一篇登臺賦。

《三曹年譜》說：建安十五年「曹操率諸子登臺，使各為賦。曹植揮筆即成。」並引《曹植傳》：「太祖嘗視其文，謂植曰：『汝倩人邪？』植跪曰：『言出為論，下筆成章，顧當面試，奈何倩人？』時鄴銅雀臺新成，太祖悉將諸子登臺，使各為賦。植援筆立成，可觀，太祖甚異之。」認為「操諸子是年登臺所作之賦，已佚。」〔註1〕

這樣，似乎是建安十五年和建安十七年正月，在不同時間，發生了兩次相同的事件，都是曹操率領諸子登銅雀臺，諸子都是各自作賦。趙幼文《曹植集校注》在曹植《登臺賦》後的《銓評》說：「考曹丕《登臺賦序》：『建安十七年春，上游西園，登銅雀臺，命余兄弟並作。』」〔註2〕

作賦時期，當在十七年春，這一辨析成立的主要理由：1.曹植《登臺賦》

〔註1〕張可禮編著《三曹年譜》，齊魯書社1983年版，第112頁。
〔註2〕趙幼文校注《曹植集校注》，人民文學出版社1984年版，第47頁。

分明寫明是「建安十七年春」；2.銅雀臺是在建安十五年冬建成，應該是指是年歲末，而賦中所寫乃為春景，與賦中所述景物相合；3.考察曹植的文學寫作肇始時間，建安十六年之前還是偶然習作，尚未達到下筆成章的水平。

曹植《登臺賦》：

從明後而嬉遊兮，登層臺以娛情。
見太府之廣開兮，觀聖德之所營。
建高門之嵯峨兮，浮雙闕乎太清。
立中天之華觀兮，連飛閣乎西城。
臨漳水之長流兮，望園果之滋榮。……

這一篇賦作，值得關注的有幾點：

1.「從明後而嬉遊兮，登層臺以娛情。見太府之廣開兮，觀聖德之所營。」明後，借指曹操，連同後句的「聖德」，都是對曹操的代指和稱謂。說自己跟隨父親曹操快樂地四處遊走，現在，登臨銅雀臺以歡娛我的心情。只見到太府廣開，欣賞著聖德父親所營造的壯觀美景。提示一下，曹植自從此次開始以「聖德」稱謂父親曹操，以後，反覆使用，或是稍有變化使用來稱謂曹操，如「令德」等。「令德」之「德」，是曹植對其父親的敬稱，一方面，曹操字孟德，取其「德」字，另一方面，「德」是至高無上的讚美，曹植以「德」字在詩文中表達對父親的敬愛，是非常得體的。

建安十五年以來，曹操政權解構兩漢儒家教化的道統，也沒有更多的禮教約束，因此，曹植多次使用「德」字來讚美其父，如：「君子在末位，不能歌德聲。」(《贈丁儀王粲》)李注：「德聲謂太祖令德之聲也。」〔註3〕有時候也用「靈德」，曹植《桔賦》:「夫靈德之所感」，趙幼文注釋：「靈德，象徵曹操恩德」〔註4〕，「靈德」與「令德」似。曹植這一創造性稱呼，也影響其他詩人以「令德」稱謂曹操。如劉楨「勉哉修令德，北面自寵珍」，令德代指曹操。劉楨原作首句「昔我從元後」，也同樣與曹植起首之「明後」相似，只是略有變化而已。(當然，曹劉兩位詩人此兩篇相關之作，孰前孰後，尚需後來者辨析)蘇李詩中「願君崇令德」,「努力崇明德」,「令德」也是指的曹操。

2.「建高門之嵯峨兮，浮雙闕乎太清」，明確寫出了「雙闕」這一對建築物。鄴城的雙闕就在銅雀臺附近，或者說，就是銅雀臺建築群中的重要組成部

〔註3〕趙幼文校注《曹植集校注》，人民文學出版社1984年版，第134頁。
〔註4〕趙幼文校注《曹植集校注》，人民文學出版社1984年版，第61頁。

分，都是「聖德（曹操）之所營」。

3.「立中天之華觀兮，連飛閣乎西城」，華觀，就是「飛觀」，如前所述。據潘眉《三國志考證》說：「魏銅雀臺在鄴都西北隅（見《鄴中記》），鄴無西城。所謂西城者，北城之西面也。臺在北城西北隅，與城之西面樓閣相接，故曰：連飛閣乎西城。」〔註 5〕這是一個重要標誌。當下鄴城的修復，將西城修復成為一個直線的城牆，這是不對的。鄴城沒有直線的西城城牆，而是北城之西面，銅雀臺就坐落在北城西北角之上，與樓閣連接，是坐落西北而面向東南的，而這一具有明顯方位特色的建築，銅雀臺為漢魏時代之唯一，所以，在曹植詩作、曹丕詩作和古詩十九首中的都有多次使用「西北」的方位，就不足為奇了。如「西北有高樓」，「西北有織婦」等，有西北則有東南，故有「孔雀東南飛」的方位。另，「飛閣」，即為「阿閣」，阿閣見後文分析。

第二節　新聲妙入神：《今日良宴會》的作者

曹操率眾登銅雀臺，遊玩西園，晚上當有慶祝宴會，慶祝大軍西征歸來。當下的曹植，可以說是一生中最為幸福的時段。西征歸來，甄氏經歷一段時間的矜持，離別的思念之苦反倒促進了兩者之間的關係，眉目傳情的愛意傳達是難以掩飾的；而在事業上，曹植文學天賦的噴發，獲得曹操的青睞，展望未來，他充滿了自信和豪情。

《古詩十九首》中的名篇《今日良宴會》：

今日良宴會，歡樂難具陳。彈箏奮逸響，新聲妙入神。
令德唱高言，識曲聽其真。齊心同所願，含意俱未申。
人生寄一世，奄忽若飆塵。何不策高足，先據要路津。
無為守窮賤，轗軻長苦辛。

趙幼文《曹植集校注．附錄一．逸文》中摘引「彈箏奮逸響，新聲妙入神」兩句，並《詮評》說：「《書抄》引為植作，當別有據。」〔註 6〕趙幼文雖然提出「《書抄》引為植作，當別有據」，但仍然將其視為可能是曹植的「逸文」，因此，「姑附錄以廣異聞」；繆鉞先生也說：「『彈箏奮逸響，新聲妙入神』二句，在《古詩十九首》『今日良宴會』篇中，《北堂書鈔．樂部．箏》中引

〔註 5〕〔清〕潘眉《三國志考證》，《續修四庫全書》，史部，正史類，上海古籍出版社影印，2002，第 465 頁。

〔註 6〕趙幼文校注《曹植集校注》，人民文學出版社 1984 年版，第 544 頁。

為曹植作，當別有所據。故《古詩》中是否雜有曹植之作，雖難一一確考，然就上引兩事觀之，可見昔人視曹植詩與《古詩》極近似，蓋二人（指曹植與十九首作者）撰作之途徑與態度相同也。」〔註 7〕再到胡懷琛認為：古詩十九首為「子建、仲宣作，不肯自承。所以他人不知」〔註 8〕。但學術界已經先入為主，接受了東漢無名氏所作之說，出現了這樣重大的資料，卻未受到應有的重視。此前，筆者讀到這段資料，也同樣先入為主，受到趙幼文將其歸併到「逸文」類的影響，誤讀為曹植的「逸文」，既然是逸文，那就有可能在失而復得的過程之中有所篡改，不作為憑。近來，筆者閱讀《北堂書鈔》原作，該作「箏部」條下，分明寫道：

臣必自不合臣有一奴善相使串帝彌賞其故率乃許召之奴既吹箔伊便撫箏而歌怨詩曰為君既不易為
臣良獨難忠信事不顯乃有見疑患周旦佐文武金縢功不刊推心輔王政二叔反流言聲節慷慨俯仰可觀
安泣下沾衿甚有愧色補帝 彈箏快耳 史記李斯諫逐客曰夫擊甕叩缻彈箏搏髀而歌呼嗚嗚
快耳目者真秦之聲也 彈箏合歌 晉書桓伊傳見上 秦箏奏西音 魏文帝詩云齊
琴發東舞秦箏奏西音 秦箏何慷慨 曹植箜篌引云秦箏何慷慨齊瑟和且柔 發新聲
魏文帝詩云秦箏發新聲長笛吐清氣 奮逸響 曹植詩云彈箏奮逸響新聲妙入神 揚大雅
之哀吟 曹植幽思賦云揚素箏而慷慨揚大雅之哀吟 唱萬天之高韻 晉賈彬箏賦云
鍾子授箏伯牙擊節唱萬天之高韻撰幽蘭與白雪 豈蒙恬所能開思 傳玄箏賦序云箏乃

欽定四庫全書　北堂書鈔 卷一百十　二

仁智之器豈蒙恬亡國之臣所能開思運巧哉或以為蒙恬所造非也 雖吳姬何以加之
傅子云都素善彈箏雖伯牙之妙手吳娗之奇聲何以加之 鼓箏潛遁 英雄記云呂布詣袁紹紹
患之布不自安求還洛紹假布領司隸校尉外言當遣內欲殺布明日當發紹遣甲士三十人辭以送布布使
止于帳側偽使人于帳中鼓箏紹兵臥布潛自遁出帳而兵不覺夜半兵起亂斫布牀被謂為已死明日紹訊
問知布尚在乃閉城門布遂引去續補 鼓箏悲歌 燉煌實錄云有善鼓箏者悲歌能使喜者墮淚
改調易弦能使戚者起舞時人號曰雍門周續補

筑十二

還沛擊筑 史記高祖紀云高祖還沛自擊筑而歌 大會擊筑 東觀漢記云光武大會真

889–539

《北堂書鈔》記載的十九首《今日良宴會》中的「曹植詩云彈箏奮逸響新聲好入神」又與同書同頁所載之「曹植箜篌引云秦箏何慷慨齊瑟且和柔」有何不同？若無十九首等詩作的遺失，又有誰會懷疑「曹植詩云彈箏奮逸響新聲好入神」這一記載呢？綜合各方面情況來看，此「逸文」並非「逸文」，而確實

〔註 7〕繆鉞著《繆鉞全集・曹植與五言詩體》，《繆鉞全集》，河北教育出版社 2004 年版，第 31 頁。

〔註 8〕《古詩十九首志疑》，學術世界，1935 年第四期。

是曹植所作，否則，不會有這麼多方面的一致性。

《北堂書鈔》，類書之作，始於三國魏文帝令劉劭、王象等人編纂的《皇覽》，是最為接近曹魏時期的大型類書，一向所說的鐵證，難道一定需要出土文物不成？即便是出土文物，也還需要綜合判斷、分析，鐵證需要內證的吻合，同時，鐵證之外證也要服從於內證，但如果內證確鑿，則外證之證據則不必再疑。

第三節　雙闕之遊與相關五言詩作

曹植這次回到鄴城，也會經常約會徐幹、丁翼等人在雙闕之下遊覽，曹植《贈徐幹詩》：

驚風飄白日，忽然歸西山。圓景光未滿，眾星燦以繁。
志士營世業，小人亦不閒。聊且夜行遊，遊彼雙闕間。
文昌鬱雲興，迎風高中天。春鳩鳴飛棟，流猋激櫺軒。
顧念蓬室士，貧賤誠足憐。薇藿弗充虛，皮褐猶不全。
慷慨有悲心，興文自成篇。寶棄怨何人，和氏有其愆。
彈冠俟知己，知己誰不然。良田無晚歲，膏澤多豐年。
亮懷璠璵美，積久德愈宣。親交義在敦，申章復何言。

詩題為《贈徐幹詩》，而徐幹死於建安二十三年之前，則此詩應該是作于鄴城，中間涉及「文昌」的建築：「文昌鬱雲興，迎風高中天」，說明趙幼文「雙闕在文昌殿外」的推斷是正確的。

後來在魏明帝修復的洛陽京城中仿製鄴城重新修建了雙闕的建築，曹植到臨終之前的一年，太和五年歲末，最後一次返回，在洛陽京城見到仿製鄴城的雙闕，不禁悲從中來，勾起了許多的往事，寫作了五言詩作，這首詩後來成了古詩十九首中的《青青陵上柏》，其中說「雙闕百餘尺」，可知雙闕之高。曹植《登臺賦》：「浮雙闕乎太清」與「立中天之華觀」，知道雙闕和飛觀之間，兩者是一而二的建築，由於賦體的鋪排需要而加以不同的表述。「驚風飄白日，忽然歸西山」，這是曹植早期呈現的具有獨特風格的傳世佳句。

曹植《贈丁翼》：

嘉賓填城闕，豐膳出中廚。吾與二三子，曲宴此城隅。
秦箏發西氣，齊瑟揚東謳。肴來不虛歸，觴至反無餘。
我豈狎異人，朋友與我俱。大國多良材，譬海出明珠。

君子義休偫，小人德無儲。積善有餘慶，榮枯立可須。

滔蕩固大節，時俗多所拘。君子通大道，無願為世儒。

通讀曹植這樣的詩作，我們是否會產生這樣的聯想：這些詩作，固然有曹植詩作的特點，譬如其中「驚風飄白日，忽然歸西山」，那種對生命短暫的感歎，那種對於生命短暫的敏銳而細膩感覺的捕捉和表達，還有後一首中的「秦箏發西氣，齊瑟揚東謳。肴來不虛歸，觴至反無餘」對於酒宴歌會的描寫，體現出曹植貴胄公子的詩風，這是一般人所能瞭解和寫作出來的細節。

但總體來說，這些詩作的思想深度不夠——如果僅僅這些詩作，曹植則不能稱之為才高八斗的曹子建，真正能讓曹植詩作發揮出打動人心的作品，是譬如《洛神賦》《七哀詩》等那樣的作品。那些作品之感動人心的力量，也不見得一定要有美麗的辭藻，也不一定是對美麗女性外形的描寫，其所感動人心者，在於內在深深的情感，並由這種深情所帶來的真實細節所產生的令人驚心動魄的審美力量。

當下，曹植處於建安十七年左右的時光，一方面，他戴著面具，和曹丕、劉楨、徐幹等人寫作著遊宴詩、女性題材詩；另一方面，他卸下面具，和甄氏之間表達著精神的愛戀，這種主題的五言詩寫作，當下還沒有真正開始，到建安十七年十月之後，寫在長江岸邊的《涉江採芙蓉》，將會是曹植的第一首五言詩戀情詩作。

這樣來看《今日良宴會》，此詩雖然也在十九首之中，但它是其中少有的不能歸類於「意悲而遠」「驚心動魄」之類中的作品，——它所寫的，是一般詩人能夠寫出來的一般性的內容和主題，是十九首和曹植詩作中共同體現的悲情詩作的例外。之所以這種例外的詩作會從曹植文集中溢出，正應該是由於作案者不希望：由於幾乎所有從曹植集中丟失的作品皆為愛情這一相同主題，而被後人識破其中的玄機。

《橘賦》應該是這一時期或是至遲翌年的作品，寫作對象是甄后：

有朱橘之珍樹，於鶉火之遐鄉。稟太陽之烈氣，嘉杲日之休光。

體天然之素分，不遷徙於殊方。播萬里而遙植，列銅爵之園庭。

背江川之暖氣，處玄朔之肅清。邦換壤別，爰用喪生。

處彼不雕，在此先零。朱實不雕，焉得素榮。

惜寒暑之不均，嗟華實之永乖。仰凱風以傾葉，冀炎氣之所懷。

颺鳴條以流響，晞越鳥之來棲。夫靈德之所感，物無微而不和。

神蓋幽而易激，信天道之不訛。既萌根而弗幹，諒結葉而不華。

漸玄化而弗變，非彰德於邦家。拊微條以歎息，哀草木之難化。

所謂「播萬里而遙植，列銅爵之園庭」，正是寓意甄后原本上蔡楚蔡之人，遷徙到銅雀臺而來。詳論參見筆者相關論文。

第四節　朝與佳人期，日夕殊不來：《秋胡行》的創作背景

表面上看，時光似乎僅僅是在二曹六子快樂的公子哥兒的遊宴詩中度過，在五言詩寫作和歌唱的喧鬧中安然度過，事實上卻並非如此。

伴隨著時光的前進步伐，曹植從原先哭鬧要甄后做妻子的少年，成長為更加成熟的翩翩少年，他的詩才脫穎而出——建安十六、十七年，剛剛二十歲出頭的曹植幾乎是與二十五、六歲的乃兄曹丕、五十五歲的陳琳、四十一歲的徐幹，三十七歲的劉楨同時開始五言詩寫作的，但他的詩作，卻一點也不比叔輩的六子和兄長的詩作差，反而更勝一籌。曹丕會經常拿回大家的詩作讓甄氏品評，甄氏自然是對曹植另眼相看，愛慕之心油然而生；而甄氏，則從七年前抹著一臉炭灰哆嗦顫慄的袁紹兒媳，變為曹操長子的初戀妻子。

不過，到了建安十七年的時候，兩人之間從未婚夫妻到夫妻關係已經有了八年時光，曹丕雖然對甄后戀情不減，但畢竟不一定會是專一的。他有時也會像是呆鳥一樣偷偷凝望其他的美妙歌女或是侍女，甚至對父親身邊的那些女人也會時時有非分之想。甄氏在這漫長歲月裏，卻處處時時地感受到子建的真誠、自然，正和自己夫君的虛飾矯情鮮明對比，長嫂對小叔的關愛與愛情混雜在一起，也在不覺中爬上了她的心頭。建安十七年仲夏之際，兩人之間的戀情，經過長達八年的蓄勢，在鄴城文化寬鬆的通脫背景之下，悄然發生。

曹丕日益感受到自己似乎正在逐漸失去甄氏的愛，於是，他也學著初戀男女的樣子，和甄氏約會，一天清晨，他興致盎然地邀請甄氏傍晚在芙蓉池畔和他相會，準備好了美酒佳餚，事先採摘好了甄氏喜愛的芙蓉花，準備獻給甄氏。一直等到日落西山，美人還是不來，曹丕悵然若失，寫了一首四言詩作，記錄下當時的心境。題為《秋胡行》：

朝與佳人期，日夕殊不來。

嘉肴不嘗，旨酒停杯。寄言飛鳥，告余不能。

俯折蘭英，仰結桂枝；佳人不在，結之何為？

這首詩的題目《秋胡行》，借用的是樂府舊題，借用樂府舊題原本是極為正常的寫作樂府詩的形式。這裡值得注意的，是曹丕不小心露出了天機，秋胡，有名的故事是秋胡戲妻：秋胡新婚之後就去遊宦，久別歸來後在路上調戲了一位採桑女，回家之後一看，竟然就是自己久別新婚的妻子。當下，曹丕約會自己的妻子，而妻子甄氏竟然不來，秋胡戲妻的故事和自己七年髮妻的當下場景，恰恰成為對照。

詩中說，自己和佳人早晨約會，但到晚上佳人還沒有來，以至於自己嘉肴不嘗，旨酒停杯，在等待中採擷蘭英芳草，但佳人不來，採擷又有何用處呢？曹丕接著說：

泛泛淥池，中有浮萍。寄身流波，隨風靡傾。

芙蓉含芳，菡萏垂榮。朝採其實，夕佩其英。

採之遺誰？所思在庭。雙魚比目，鴛鴦交頸。

有美一人，婉如清揚，知音識曲，善為樂方。〔註9〕

詩中說，芙蓉池泛起碧波，浮萍隨波蕩漾，芙蓉花蕩漾著芬芳，菡萏垂下美麗的果實。我清晨採摘了它的果實，傍晚佩飾了它的花蕊。採摘之後送給誰呢？我所思念的美人又在哪呢？你看那比目魚雙雙對對，你看那鴛鴦交頸相吻。我的所愛呀，她是如此窈窕清揚，她知音識曲，悠揚婉轉。

一曲未足以盡興，曹丕再寫一曲，名為《善哉行》之二：

有美一人，婉如清揚。妍姿巧笑，和媚心腸。

知音識曲，善為樂方。哀弦微妙，清氣含芳。

流鄭激楚，度宮中商。感心動耳，綺麗難忘。

離鳥夕宿，在彼中洲。延頸鼓翼，悲鳴相求。

眷然顧之，使我心愁。嗟爾昔人，何以忘憂。

這一曲前部分幾乎就是前一曲的重複，或說是反覆複沓，「離鳥夕宿」一下，更清晰地表達了兩者之間漸行漸遠，貌合神離的狀態，曹丕對此是心有所感而卻無法阻攔。說原本與我交頸同眠的美人，如今就像是勞燕分飛，獨宿在水的中央，無論我怎樣延頸鼓翼，悲鳴相求，她都不再回到我的身邊。驀然回

〔註9〕〔魏〕曹丕《秋胡行》，黃節《黃節注漢魏六朝詩六種》，人民文學出版社2008年版，第135頁。

首，令我心愁呀。啊，那美人如今已經成為昔日的戀人，令我徒生感慨，唉，我怎麼樣才能忘掉我的煩憂呢？

對比參看曹植的《閨情》：

> 有美一人，被服纖羅。妖姿豔麗，蓊若春華。
>
> 紅顏韡燁，雲髻嵯峨。彈琴撫節，為我絃歌。
>
> 清濁齊均，既亮且和。取樂今日，遑恤其他。〔註 10〕

說是有一位美人，身上穿著纖細的綾羅，她的妖姿豔麗，就像是春日盛開的花朵，豐潤的紅顏燁燁生輝，高聳的雲髻嵯嵯峨峨，無比纖細的手指彈琴撫節，美妙的歌喉為我深情而歌。她的歌聲抑揚頓挫，瀏亮而和諧。這美的盛宴原非我之所有，但我只管盡情取樂，哪裏顧得上其他。

兄弟兩人的這些詩作，都是寫給甄氏的。甄氏精通音樂，妖姿豔麗，雲髻嵯峨，彈琴撫節，妍姿巧笑，和媚心腸。已經使兄弟二人共同為之傾倒。曹丕「採之遺誰？所思在庭」，正指當時還非常受到寵愛的甄氏，而甄氏的「知音識曲，善為樂方」，也從各種史料中可以得到驗證。

曹丕、曹植兄弟同寫採遺之作，同樣獻給吻合於「所思在庭」和「所思在遠道」的甄氏，「愛芳草」的正是甄氏。其所不同的，是曹丕所寫，是美人已經與他漸行漸遠，自己只能徒生悲傷，而弟弟曹植，則寫出了自己正在享受著非分之美色，「遑恤其他」，但已經透露出他內心深處的不安，雖然不安，仍然盡情歡樂，這正是曹植在初得甄氏美人時候的真實心境。雖沉醉而不安，雖不安而仍要沉醉。

曹丕在佔有了甄氏的肉身之後，也許是第一次開始想起來要向妻子求愛，因此，採用了《秋胡行》這樣的樂府詩題來表達自己的愛情，這是多麼貼切呀！可惜為時已晚，驚豔絕世的甄氏，已經心有所屬，在精神上靈魂上，不再屬於自己所有——其實，也從來沒有屬於曹丕所有，曹丕從建安九年強行佔有的，僅僅是甄氏的肉體，而非甄氏的心。

更為可悲的，是以後曹丕還要不斷演出秋胡戲妻的新的版本的故事，並且，將採桑女的諸多故事打並一體，演出全版的陌上桑故事，這是後話。

鄭樵《通志．樂典》又云：「古辭《陌上桑》有二，此則為羅敷也……另有《秋胡行》，其事與此不同。以其亦名《陌上桑》，致後人差互相說，如王筠

〔註 10〕馮惟訥《古詩紀》，卷二十四，臺灣商務印書館，景印文淵閣四庫全書，第 190 頁。

《陌上桑》云：秋胡始停馬，羅敷未滿筐。蓋合為一事也。」兩個故事在當時本不相同，但王筠將此合二為一，所以鄭樵說亦有所本。〔註11〕「秋胡始停馬，羅敷未滿筐」，讓我們記住這個話頭，到了這個故事應該發生的時候，我們再來講述。

當下，讓我們將目光重回建安十七年的仲夏，曹丕失望地等候著甄氏。甄氏為何失約不來？因為，在甄氏的心目中，經過八年的時光，她對自己的夫君實在是太瞭解了，深知丈夫的為人，為了達到政治目的，是不惜採用任何卑鄙的手段的，而曹植在遊宴詩群體五言詩的寫作中嶄露頭角，也使她原本就潛藏在內心深處的愛情迸發出來——她知道，自己心中一直傾慕的人，不是自己的夫君曹丕，而是曹植。

女神與心目中的男神，男神與心目中的女神，在漫長歲月的追逐和情感衝撞之後，終於就要發生——戀情的突破。

〔註11〕曹道衡、劉躍進著《先秦兩漢文學史料學》，中華書局2005年版，第409頁。

第五章　建安十七年：《涉江採芙蓉》的創作背景

第一節　概　說

現在，我們可以講講曹植甄氏戀情的突破。一對原本是叔嫂關係的戀人，這種亂倫的戀情，將會是怎樣突破的呢？

首先引述王枚先生關於兩人戀情關係的一段描寫，看看其他學者會怎樣想像兩人之間的突破過程。王枚先生的《曹植傳》中有三次描述兩者之間的熱戀場景，先引述其中的第一次突破：

> 曹植不知道要說什麼，他突然很想見甄氏。他知道通常每月朔日，嫂子都會到母親那裏請安。正巧過幾天又是初一。
>
> 那天，巳時剛到，甄氏從鶴鳴堂內出來，在犄角撞到曹植，頗感意外。兩人微微點著頭，都沒說話，也都不想離開。
>
> 還是曹植先開口：「嫂子是去說媒吧？」甄氏愕然以對。
>
> 曹植意有不快：「你願意看到我娶親嗎？」
>
> 甄氏語塞，許久才說：「娶親生子，人倫之道，常人不免。柰之若何。」說著，聲音低下去，頭也低下去。曹植蘊蓄已久的感情像是火山爆發，他一把抓住甄氏的手，直視著她：「我不想娶親，一輩子都不娶！只要天天看到嫂子就行。」
>
> 甄氏眼淚像潮水一樣湧出眼眶，全身在抖動。

曹植衝動地將她擁入懷抱，甄氏頗為吃驚，努力掙扎，但曹植腰間的帶墜勾住她的袖口。曹植鬆了鬆手，又拉住她的手臂不放。

不知過了多久，有腳步聲過來，兩人不約而同地急速分開。甄氏下意識地用袖口擦拭眼角，整一整弄亂的頭髮。曹植閉著眼睛，大口喘氣，試圖盡快平靜下來。

幸好腳步聲停頓一下，轉到另一個方向去了。甄氏急忙掩面而去。

曹植心神一直不定，剛才發生的一切，那是真的麼？她的膚髮，她的體香，是那麼真切。轉眼之間，怎麼就不存在了？那不是一個幻覺吧？

他的神思游離於現實和夢幻之間，痛苦和甜蜜、絕望與期待，糾結絞纏。他把自己關在屋裏，無休止地凝思、品賞所有的情味，千回百轉。〔註 1〕

應該感謝作者為我們想像並生動描述了曹植甄后之間有可能發生的戀情突破的這一細節。值得說及的幾點：

1.作者將這一突破的時間安排在建安十七年曹植在銅雀臺一展身手之後，這與筆者的研究，認為兩者之間的戀情突破是在十七年盛夏，時間方面是暗合的；2.作者將兩者之間的突破，集中在甄后為曹植說媒娶親，以至於兩者之間情感爆發，而發生突破的地點在甄氏在鶴鳴堂向卞后請安出來犄角處兩者不期相撞，也就是發生在日常生活之中，這也是十分有趣的。筆者隨後披露兩者之間戀情的真正突破，是發生在芙蓉池邊。但這兩種說法也許並不矛盾，曹植的追求攻勢，應該是多次的。王枚先生描寫的這一細節，大概適合在建安十六年到建安十七年之間，正是曹植寫作《離思賦》前夕的情況，隨後，甄氏又有所反覆。

再看王枚先生第二次描寫兩人之間身體接觸的突破：

自從發生那件事之後，甄氏一直不敢和曹植見面，心底又十分惦記。其實他們都是正統意識很強的人，不得不壓抑著情感，不得不顧及一些世俗陳規，不得不考慮相關者的感受。……

在西坊的南窗下，春日的陽光充滿魅惑，曹植的神智也頗為迷亂。正在此時，他看到門簾被輕輕挑起，甄氏悄悄地走進來。曹植

〔註 1〕王枚著《曹植傳》，中華書局 2012 年，第 123 頁。

> 喜出望外，忽地站起身。
>
> 她徑直走到他面前，低著頭，不言語。他毅然拉起她的手，一起坐下。只是兩人都有點扭捏，不知說什麼好。許久，甄氏低喚一聲「子建」，就羞紅了臉。
>
> 曹植突然抱住甄氏，狂熱地親吻她的臉頰，緊緊摟住她的身子。甄氏像一坨麵團，癱倒在他的懷裏。他們就像兩條蛇一般，熱烈地交纏。所有的苦惱、顧慮，都拋到腦後，只有「愛」在泛濫，生命深處的原始衝動在洶湧。
>
> 他覺得靈和肉都在飛翔，進入最幽茫的宇宙深處。他迫切地要把他交出去，把最寶貴的童真交給至愛。這是他當下的心願，除此之外，他什麼都不想了，他豁出去了！在生命交匯中，他獲得從未有過的全身心的滿足，妙不可言。〔註2〕

以上兩段，之所以大段全文引述，不僅僅是因為其描寫引人入勝，不忍割捨，而且，由於其中所提供的多方面的信息，是彌足珍貴的。誠然，這樣的文字，並非有實在的史料作為依據，但它卻是某種藝術的真實存在，是作者利用合理的、合乎情理的想像，來設法彌補史料缺席所帶來的缺憾。兩者之間在偶然邂逅之後偶然爆發，到兩者之間的倒退——曹植的積極進取和甄后的設法隱退，是合於當事人的情理的，理智上要退避，要退出這注定沒有結果的戀愛。

王枚先生的這一段戀情描寫，是曹植的一個午睡夢境，而第三次描寫場景則是實景，其描寫如下：

> 夏季即將過去，曹植想起西園的菡萏大概盛開了，本想約楊脩一起去，又想若遇到甄氏的話，反而不便，於是一個人徑往西園而來。甄氏果真已在那裏等候，曹植大喜過望，急忙拉著甄氏的手，遁入柳蔭深處。
>
> 甄氏說這幾天她都來，今日總算遇上，然後從懷裏拿出詩卷。原來還是上次那首詩……曹植神思高馳，沉浸在自己的思緒中，忽然看到甄氏眉目圓睜，含情脈脈，正看著他。他頓時激動起來，把甄氏擁進懷抱。
>
> 兩人就這樣相擁一起，望著不遠處的菡萏在天光下豔如飛霞，

〔註2〕王枚著《曹植傳》，中華書局，2012年版，第127頁。

幻如綺夢。〔註 3〕

以上三段文字，記載曹植和甄后之間在不同時期的戀情關係，一為夢境，二為實景，雖為文學寫法，但卻合於情理——兩者之間關係，從情理上說，當如是也。其中又涉及曹植妻子崔氏，皆有一定的參考價值。

如果從學術的角度來尋求根據，至少是在有一定關係的史料基礎之上的，則正是當事人曹植留給我們的。曹植《七啟》中有一段，原本是描述宮觀之妙，但卻忽然寫了一段男性向女性求愛的細節描寫，非常有趣：

然後採菱華，擢水蘋，弄珠蚌，戲鮫人。諷《漢廣》之所詠，覿游女於水濱。燿神景於中沚，被輕縠於纖羅，遺芳烈而靜步，抗皓手而清歌。歌曰：望雲際兮有好仇，天路長兮往無由。佩蘭蕙兮為誰修？嬿婉絕兮我心愁。〔註 4〕

文中記載曹植有一次正在水濱採擷芙蓉，不期然見到一位美麗的女性在水中洗浴，他將自己躲藏起來，驚豔於這位女性的美貌，為之神魂顛倒，不能自已。隨後，美人披上柔曼的輕紗，採摘了一朵芙蓉花佩戴在胸前。美妙的身姿曲線和芙蓉花搖曳點綴，不時露出她美妙婀娜的身形。美人似乎是踏水而來，濃鬱的馨香彌漫著沁入自己的心扉。忽然，她揚起白皙細長的手臂，唱出了一曲美妙的歌：

望雲際兮有好仇，天路長兮往無由。

佩蘭蕙兮為誰修？嬿婉絕兮我心愁。

翻譯成為語體新詩，可以為：

仰望天邊，有心中的配偶，天路漫漫，無法表達和追求。

身佩美麗的芳草為誰修飾？無法實現的戀情纏綿哀愁。

歌唱者正為甄氏，聽歌者正為曹植。曹植心知歌詞所唱、所傾訴的對象，正是自己。於是，他勇敢地用詩經中的《漢廣》來表達自己的戀情和心聲：

南有喬木，不可休思。漢有游女，不可求思。

漢之廣矣，不可泳思。江之永矣，不可方思。

《漢廣》出自詩三百的《周南》，前兩句翻譯成為語體詩，大體這樣：

南國有美麗的喬木，美麗的喬木下我不能休憩；

〔註 3〕王枚著《曹植傳》，中華書局，2012 年版，第 221 頁。

〔註 4〕曹植《七啟》，趙幼文校注《曹植集校注》，人民文學出版社 1984 年版，第 10 頁。

漢水邊有美麗的游女，美麗的游女我難以追求。

曹植引用這首詩，恰當地表達了自己對於甄氏愛慕渴求而不可得的心境。這位女神則以詩三百中的《河廣》，回覆了曹植的表白：

誰謂河廣，一葦杭之；誰謂宋遠？跂予望之。

由於這是兩人之間的首次情感突破，在兩人之間的戀情史上具有重要碑刻性質，所以，曹植一生，反覆提及，反覆回憶，漢女、游女，就成了甄氏的代號、暗碼；以後，曹植外出游蕩，甄氏就呼曹植為「游子」，以對應曹植稱呼自己的「游女」。這些稱呼的反覆運用，會在此後的情節中反覆出現。甄氏的回覆採用詩三百的《河廣》，意思是說，誰說黃河太寬廣，一束蘆葦可以渡航；誰說宋國太遙遠，踮起腳來可以望。言外之意，是你只要有勇氣，你會看到，愛的門是開著的。

此外，還需要補充一點：曹植說是「戲鮫人」，此三字有很豐富的信息量。鮫人是水中生活之人，甄氏出生在上蔡之地，接近江漢水國，可能是會戲水游泳的，因此，才會出現很多關於甄后和水的關係。還有一個「戲」字，可以說戲耍，也可以是調戲、遊戲，由於兩者之間原本不能發生戀情關係，因此，曹植將自己的這次進攻，視為一種戲。

他也許不會想到，以後，此一戲會成為終生之戀，成為演出終生之悲劇戲。他更不會想到，此一次戲，對中國詩歌史、中國文學史而言，是何等的重要。因為，這是漢魏之際最偉大的詩人之間的演出，必定會寫出最精彩的戲詞，雖然，對兩位當事人來說，卻是慘絕人寰的人生結局，是以生命為之的犧牲和祭奠。

第二節　採菱華而結詞：作為定情信物的芙蓉

可以再稍加深入來分析曹植的《七啟》，並結合曹植其他作品一併分析。一般認為《七啟》寫作於建安十五年左右，其實，應該是寫作於建安十六年到十七年左右更為準確。

《七啟》，採用枚乘《七發》、傅毅《七激》、張衡《七辯》等形式，虛擬玄微子和鏡機子來進行問答，配合曹操《求賢令》的頒布，讚頌求賢措施的必要性，勸告在野士族積極投入到曹魏政權中來。

玄微子「隱居大荒之庭，飛遁離俗」，輕祿傲貴，於是，鏡機子聞而將往說焉，從而構成了從政和在野的虛擬的對話。這原本與此處所論的情愛關係無關，但曹植在虛擬對話中，突然穿插了一段求愛的細節，應該是曹植借用其自身經歷的一段求愛真實經歷——若是單有這一段描寫，當然不會理解為曹植自身的親身經歷，但若將這一段描述和《九詠》《洛神賦》《離友詩》其二等聯繫起來，就會明白，其中的遣詞造句，用語細節，全無兩樣——它確應是曹植首次向甄氏挑明心跡的細節記錄。

我們可以參照曹植其他自傳性的文學作品加以對照閱讀，就會知道筆者所言不虛，曹植自傳性文學作品的代表作為《九詠》賦。

尋湘漢之長流，採芳岸之靈芝。遇游女於水裔，採菱華而結詞。

曹植在《九詠》賦中說，我們在湘漢長流中，採摘芳岸的靈芝，在這裡，我遇到游女在水邊，於是，我獻上我所採摘的菱華表白了我的心跡。銅雀臺芙蓉池，在河北河南之交，不能算是湘漢，所謂湘漢，是由於兩人之間在對話中採用了「漢有游女」之類的典故，因此，「湘漢」云云，是典故中的地點，因此，也可以說，湘漢或是江漢，乃為兩者之間首次定情之語碼，而「靈芝」和「芙蓉」「菱華」等都是同一物的不同說法。

這樣來看《七啟》中的「採菱華，擢水蘋」，正是《九詠》賦中的「採菱華而結詞」。「諷《漢廣》之所詠，覿游女於水濱」，這裡很有趣的一個用語，就是「覿」字，曹植沒有使用「看」「見」「窺」等，而是使用了「覿」字，覿有相見相親的意思，現在還有「覿體相親」的成語。這裡面的暗示意味非常強烈。其實，當時的情景就應該是窺視，由窺視而轉為有禮儀的相會相親。

關於窺視甄氏在芙蓉池中沐浴，可以參看前面所寫的「被輕縠於纖羅，遺芳烈而靜步」，這裡分明有被窺視女性的披上輕紗的過程，還有，「戲鮫人」，什麼是鮫人？鮫人，魚尾人身，謂人魚之靈異者。中國古代典籍中記載的鮫人即是西方神話中的人魚，他們生產的鮫綃，入水不濕，他們哭泣的時候，眼淚會化為珍珠。美人魚是生活在水中的，並非在陸地上行走的人。

曹植類似自傳性質的《九詠》賦，同樣記載了這個重要的事件。此一句正是《九詠》中的「遇游女於水裔」，只不過此兩句為倒裝，應該先有遇游女於水濱，才會有「採菱華而結詞」，而「諷《漢廣》之所詠」，正是「結詞」的內容。因此，「覿游女於水濱」、「戲鮫人」等，正是曹植窺視甄氏洗浴的別樣說法。

這一段故事，非常像是後來流傳很廣的牛郎織女的故事，只不過在那個故事裏，牛郎是個放牛的窮漢，現在的故事裏，則是翩翩公子曹植。實際上，牛郎織女的原型，正是曹植甄氏之間的戀情在此前傳說文化基礎之上創造出來的，曹植甄氏在後來漫長離別的痛苦歲月裏，創造了這個故事，曹植在自己的詩文中，也一再將自己說成是牽牛，而說甄氏是織女、河漢女等。

在《九詠》中，曹植寫道：「感濯漢兮美游女，揚激楚兮詠湘娥；臨回風兮浮漢渚，目牽牛兮眺織女。交有際兮會有期，嗟痛吾兮來不時。……尋湘漢之長流，採芳岸之靈芝。遇游女於水裔，採菱華而結詞。」將前引一段回歸到文賦之中，就更能見出曹植的本意。

漢女、湘娥、牽牛、織女、游女，這些都是戀情中的男女之代稱，而靈芝、菱華、結詞等語，都是兩者之間戀情的密碼，是兩者之間即便是生命消亡靈魂也依然會清晰印刻的兩者之間初次的憶念。

在牽牛織女兩句之下，曹植原先自注：「牽牛為夫，織女為婦，織女牽牛之星，各處河鼓之旁，七月七日乃得一會。」〔註5〕曹植此兩句自注已經從《九詠》原作中遺失，李善《文選》魏文帝《燕歌行》注引曹植《九詠》注，將其勾勒出來。

曹植《九詠》作於何時何地，已經不可考，賦中還說：「越江兮刈蘭，暮秋兮薄寒。被蓑兮戴笠，置露兮踐歡。」（《御覽》三百五十九），其寫作似乎是在江南，賦中分明說，越過江水採摘蘭草（蘭是甄后的代稱和名字，參見後文，此處一語雙關），意思與「涉江採芙蓉」類同。但兩者絕非同一時間的作品，涉江採芙蓉雖然表達「憂傷以終老」的哀傷，但還屬於淡淡的哀傷，是一種熱戀中的惆悵，而《九詠》則不然，是歷經大苦大難之後痛徹心扉的傷痛。

正如文學史將甄氏的作品說成是民間之作一樣，牛郎織女這一甄氏的創造，也同樣被改造成為民間的傳說。

重回曹植的《七啟》，以下四句：

　　燿神景於中沚，被輕縠於纖羅，遺芳烈而靜步，抗皓手而清歌。

則已經能夠看到洛神的身影了。因此，有學者直接就將「神景」解釋為《洛神賦》中的神光。〔註6〕此四句，進一步將曹植此次邂逅洛神，也就是甄氏的具體場景，摹寫了出來，或說是藝術地記錄下來。

《爾雅・釋水》：「水中可居者曰洲，小洲曰渚，小渚曰沚。」《詩經・蒹

〔註5〕見嚴可均《全三國文》，卷十四，第1131頁。

〔註6〕趙幼文校注，參見《曹植集校注》，人民文學出版社1984年版，第22頁。

葭》:「宛在水中沚。」靜，安也，安猶徐也，靜步即徐行。所謂「凌波微步」也。芳烈，謂馥郁之馨香。《爾雅》曰:「抗，舉也。」清歌，猶悲歌。《詩經・兔罝篇》:「公侯好仇。」《爾雅・釋詁》:「仇，相求之匹也。」通過古今人的這些訓詁詮釋，已經能大體清理出來當時的情景細節:這位美妙女子，漸漸的，從水中她的居住之地出來，如同美麗的女神從水中升起，身披著輕穀纖羅，凌波微步而來，遺灑下馥郁的馨香。

或說，曹植為何要將這隱私記錄下來？難道他就不擔心別人看出來麼？說這個話的人，一定不是文學家，沒有作為文學家和詩人的切身體驗。須知，作為文學家，作為詩人，要想讓他將內心深處最為令他感動，令他眾生難以忘懷的事情、情感不寫作出來，就像是讓他不珍愛自己的生命一樣的困難——這不僅僅是詩人創作的衝動，更是詩人生命的本能。

但既然曹植一定要將兩人之間最為美妙的一刻記載下來，為何不好好地、原原本本地記錄下來呢？這就是問題的另一方面，一方面不能不寫，另一方面，又不能準確全面地寫，而是要斷斷續續地寫，分別隱藏在不同的作品之中。你知我知，天知地知，至少作者自己能知道哪段回憶安放在哪篇文字之中了，同時，後來的研究者，只要不被歷史的灰塵蒙蔽了雙眼，只要不被功利的灰塵蒙蔽了心靈，都不難將這些散片連綴起來，成為華采的樂章。

兩個人之間，接下來又發生了什麼樣的故事了呢？接下來的故事，曹植將它安放在另外一篇賦作中，名為《芙蓉賦》:

> 覽百卉之英茂，無斯華之獨靈。結修根於重壤，泛清流而擢莖。退潤王宇，進文帝庭。竦芳柯以從風，奮纖枝之璀璨。其始榮也，皦若夜光尋扶桑；其揚輝也，晃若九陽出暘谷。芙蓉蹇產，菡萏星屬。絲條垂珠，丹榮吐綠，焜焜燁燁，爛若龍燭。觀者終朝，情猶未足。於是，狡童嫚女，相與同遊。擢素手於羅袖，接紅葩於中流。

首句讚美芙蓉的「覽百卉之英茂，無斯華之獨靈」，說自己也曾遍賞眾花的英茂，但眾花皆無芙蓉的「獨靈」，曹植一生賦作甚多，詠物之作也甚多，但歌詠花樹之作，僅有《芙蓉》一篇而已（曹植有《橘賦》，寫給甄氏，意在說明遷徙之物，流離之人；《槐賦》，寫槐樹，皆非花朵也），可見，曹植所說「覽百卉之英茂，無斯華之獨靈」之語，並非誇張虛言，而是確言實指。

芙蓉「結修根於重壤，泛清流而擢莖。退潤王宇，進文帝庭。」李善本作「玉宇」，玉宇指曹操所居，操時為漢臣，故曰「退潤」，《廣雅・釋詁》:

「潤，飾也」。文，《廣雅．釋詁》：「文也」。帝，謂漢獻帝。說芙蓉花可以為父王曹操的宮宇潤色，為漢獻帝的帝庭進文增色。這裡可以解釋為芙蓉的擬人化寫法，但若看到此賦的結句所寫，即可知道此賦並非真正歌詠芙蓉，而是歌詠喜愛芙蓉的人——甄氏。

「竦芳柯以從風，奮纖枝之璀璨。其始榮也，皦若夜光尋扶桑；其揚輝也，晃若九陽出暘谷。芙蓉騫產，菡萏星屬。絲條垂珠，丹榮吐綠，焜焜燁燁，爛若龍燭。觀者終朝，情猶未足」，說芙蓉像鳥兒一樣翻飛。菡萏像是星宿一樣連屬，像是龍燭一樣發出耀眼的光芒。不難看出，其中正有一些是《洛神賦》的雛形：「遠而望之，皎若太陽升朝霞；迫而察之，灼若芙蕖出淥波」。「觀者終朝，情猶未足」，這倒是實話，所謂觀者，正是賦作者本人——曹植。這一場景，頗類《紅樓夢》中黛玉所說寶玉類似一隻呆雁。

更有意思的是，此賦在後文中，說出了這樣一段耐人尋味的話語：「於是，狡童媛女，相與同遊，擢素手於羅袖，接紅葩於中流。」「狡童」，參見《蟬賦》，出於詩經，是一位令女子神魂顛倒的男子，當為甄氏對曹植的愛稱。兩人不僅「相與同遊」，而且「擢素手於羅袖，接紅葩於中流」，此兩句就時間順序，應為倒裝，「接紅葩於中流」，應是《九詠》賦所說的「採芳岸之靈芝。遇游女於水裔，採菱華而結詞」的結果，也就是甄氏終於接受了曹植所獻的表達愛意的芙蓉，於是，兩人「相與同遊，擢素手於羅袖」。「擢，引也」（《說文》），此處為牽手之意。兩人為何在「羅袖之中」「擢素手」，正由於兩人之間的關係，不便於被人看見牽手。換言之，曹植甄氏之間關係的突破，是由於曹植採擷芙蓉獻給甄氏，甄氏在長袖中接住芙蓉花，在長袖的掩護下，兩人終於實現了牽手的突破。

這應該是兩人之間首次身體上的突破，曹植的感受，恐怕只有曹植才知道吧！至於兩人之間，這次僅僅是牽手的突破，還是抑制不住生理的衝動，在這芙蓉池畔花草叢中，完成了首次靈與肉的結合？以筆者對其後來詩文的考察，兩者此次僅僅是牽手而已。而且，即便是這種牽手的關係，後來也有多次的反覆過程。芙蓉、荷花，以及「游女」（連同與之相反的「游子」）、「狡童」「擢素手」等，也就成了曹植與甄氏之間的隱語、典故、意象。

這一年，曹植二十一歲，甄氏三十一歲。或說，兩人年齡相差十歲，有可能發生這樣的戀情麼？或說，曹植是正人君子，甄氏也是貴族女性，兩人之間可能發生這樣的叔嫂亂倫關係麼？或說，即便是兩人悄悄發生了這樣的事情，干君何事？為何要揭出曹植甄氏的八卦給世人看？就讓它塵封在歷史的風塵之中，也是對曹植和甄氏的一種尊重吧？這樣疑問或是質疑，都是情有可原的，但筆者也是事出有因而不得不揭櫫其過程，描述其可能發生的細節。

年齡差距的問題，原本不值得討論，戀情之事，唯有當事人知其冷暖，知其是否為其所真愛，他人是無從置喙的。這一點，古今中外，不勝枚舉，不必懷疑。至於叔嫂偷情，在兩漢時期，確實是罕見的，也不能說絕對沒有，但至少當下所能見到的史料記載之中，確實是沒有的。人們所能見到的，至多是譬如司馬相如挑逗寡婦卓文君私奔，但這是漢武帝獨尊儒術的國家哲學普遍深入人心之前的文人軼事。

到了東漢經術牢籠統治思想的時代，我們所能見到的，是譬如梁鴻與貌醜而有品德的妻子孟光舉案齊眉的故事。這種儒家風尚，一直可延續到三國時代蜀國的諸葛亮。而在曹操治下的魏國版圖之內，早已經思想解放思潮興起，曹操本人與此前一年剛剛公布的《求賢令》，明確提出對「盜嫂受金而未遇無知者」「唯賢是舉」。

此外，曹植甄氏之間個案的特殊性，也是重要的因素。兩人之間並非那種素無感情瓜葛的男女苟且行為，恰恰相反，兩人之間在八年之前，就埋下了愛的種子，曹植以不思寢食的絕食、絕睡的近乎自殺式的行為，來為自己爭取得到這份愛情而未能獲得成功。俗話說，愈是壓抑的，就愈是強烈的，而建安十六年開始的遊宴詩活動，充分展示了曹子建的文學才華，從而俘獲了甄氏的芳心。八年積鬱的情感，一旦獲得一次偶然的邂逅，乾柴烈火，熊熊而燃，又如同洶湧澎湃的大江大河，一旦沖決情感的堤壩，不顧一切生死，或說是生死置之度外的沖決，也是情理之中的事情。

「都云作者癡，誰解其中味？」如果將現存曹植詩文作品以及遺失作者姓名的古詩，按照時間表編成繫年，如果一一吻合，基本不差，那就說明，筆者僅僅是將原本就是一幅作品的碎片給予了重新的縫合，而非臆想臆測。如果有別的作者或說是闡釋者，能將這些作品與漢魏之際其他的詩人人生歷程拼接吻合，則筆者所說，就可能僅僅是兩種或是多種可能性之一。但就當下來說，還沒有任何一個這個時期的詩人與這些作品能吻合起來。

對於很多正人君子來說，曹植甄氏的戀情是一種醜聞，原本不必研究出來和公示出來，但——不如此，則無以解決失去作者姓名的古詩的本事，就不能破譯古詩這一千古之謎，更不能闡發漢魏之際詩歌史真正的歷程，同時，也不能理解曹植何以成為才高八斗的曹子建。

為了追求真愛，這對愛侶，最後人生的歸宿，一個被賜死，一個被放逐，最後也被變相賜死。他們都為了這份愛，而獻出了寶貴的生命。難道——他們不是偉大愛情的殉道者麼？

第三節　《涉江採芙蓉》與曹植思甄之作

阮瑀何時故去？《魏書・阮瑀傳》：「阮瑀十七年卒」，曹丕《寡婦賦》：「去秋兮既冬，改節兮時寒。水凝兮成冰，雪落兮翻翻。」則阮瑀故去的時令，已經是雪落翻翻、水凝成冰的初冬季節，從鄴城的地理位置來說，至少應該在十月之後（十一月下旬為冬至節令）。但史書同樣記載的事情，是建安十七年十月，曹操大軍出發南征孫權。而曹丕、曹植都跟隨出征。因此，曹丕等人寫作《寡婦賦》《寡婦詩》等，應該就在大軍出發之前，而曹操大軍出發的時間，也應該是該年十月中旬之後。

建安十七年十月，曹植跟隨曹操大軍南征孫權，到翌年四月返回鄴城，這次經歷正好半年的時光，這是兩人之間的第二次久別。這次離別，甄后開始真正學會了五言詩寫作。因此，兩人都有不少的詩文作品。

古詩十九首《涉江採芙蓉》：

> 涉江採芙蓉，蘭澤多芳草。採之欲遺誰？所思在遠道。
> 還顧望舊鄉，長路漫浩浩。同心而離居，憂傷以終老。

曹植《離友》詩：

> 涼風肅兮白露滋，木感氣兮條葉辭。臨渌水兮登崇基，折秋華兮採靈芝。
> 尋永歸兮贈所思，感離隔兮會無期，伊鬱悒兮情不怡！

《武帝紀》記載，曹操於建安十七年十月征討孫權，曹植從征：「臣昔從先武皇帝南極赤岸，東臨滄海，西望玉門，北出玄塞。」〔註7〕此兩首詩都應該寫於這次從征，南方氣候炎熱，是故雖為冬十月，卻仍是深秋景色。曹魏時代，盛行一個題材採用多種文學體裁寫作的方式，這首《涉江採芙蓉》，正應是曹植在建安十七年十月之際寫作於長江邊上的思念甄氏之作，是曹植騷體

〔註7〕《三國志・曹植列傳》，第567頁。

詩《離友》的五言詩表達。

兩者之間，都是在水中採擷，不過是曹植採擷的是靈芝，而十九首所採擷的是芙蓉，其實，芙蓉就是水中靈芝的美號而已。芙蓉，是南方之花，其花八九月始開，耐霜，因此也被稱之為拒霜花。蘇軾也曾使用這一說法，如其《和陳述古拒霜花》:「千林掃作一番黃，只有芙蓉獨自芳」。「冬十月，公征孫權」，曹植從征，正是芙蓉花盛開的時候。

另，「涉江採芙蓉」之「江」，指狹義的長江，而整個漢魏時期，長江兩岸還沒有出現有人會寫五言詩的記載，這種狀況一直延續到陸機因為去洛陽才學會寫作五言詩，只有曹植這樣的由北方鄴城而來的詩人才會寫這種五言詩。

兩者的採擷者，都在思念遠處的人。「臨淥水兮登崇基，折秋華兮採靈芝」，就是「涉江採芙蓉」的意思;「尋永歸兮贈所思」，就是「採之欲遺誰？所思在遠道」的意思〔註 8〕，「感離隔兮會無期，伊鬱悒兮情不怡」，就是「還顧望舊鄉，長路漫浩浩。同心而離居，憂傷以終老」的意思。詩中所說的「還顧望舊鄉，長路漫浩浩。同心而離居，憂傷以終老」，正說明寫詩的人並非本地人，而是遠方來客。

曹植此時身在長江之畔，而舊鄉卻在數千里之外的鄴城，故曰:「還顧望舊鄉，長路漫浩浩」，但這千里、萬里，還僅僅是空間的阻隔，叔嫂的世俗身份，卻是比這空間阻隔更為遙遠難越的障礙，因此，才有「同心而離居，憂傷以終老」的喟歎，他們之間，注定是一輩子都不能恩愛同居的。

靈芝、芙蓉就是甄后的象徵，曹植文集中寫作的一個中心語匯就是芙蓉、靈芝，在他的《洛神賦》《芙蓉賦》《九詠賦》等凡是涉及曹植個人自傳性質的佳篇名作中，不難處處看到靈芝和芙蓉的倩影。六朝顧野王《豔歌行三首》:「豈知洛渚羅塵步，詎減天河秋夕渡。」「蓮花藻井推芰荷，採菱妙曲勝陽阿。」「輕風飄落蕊，乳燕巢蘭室。」(2469)〔註 9〕可知，洛神與天河秋夕

〔註 8〕曹植《遠遊篇》:「夜光明珠，下隱金沙。採之遺誰？漢女湘娥」，曹丕相似詩句，同樣寫給甄氏的《秋胡行》:「朝與佳人期，日夕殊不來……採之遺誰？所思在庭。」大體可以知道，甄氏有對芙蓉、芳草的喜愛，曹丕、曹植兄弟，都曾有過採遺饋贈的求愛行為，「採之遺誰」，首先應是曹丕所寫，隨後，為曹植所用的一個習慣句法。

〔註 9〕以下凡有引用六朝詩作標注的頁碼，均見於逯欽立《先秦漢魏晉南北朝詩》，下同。

渡之織女及涉江採芙蓉、蘭室等均為一體，六朝人對此了若指掌。隋代辛德源《芙蓉花》：「洛神挺凝素……涉江良自遠，託意在無窮。」〔註10〕「涉江採芙蓉」與洛神在一起，開篇即用洛神以詠芙蓉花，結尾點題涉江。

曹植隨後寫有《朔風詩》，其詩如下：

仰彼朔風，用懷魏都。願騁代馬，倏忽北徂。
凱風永至，思彼蠻方。願隨越鳥，翻飛南翔。
四氣代謝，懸景運周。別如俯仰，脫若三秋。
昔我初遷，朱華未晞。今我旋止，素雪雲飛。
俯降千仞，仰登天阻。風飄蓬飛，載離寒暑。
千仞易陟，天阻可越。昔我同袍，今永乖別。
子好芳草，豈忘爾貽。繁華將茂，秋霜悴之。
君不垂眷，豈云其誠。秋蘭可喻，桂樹冬榮。
絃歌蕩思，誰與銷憂。臨川慕思，何為泛舟。
豈無和樂，遊非我鄰。誰忘泛舟，愧無榜人。

數年之前，當我首次讀到這首詩作的時候，我能讀出此詩和《涉江採芙蓉》是先後連帶的詩作，但並未能讀懂其中的深意。不妨先看我十年之前的分析：

考察其詩，詩作者本人應是在南方，所思念者在北方之魏都：「仰彼朔風，用懷魏都。願騁代馬，倏忽北徂」，而曹植真正身在南方赤岸，僅僅有建安十七年十月至翌年正月之一次，《魏志．武帝紀》：「十八年春正月，進軍濡須口……乃引軍還」〔註11〕因此，此詩應寫於前文所析《涉江採芙蓉》的兩個月之後，魏都指鄴城。「仰彼朔風，用懷魏都」，是說感受到北風勁吹，使我懷念魏都鄴城。

「昔我初遷，朱華未晞。今我旋止，素雪雲飛」，曹植於建安十七年十月隨父南征，當時長江邊上的芙蓉、靈芝尚未凋謝，有前文可證。朱華，荷花，就是芙蓉，李注：「希與稀同，古字通也」。王堯衢《古唐詩合解》釋為朱華之未落〔註12〕，可知，正與前文所論初到江邊時候的節令與曹植詩作吻合；而「今我旋止，素雪雲飛」，應指曹植回來之時的景況。曹操於十八年四月還

〔註10〕《玉臺新詠》，世界書局，481頁。
〔註11〕〔晉〕陳壽撰，〔宋〕裴松之注《三國志．魏書．武帝紀》，中華書局1982年版，第37頁。
〔註12〕參見趙幼文校注，《曹植集校注》，人民文學出版社1984年版，第174頁。

鄴，按理說，已經過了下雪的季節，則有可能寫於將歸未歸的晚冬之際。「俯降千仞，仰登天阻。風飄蓬飛，載離寒暑。千仞易陟，天阻可越」，則天阻既可以解釋為北歸之高山，也可以理解為暗指兩者之間的隱情難以實現。

「子好芳草，豈忘爾貽。繁華將茂，秋霜悴之」，正與前文所述的採擷芳草相互對應，說你喜歡芳草，我怎會忘記採摘贈送呢？但我是繁華將茂之時採擷的，而現在這芙蓉花已經在秋霜下憔悴。芙蓉本不懼怕秋霜，但採擷下來，時間一久，難免枯萎，同時，使用這個意象，來暗喻自己由於長久思念而憔悴。

「君不垂眷，豈云其誠」，李注：「言君雖不垂眷，己則豈得不言其誠？」因有以下兩句：「秋蘭可喻，桂樹冬榮」，意味秋蘭之芳馨可以比喻我愛之純潔，桂樹的冬榮可以見證我的堅貞。「絃歌蕩思，誰與銷憂」，李注：「言絃歌可以蕩滌悲思，誰與共奏以銷憂也」，是說：若是能夠絃歌以蕩滌悲思，還可以消解我的幽思，但你不在身邊，誰能為我彈奏歌唱呢？

結尾處使用《詩經．邶風．柏舟》的詩典：「汎彼柏舟，亦汎其流。耿耿不寐，如有隱憂。微我無酒，以敖以遊。我心匪鑒，不可以茹。亦有兄弟，不可以據」，說自己也很想臨川泛舟，泛舟中也有和樂，但可惜皆非我之所愛。案：宋刊本《曹子建文集》作「憐」，疑作「憐」字是。〔註 13〕聯絡上下文，正應該指甄氏不在身邊，因此，才有「遊非我憐」的感慨。同時，說自己「耿耿不寐，如有隱憂」是難以解決的，「亦有兄弟，不可以據」，不僅不可以據，而且，不能向兄長傾訴。結句說：「誰忘泛舟，愧無榜人」，是說自己不會忘記泛舟而濟，但又有誰能做自己的「榜人」呢？表達困境無法解決的心境。（參見拙作《古詩十九首與建安詩歌研究》）

當下，筆者再次反覆體會其語氣，體會到這首詩分明不是一首單純的詩作，而是一封書信，是寫給一個人的書信。所寫給的人是誰呢？很清楚，這是一位喜歡芳草的女性：說你喜歡芳草，這我是深知的，豈能忘記採擷了贈送給你？現在，我所採擷的芳草，原本是繁華將茂的美麗，時間久了，已經在秋霜中枯萎。甄后喜歡芳草，由此靈芝、芙蓉，成了她的代稱和別名，這是很多史料記載了的。「子好芳草」，此詩顯然是寫給甄后的。

當下的第二個問題，甄后的態度如何？也是如同曹植一般的熱烈麼？非也。「君不垂眷，豈云其誠。秋蘭可喻，桂樹冬榮。絃歌蕩思，誰與銷憂。臨

〔註 13〕參見趙幼文校注，《曹植集校注》，人民文學出版社 1984 年版，第 174 頁。

川慕思，何為泛舟。」結尾這八句，「君不垂眷」之「君」和「子好芳草」之「子」，同為一人。「君不垂眷」，分明透露了好芳草之「君」並未領情，並未欣然接受這份情愛，這樣理解，則以下的「絃歌蕩思，誰與銷憂。臨川慕思，何為泛舟」也就都有了著落，都是說自己寂寞的情懷：美人還不能完全接受自己的戀情，一切都看著沒有了興致。

根據這首詩，一直到建安十八年之前，甄后還沒有真正接受曹植的戀情，應該是屬於心有所屬而投鼠忌器，雖然突破而未穩定的階段。所以，前輩學者一直說，是曹植有意而甄后無情，看來，在初始階段確實如此，而且是相當漫長的。惟其如此，以後，當甄后一旦全身心地將自己託付給曹植，而曹植反而躲避這場不倫之戀的時候，才使得甄后從情感上不能接受；也惟其如此，才使得曹植最終不得不重回甄后的懷抱，無論怎樣想從這苦戀之中全身而退，都已經做不到了。

從全詩來看，將《朔風詩》解釋為曹植於建安十八年正月將歸未歸之時思念甄后之作，基本能圓通。通過此篇的分析，得知甄氏「好芳草」的愛好和曹植「豈忘爾貽」的採遺細節，正與曹植所寫多篇採遺之作相互呼應。

從前述的兩篇經典詩作，一篇被編入《古詩》系列的「涉江採芙蓉」，當為建安十七年秋十月，曹植跟隨曹操大軍南下長江赤岸思戀甄氏之作，一篇為殘存於曹植文集之中的《朔風》，當為曹植跟隨曹操大軍北歸鄴城路途之中所作。兩者之間，顯然是一個系列的繼續。雖然其所書寫的內容，皆為思戀甄氏之作，但其所表達出來的意思，卻並不相同：

「涉江採芙蓉，蘭澤多芳草。採之欲遺誰？所思在遠道。還顧望舊鄉，長路漫浩浩。同心而離居，憂傷以終老。」雖然結尾有「同心而離居，憂傷以終老」，兩者之間成為夫婦的終極理想無法實現，但兩者之間的戀情關係卻是確定無疑的：「同心」「離居」「終老」，都是此意——一輩子的戀人關係是可以確認的。

《朔風》的「俯降千仞，仰登天阻。風飄蓬飛，載離寒暑。千仞易陟，天阻可越」，則顯然是兩者之間的關係出現了重大的危機，應該是在這段離別期間，甄氏提出了分手的信息。「子好芳草，豈忘爾貽。繁華將茂，秋霜悴之」，表面是說你喜歡芳草，我怎會忘記採摘贈送呢？內裏的話語，卻隱喻著深深的沉重，傳達出來曹植單方面的愛情忠誠和對兩者關係危機的暗喻。這是由於，兩者之間戀情的馬拉松，是如此的漫長，如此的曲折，如此的驚心動魄，如此的生命付出。所以，一旦有了結果，那就必然是高山為之陵平，四海為之枯竭，乃敢與君絕！其實，即便是如此，也仍然不能斷絕這千絲萬縷的苦戀情思！

第四節　《江南可採蓮》與植甄詩歌往來

在這裡，還需要將《涉江採芙蓉》中所涉及的兩者關係加以對照思考，該詩說：「同心而離居，憂傷以終老」，根據語意，兩者之間的關係則似乎已經確定，或說是已經進入到實質性的階段，涉及「終老」，過一輩子的問題。看似和曹植《朔風詩》中的話語有不同。其實，這正是一個問題的兩個方面。

《涉江採芙蓉》一首，應為曹植之作，曹植處在熱烈追求的階段，自然樂觀一些，雖然，仍舊找不到能解決「同心而離居，憂傷以終老」這一現實問題的方法，但在他看來，甄后的心已經屬於自己是無疑的了，剩下的僅僅是技術性問題的解決。而《朔風》詩中的透露出來的信息，是甄后在此期間給予他的回覆，更為冷靜一些，更為克制一些。這是男女戀愛初步階段的常態。

再補充一個問題，曹植此詩中說：「千仞易陟，天阻可越。昔我同袍，今永乖別。」以前一直讀不懂，為何說是「同袍」？先看其出處——詩三百中的《柏舟》：

> 汎彼柏舟，亦汎其流。耿耿不寐，如有隱憂。
> 微我無酒，以敖以遊。我心匪鑒，不可以茹。
> 亦有兄弟，不可以據。薄言往愬，逢彼之怒。
> 我心匪石，不可轉也。我心匪席，不可卷也。
> 威儀棣棣，不可選也。

關注其中的「同庖」：鄭注：「後與王同庖」，……「則知其時，君與夫人同庖，已成通禮。」可知，此處之「同袍」，即為「同庖」之轉用。如此，則兩人之間在此之前，已經相互許諾或是實際為夫妻。此處「千仞易陟，天阻可越。昔我同袍，今永乖別」，其含義應該是說：即便是千仞也可以登臨，即便是天阻，也可以超越。但我們之間，昔日的同庖夫婦，現在則是永遠的乖絕。如果這一分析是準確的話，則兩者之間出現第一次的分手，則是由甄后方面的主動提出。

但甄氏所謂提出的分手，是發自內心的麼？其實，甄氏之所憂慮，乃是「懼斯靈之我欺」，擔心曹植不能守信終生，因此，才會有「申禮防以自持」

的主動退卻，也可以視為一種自我保護和對曹植的考驗。而她的內心深處，對曹植的愛戀卻與日俱增，愈是壓抑，就愈是濃鬱。

以上是曹植在建安十七、十八年之交寫給甄后的詩作，體現了曹植的思戀之情，再看甄后方面的情況。甄后既然以後有《塘上行》之五言詩佳作，就理應具有一個自身五言詩寫作的歷史。前文所敘，如「妾穢宗之女，蒙日月之餘輝。委薄軀於貴戚，奉君子之裳衣」，可以視為甄后最早的作品，《上金殿》應該是甄后尚未和曹植發生戀情之前的習作，此後，則應該是發生在建安十七年十月到翌年四月，曹植跟隨曹操大軍南征孫權之際的思念之作。

《古詩》中的《步出城東門》：

> 步出城東門，遙望江南路。前日風雪中，故人從此去。
>
> 我欲渡河水，河水深無梁。願為雙黃鵠，高飛還故鄉。(《古詩類苑》八十四《詩紀》十)

此詩吻合於建安十七年，「冬十月，公征孫權」〔註14〕，曹植隨行的歷史背景。「步出城東門」，應為鄴城東門，「遙望江南路」，則應為曹植跟隨曹操大軍赴江南之路，「前日風雪中，故人從此去」，吻合於冬十月北方鄴城的節氣，「故人」，指的是曹植，兩者關係既非游子游女的激情時期，也非後來準夫妻的「良人」關係，而是處於冷酷的壓抑分手時期，稱為「故人」正驗證了筆者關於兩人之間此時冷戰的推論。

「我欲渡河水」，則應指黃河，是說故人離去，自己恨不能涉過黃河跟隨前往。「願為雙黃鵠，高飛還故鄉」，黃鵠，或是雙黃鵠，在曹植詩作中和古詩詩作中，均為多次出現的語彙。黃鵠的典故，一開始來源於列女傳記載的一個故事。《詩紀》在《黃鵠歌》下引《列女傳》：

> 列女傳曰：陶嬰者，魯陶門之女也。少寡，養幼孤，無強昆弟。紡績為產。魯人或聞其義，將求焉。嬰聞之，恐不得免，作歌，明己之不更二也。魯人聞之，遂不敢賦求。

說是魯國有個叫作陶嬰的人，她是陶明的女兒，年少時候就守寡了，孤兒寡母，並無兄弟保護她，一直以織布來養家糊口。魯國有人聽說了陶嬰的事情，就來向陶嬰求婚，陶嬰聽說後，擔心自己不能幸免，於是，就做了一首歌，表白自己不更二庭，不再改嫁的心志，這個想來求婚的魯人，聽後就不敢再來求婚了。陶嬰唱的這首歌，正是以黃鵠自比的《黃鵠歌》：

〔註14〕陳壽撰《三國志．武帝本紀》，中華書局1965年版，第19頁。

悲夫黃鵠之早寡兮，七年不雙。宛頸獨宿兮，不與眾同。

夜半悲鳴兮，想其故雄。天命早寡兮，獨宿何傷。

寡婦念此兮，泣下數行。嗚呼哀哉，死者不可忘，

飛鳥尚然兮，況於貞良。雖有賢雄兮，終不重行。〔註15〕

歌中說：我很感傷那黃鵠很早就失去了自己的雄鵠，至今已經七年了，未再配對成雙，她夜夜獨宿，不與眾同。每每夜半時分，她就會思念那死去的雄鵠。這是命運讓她早寡，即便是夜夜獨宿，又有何悲傷？我這個寡婦每每念此，就會泣下數行。嗚呼哀哉，死者是不能被忘記的。飛鳥尚且如此，何況我是良家婦女呢？我也知道，您可能也是賢惠伴侶，但我終不會與您同行。

現在，詩中說，「願為雙黃鵠，高飛還故鄉」，我願意和你化作雙黃鵠，一同飛往我們夢中的世界，一同離開這是非之地，離開這令人痛苦、令人肝腸寸斷的是非之地。放棄榮華富貴，放棄公子王妃的貴族身份，遠走他鄉，隱姓埋名，像是一對黃鵠在藍色的天宇翺翔。

甄后三歲喪父，其母少寡，甄氏少孤，二十三歲被曹丕佔有，可謂是另一種形態的少寡。而曹植早在建安九年開始為向甄氏求愛，「殊不平，晝思夜想，廢寢與食」（李善《文選》引《紀》），又有誰能證明兩者之間不是平生第一次找到值得自己終生追求的真愛呢？此處反用「雖有賢雄兮，終不重行」而為「願為雙黃鵠，高飛還故鄉」，雙黃鵠，兩人之間，皆為「不與眾同」特立獨行的黃鵠，到建安十九年之後，甄后與曹丕分居，則更為「獨宿何傷」的黃鵠。黃鵠為兩者之間的象徵暗碼之一。

另，黃鵠還和建章宮有關：「昭帝始元元年春，黃鵠下建章宮太液池。成帝常以秋日與飛燕戲於太液池。」〔註16〕正是這種既有宮廷后妃因素，又有「宛頸獨宿兮，不與眾同」之雙重文化源頭，才使之成為曹植甄后之間密約的語碼之一。

該文之下，還記載：「以沙棠木為舟，以雲母飾於鷁首。一名雲舟。……玩擷菱蕖……每清風至，飛燕殆欲隨風入水。」〔註17〕趙飛燕「玩擷菱蕖」

〔註15〕馮惟訥《詩紀》，前集卷一，此書在臺灣中山大學圖書館藏明善本膠片閱讀所得，特此鳴謝。

〔註16〕張澍輯《三輔舊事》，楊家駱主編《中國學術名著第六輯》，世界書局 1974 年版，第 15 頁。

〔註17〕張澍輯《三輔舊事》，楊家駱主編《中國學術名著第六輯》，世界書局 1974 年版，第 15 頁。

「殆欲隨風入水」等，正可能是甄后喜愛採擷芙蕖風尚的源頭。

還有一首詩非常有名，也應該是甄后在這個時期思念曹植之作。那就是鼎鼎有名的《江南可採蓮》：

江南可採蓮，蓮葉何田田！魚戲蓮葉間：

魚戲蓮葉東，魚戲蓮葉西，魚戲蓮葉南，魚戲蓮葉北。

此詩當為甄后所作，時間和背景，應為《涉江採芙蓉》以及曹植《離友詩》其二的延續和對話。曹植身在江北而寫採擷芙蓉、靈芝，甄氏身在鄴城，呆呆凝視芙蓉池中的魚兒戲水，幻覺中想像著自己和曹植的魚水之歡，擔憂著曹植在江南和江南女孩的豔遇，憂心忡忡，而寫「江南可採蓮」，憂思沉吟，故不計韻腳。

多有學者認為此詩有男女情愫、甚至是性的含義，魚是男性的象徵，水和蓮都是女性的象徵，此詩寫的正是這種魚水之歡。「江南可採蓮」，「可」字，正吻合身在北方而遙想江南的遙想推測，「蓮葉何田田」，亦為遙想江南之蓮葉畫面；「魚戲」以下，凝神呆想之狀全出。兩漢之際，文化中心在長安洛陽，並無南方詩人詩作也。故此詩歸於甄后在這一時期作品，完全吻合，姑且繫之。

《藝文類聚》將本首列在《涉江採芙蓉》之前。此詩《藝文類聚》作：

江南可採蓮，荷葉何田田！魚戲荷葉間：

魚戲荷葉東，魚戲荷葉西，魚戲荷葉南，魚戲荷葉北。(《類聚》2096 頁；逯欽立 256 頁)

這是此詩原本的樣式，也就是原文是荷，而非蓮。荷、蓮並用，更證明前文的推測。蓮、荷本為一物，荷即蓮，蓮即荷，蓮也稱「睡蓮」，「蓮」「荷」區分的時候，蓮指蓮子，指的是荷花的果實，古時候，人們稱其為「芙蕖」，叫它的花為「芙蓉」，花苞為「菡萏」，葉子為「荷」，花托為「蓮蓬」，所以蓮、荷都是芙蕖的一部分。

《爾雅釋草》：「荷芙蕖，其實蓮」，理解了這些有關蓮荷的知識，就能理解蓮與荷既是一物，又有不同，就能理解此詩的《類聚》版本應為正確版本。古詩以及曹植詩作中稱此物多為芙蓉、靈芝（水靈芝也是芙蓉）、芙蕖等，很少說蓮，此詩將原本是一物的蓮荷分說，正寓意一物之兩分，而說對方在江南可採蓮，可能也就寓意著對於對方越軌行為的嫉妒與擔憂。「魚在荷葉東」以下，則應為面對自身所在芙蓉池的凝神呆想。此詩這一版本也更見出其與

「涉江採芙蓉」及曹植《離友詩》其二「折秋華兮採靈芝」以及曹植《九詠賦》「採菱華，擢水蘋」的關聯關係。

南朝丘遲《敬酬柳僕射征怨》:「魚戲雖南北，終還荷葉邊。惟見君行久，新年非故年。」(《玉臺新詠》148 頁）正指出此詩之關係。

對以上的這幾首詩的分析，似乎和前文所說甄后對曹植的較為冷淡的回覆是矛盾的，其實不然，甄后對曹植的思念和愛戀，同樣是刻骨銘心的，只不過出於種種考慮、顧慮，甄后才會出現思念在心而回覆冷淡的看似矛盾，實則合情的現象。

對於甄后來說，不得不考慮，這種沒有結果的愛，能夠行得通麼？自己名節自然會掃地，而且，也會害了自己鍾愛的單純的小弟弟曹植。她不能不將這種思戀寄託於詩而深深掩埋。而且，以甄后的人格人品來說，如果接納曹植的戀情，勢必要解決和曹丕關係的問題，也就是說，需要通過溝通，曹丕如果能同意放棄自己，給自己一紙休書，那才真正能開始和曹植的戀愛之旅。

《有所思》與《上邪》:

有所思，乃在大海南。何用問遺君，雙珠玳瑁簪。用玉紹繚之。聞君有他心，拉雜摧燒之。摧燒之，當風揚其灰！從今以往，勿復相思，相思與君絕！雞鳴狗吠，兄嫂當知之。妃呼狶！秋風肅肅晨風颸，東方須臾高知之。

上邪，我欲與君相知，長命無絕衰。山無陵，江水為竭。冬雷震震，夏雨雪。天地合，乃敢與君絕。

此兩首漢樂府詩，一向未敢與曹植甄后本事連接，但六朝人認為，此兩首也與其他採蓮、蘼蕪等同源共體。如蕭綱詩作《有所思》:「掩閨泣團扇，羅幌詠蘼蕪。」(1910）團扇、蘼蕪與「有所思」三位一體；《詠中婦織流黃》:「浮雲西北起，孔雀東南飛。」(1913)；《採菊篇》:「東方千騎從驪駒，更不下山逢故夫。」(1923)；陳後主《有所思三首》:「蕩子好蘭期，留人獨自思。……不言千里別，復是三春時。」(2504)；《舞媚娘三首》:「淇水變新臺，春壚當夏開。玉面含羞出，金鞍排夜來。」(2509)

熟讀十九首和曹植詩作的讀者，不難讀出其中所用的故事：「蕩子」，《青青河畔草》:「蕩子行不歸，空床難獨守」，指的是曹植在建安二十四年歲末離別鄴城，離別甄氏，一走就是三個年頭。「留人」，指的是甄氏留守在鄴城。兩者之間臨行之際，約定不過是三個月即可返還，結果，兩人離別千里之遠，曹植先後去洛陽看望病中的父親曹操，隨後為父親送葬守靈，然後，直接去了故鄉鄄城，一直經歷了三個年頭而不回還；「淇水變新臺，春壚當夏開。玉面含羞出，金鞍排夜來。」到了黃初二年初夏之際，離別了三個年頭的曹植，終於返回鄴城，與甄氏重新歡會。新臺，衛宣公奪宣姜也。亦可暗指曹植甄后之間的亂倫戀情。「玉面」，指的是甄氏；「金鞍」，指的是鄄城王曹植；「排夜來」，指相會的時間是夏季的一個夜晚。

《七夕宴重詠牛女各為五韻詩》：「明月照高臺，仙駕忽徘徊。」（2517）暗用曹植的《七哀詩》：「明月照高樓，流光正徘徊」，這裡指的是兩人之間久別之後的一次短暫重逢，大抵在黃初元年秋季。

可知，陳叔寶幾首詩作，同樣將《有所思》與「蕩子好蘭期，留人獨自思」等聯繫起來，蘭，為甄氏名字，見後文。如果此兩首詩作真如六朝人所說，則大體在此一時期之作，所謂大海南，大江南之意，如同前文所說，兩者之間在此一時間段發生矛盾，甄氏懷疑曹植在江南採蓮。六朝人認為此兩首皆為曹植甄后戀情詩作，則其具體時間，則為這個時間段落最為適合。先是甄氏發出了絕交信息：「有所思，乃在大海南」，既然是隱秘的亂倫的戀情，自然不能完全真實寫真實的地點，大海即為大江，意思是說，我原本一直思戀的情人，遠在南國的長江赤岸，我也曾採用「雙珠玳瑁簪。用玉紹繚之」，精心製作了這樣的禮物準備饋贈給遠在南國的心上人，但偏偏就在此時，「聞君有他心，拉雜摧燒之」。為此，作詩者長夜未眠，發出了從此不再相思，一了百了的信息：「從今以往，勿復相思，相思與君絕」。所謂「雞鳴狗吠，兄嫂當知之」，正是對曹植臨征之前兩者暗中約會的擔憂和回顧。兄嫂，偏義於兄，單獨指的是兄長曹丕。曹植來到長江邊，是否與江南美女有所豔遇，不得而知，但曹植於建安十七年歲末，已經是二十一二歲的熱血青年，男大當婚，即便是有美貌異性的吸引，也是正常的事情。但無論如何，「上邪，我欲與君相知，長命無絕衰。山無陵，江水為竭。冬雷震震，夏雨雪。天地合，乃敢與君絕！」這應該是曹植的回覆和決心。

《有所思》與《上邪》是當下最後殘留在樂府詩中的一組詩作，如果此兩首也在這一故事系統之中，則兩漢樂府詩就完成了最後的闡釋，全部的抒情詩、愛情詩，都不是民間之作，也都不是兩漢之作，卻是如同有學者所說，這些詩作，連同其他所謂文人五言詩，都是後人對兩漢慷慨的賜予。

第六章　曹丕為何與甄后離異分居

第一節　概　說

建安十八年四月，曹操大軍返回鄴城，曹植甄后久別重逢。經過這次遠別，甄后終於接受了曹植漫長歲月的苦苦追求。曹植對於自己的這一求愛歷程，後來在《洛神賦》中是這樣描述和記載的：

> 余情悅其淑美兮，心振盪而不怡。無良媒以接歡兮，託微波而通辭。願誠素之先達兮，解玉佩以要之。嗟佳人之信修，羌習禮而明詩。抗瓊珶以和予兮，指潛淵而為期。執眷眷之款實兮，懼斯靈之我欺。感交甫之棄言兮，悵猶豫而狐疑。收和顏而靜志兮，申禮防以自持。於是洛靈感焉，徙倚彷徨，神光離合，乍陰乍陽。竦輕軀以鶴立，若將飛而未翔。

「余情悅其淑美兮，心振盪而不怡。無良媒以接歡兮，託微波而通辭」，可以視為曹植對自己自建安九年一見鍾情，一直到建安十七年之前，歷時八年之久的單相思求愛歷程的概括。「願誠素之先達兮，解玉佩以要之。嗟佳人之信修，羌習禮而明詩。抗瓊珶以和予兮，指潛淵而為期。執眷眷之款實兮，懼斯靈之我欺。感交甫之棄言兮，悵猶豫而狐疑。收和顏而靜志兮，申禮防以自持。」此一段落則應該是筆者此前描述的從建安十七年仲夏到十八年五月返回鄴城的情景。其中有幾個要點：

首先，「願誠素之先達兮，解玉佩以要之」，曹植透露出來自己求愛的方式，是以玉佩作為信物送給甄氏，甄氏習禮明詩，接受了信物，並且回贈了瓊珶，但對於兩人之間的戀情，卻寄託於遙遠的可望而不可期的另一個世界——潛淵：「抗瓊珶以和予兮，指潛淵而為期」，意味著只有在另一個世界裏，這個愛情才能實現。

有人說，曹植和甄后的戀情並非真實歷史，只是緋聞傳說，那麼，何以解釋曹植在《洛神賦》中對自己和洛神之間戀情關係如此具體、如此深邃、如此委婉曲折的記載和描述呢？而從這種兩情關係的性質來看，絕非崔氏之類的婚姻妻子所能圓通。這是僅有而非他而排他的戀情關係，非甄后不能闡釋。

其次，「執眷眷之款實兮，懼斯靈之我欺。感交甫之棄言兮，悵猶豫而狐疑。收和顏而靜志兮，申禮防以自持」，此一段落透露出來甄后之所以遲疑的深刻原因：「執眷眷之款實兮」，當是曹植的信誓旦旦，「懼斯靈之我欺」，當是甄后的擔憂，擔憂曹植欺騙她，就像是一般男子追求女性的方式一樣，始亂而終棄；「感交甫之棄言兮，悵猶豫而狐疑」，此兩句的主語仍然是洛神，「交甫」，代指曹植，洛神擔心交甫以後會拋棄自己的誓言，因此猶豫狐疑，徘徊糾結。「收和顏而靜志兮，申禮防以自持」，則是這一階段甄后的抉擇，那就是選擇了放棄，放棄的武器是禮防，以叔嫂關係來陳述兩者不能相戀的儒家倫理。

「於是洛靈感焉，徙倚彷徨，神光離合，乍陰乍陽。竦輕軀以鶴立，若將飛而未翔。」此一段轉折，寫作的是建安十八年五月，曹植從江南歸來之後，洛神終於接受了曹植孜孜以求的戀情。這一段轉折，寫出洛神最後終於受到感動，感受到曹植的真愛，接受了自己的視之為生命的山海戀情。「徙倚彷徨，神光離合，乍陰乍陽。竦輕軀以鶴立，若將飛而未翔」，正是甄后第一次接受曹植戀情的藝術化寫照。

交甫故事，連同曹植甄后戀情，一併被寫入阮籍《詠懷詩》其二：

> 二妃遊江濱，逍遙順風翔。交甫懷（玉臺作解）環佩，婉孌有芬芳。
>
> 猗（類聚作綺）靡情歡愛，千載不相忘。傾城迷下蔡，容好結中腸。
>
> 感激生憂思，萱草樹蘭房。膏沐為誰施，其雨怨朝陽。
>
> 如何金石交，一旦更離傷！

劉向《列仙傳》中的記載：江妃二女者，不知何所人也，出遊於江、漢之湄（水邊），逢鄭交甫。交甫見而悅之，下請其佩，二女解佩與交甫。交甫悅受而懷揣之，趨去數十步，視佩，空懷無佩；回顧二女，忽然不見。此詩前四句是對《列仙傳》所說故事的描述，在「交甫懷環佩，婉孌有芬芳」描述中，詩人已經融入了自我，即交甫既是故事中的交甫，也是詩人自我的代指。此六句說：二妃漫遊於江濱，順風逍遙而飛翔，鄭交甫懷中的環佩，散發著迷人的芬芳。我自從與二妃相遇贈佩，心中便鬱結起纏綿綺靡的戀情，這是千載不能相忘的戀情。此處的交甫是曹植的代名詞，江漢游女以及佩玉等，也早就成為兩者之間的暗碼。

「傾城迷下蔡，容好結中腸」，宋玉《登徒子好色賦》說：「臣東家之子，……嫣然一笑，惑陽城，迷下蔡。」此兩句說，交甫之所以有這「千載不相忘」的戀情，是由於二妃的美貌，有傾城傾國之貌。此處的下蔡，即是宋玉的典故，而甄后是上蔡人，在原先春秋時代蔡國的都城。可以兼含甄后。

「感激」以下六句，轉換視角，從二妃角度落筆，但其中又有層次的漸進過程：「感激生憂思，萱草樹蘭房」，這兩句是說，二妃感激於交甫纏綿深致的戀情，也產生了思念的憂傷。萱草，相傳是忘憂草，用《詩經．衛風．伯兮》中的「焉得諼草，言樹之背（北堂階下）」，甄后在曹植離別之後，用萱草來忘憂，諼，通萱。蘭房，即蘭室，甄后的住室，甄后名蘭。陸機《君子有所思行》：「甲第崇高闥，洞房結阿閣」、「邃宇列綺窗，蘭室接羅幕」。鄴城銅雀臺阿閣中有蘭室，即甄后之所居所。

「膏沐為誰施，其雨怨朝陽」，用《室思》詩「自君之出矣，明鏡暗不治。思君如流水，何有窮已時。」轉入二妃的內心世界，再用《伯兮》中的「自伯之東，首如飛蓬；豈無膏沐，誰適為容？」和《伯兮》中的「其雨其雨，杲杲出日」的意思，「膏沐為誰施」，交甫不在，二妃無心妝扮，這還是外在視角，「其雨怨朝陽」，已經是內心語言，說期盼著下雨，卻偏偏出來了太陽。「如何金石交，一旦更離傷！」怎麼當初像金石一樣堅固的愛情，片刻間就恩斷情絕了呢？「一旦」呼應前文的「千載」，更見出訣別之短促也。

阮籍五言詩中此一類涉及或與曹植甄后戀情相關之作，還有不少，有待研究，如《詠懷．其十九》：

> 西方有佳人，皎若白日光。被服纖羅衣，左右佩雙璜。
> 修容耀姿美，順風振微芳。登高眺所思，舉袂當朝陽。
> 寄顏雲霄間，揮袖凌虛翔。飄颻恍惚中，流眄顧我傍。
> 悅懌未交接，晤言用感傷。

「被服」，曹植《閨情》「有美一人，被服纖羅。……雲髻嵯峨。彈琴撫節，為我絃歌。……取樂今日，遑恤其他。」〔註 1〕看來，建安十八年四月左右，兩者之間還處於曹植火熱進攻，甄后狐疑猶豫的階段。

看過這裡的讀者，可能會有這樣的疑惑：叔嫂之間發生戀情，難道就不怕兄長知道？曹丕不可能不知道吧？知道了又會發生什麼故事？依照曹丕的性格，肯定不能容忍曹植和甄后。是的，所有的這些猜測，都是合於情理的。但結果卻並不像是現代人想像的那種情殺和決鬥，因為，兩人之間的爭奪，不僅僅是一個美人，幾乎就在這一年，兩人之間的繼承人之爭真正開始了。有趣的是，老天爺似乎非常公平，曹丕佔有了原本應該屬於曹植的美女甄后，得了美人，而曹植在當時，也佔有了父親的歡心。此時，曹操決定繼承人的人選是曹植，曹植眼看就要得到江山。以後——曹植搶回了心愛的美人甄氏，曹丕自然也就搶回了江山。更為有趣的事情，是原本三人之間的爭奪，突然又加入了另外一位女性，那就是後來的郭后，號為郭女王。三人爭鬥，變成為四人遊戲。結果會是什麼樣的呢？結果也許沒有比過程更為重要，我們暫且耐心看看事情發生的過程。

建安十八年五月，曹操南征孫權的大軍，在經過譙縣修整之後，返回鄴城。現在，曹操的版圖空前闊大，漢獻帝朝廷在曹操政權的授意下，分封曹操為魏公，曹操繼承人的問題，也就日益緊迫地提到了日程。

建安十八年左右開始，曹操開始極度重視曹植，要將世子接班人的位置交付給曹植。這種局面，一直維持到建安二十一到二十二年曹操封為魏王的前夕之間，才又重新確立了曹丕作為世子的資格。這個過程的細節和資料，會在隨後的講述中不斷補充說明。

建安十八、九年之際，發生第二件重大的事情，就曹丕、曹植兄弟之間來說，是兄弟二人和甄后之間的關係，不得不做出某種決斷。依照曹植、甄后的率真性格，喜怒皆形於色，不可能長時期地隱瞞於曹丕，所謂「雞鳴狗吠，兄嫂當知之」，同時，兩人為了爭取戀情的合法化，向曹丕攤牌談判，也在情理之中。

建安時代，特別是建安十五年之後曹魏政權內部意識形態解構，剛剛步入通脫的時代，性的觀念，婚姻的觀念，都處在一個相對自由寬鬆的狀態，

〔註 1〕馮惟訥《古詩紀》，卷二十四，臺灣商務印書館，景印文淵閣四庫全書，第 190 頁。

老婆反正也是搶來的，現在，被別人搶走，也都是自然現象。你原先是肉體的搶佔，現在，別人是精神的搶佔，雖然，這是你的弟弟。但在古代，特別是北方游牧民族，原本就有父子兄弟共同佔有或是繼承女性的風俗，淝水不流外人田，女人就像是財物，在家族內部轉來轉去。更何況，眼看自己的繼承人位置，要被，或說是已經被更為父親看好的弟弟搶去，與其死保自己的老婆，還不一定保得住，俗話說，強扭的瓜兒不甜，而更為重要的命根子，是繼承人丟了，以後登基為帝的夢想也就破滅了。

建安十九年，公元 214 年，曹操 59 歲，曹丕 27 歲，曹植 22 歲（虛歲 23），這是一個重要的時間窗口：一方面，曹操在三年之前確立曹丕為世子，繼承人問題似乎已成定局，但另一方面，隨著曹植越來越優秀的表現，以及曹丕戴著面具的虛偽政治表演，使曹操在內心的天平上，越來越開始懷疑自己最初的決定，他開始逐漸下決心，要改立曹植為繼承人。所謂「太祖狐疑，幾為太子者數矣」，正說明這種改立的想法，非止一次。

曹操之所以會在建安十六年已經立曹丕為世子之後，又有改立曹植的猶豫？曹操在猶豫什麼？可能與曹操對於曹魏政權的深思遠慮有關。從眼前而言，交給曹丕，文武全才，具有能震懾全局的優勢，同時，從戰爭的角度來說，曹丕具有更多的戰爭經驗，對於戰勝蜀國吳國統一全國有利，但從未來長遠來說，交給曹植，將會是儒家治國的長治久安。後來曹魏在曹丕繼承大統之後，果然統一了全國，可惜，那已經不是曹家的江山。而交給曹植，歷史可能會改寫。

當下來說，曹操決計將繼承人交付給曹植，這其中一個主要的因素，與曹植自建安十六年之後脫穎而出的文學才華表現有關。曹操在建安十七年初，看到曹植即席寫作《登臺賦》，還有「汝倩人邪」的疑惑——曹植雖然自建安十六年暑期，開始參與銅雀臺遊宴詩寫作，已經嶄露頭角，顯示出了出眾的文學才華，但畢竟還在曹丕六子的小圈子內的寫作，十七年寫作《登臺賦》，使曹操對曹植另眼相看。

此後，曹植的文學創作，會進一步對曹操發生影響。曹植《與楊德祖書》有一段著名的話，談及自己的人生理想，或說是對自己人生的價值定位：「建永世之業，流金石之功，豈徒以翰墨為勳績，辭賦為君子哉！」〔註 2〕可知，曹植雖然才高八斗，卻並不以文學作為自己的人生理想，而是以政治上的「建

〔註 2〕趙幼文校注，參見《曹植集校注》，人民文學出版社 1984 年版，第 154 頁。

永世之業，流金石之功」作為自我人生價值的終極理想。

曹植《與楊德祖書》中說：「僕少小好為文章，迄至於今，二十有五年矣」，其寫作時間正是建安二十一年。可見，一直到建安二十一年，曹植都還是以政治上的「建永世之業，流金石之功」作為自我人生價值的終極理想，換言之，史書記載曹植留守鄴城所犯的幾個大錯，都不是建安二十一年之前的事情。

與曹植提出的重視政治功業的人生理想不同，曹丕《典論・論文》則強調了文學的重要性，文章是「經國之大業，不朽之盛事」也，文學作品，可以使你的生命實現「不假良史之辭，不託飛馳之勢，而聲名自傳於後」，也就是說，優秀的文學作品，可以不需要憑藉著權勢，也不需要憑藉史家的美言，聲名自會流傳於後。曹丕的《典論》發表時間，一般認為也是在這一個時期發表。

作為大詩人的曹植，強調政治理想才是自己的終生理想，而作為政治家、陰謀權術家的曹丕，反而強調文學高於一切。這些，看來也不是偶然的，從中可以看出曹丕在千方百計動員曹植從太子競爭中撤離出來，將人生的終極價值，由政治事業轉而為文學寫作，認為文學寫作可以使你的生命得到永恆。當然，曹丕一方面這樣說，另一方面，卻始終以太子的地位、帝王的地位作為自己的終極追求。兄弟二人的這兩篇文章，實際上是一種隔空喊話的互懟。

關於曹操在建安十九年左右開始，準備改立曹植作為繼承人的問題，其思想的苗頭，實際上從曹植在十七年寫作《登臺賦》，曹操瞭解曹植的文學天賦就已經開始。曹植在建安十八年左右寫作的《神龜賦》，又一次披露了曹操喜愛曹植、關注曹植的信息。關於此賦的寫作時間，陳琳有《答東阿王箋》，可以參照。《銓評》：「陳琳有《答東阿王箋》：並示《龜賦》，披覽粲然。即此賦也。王三十八歲徙封東阿，此賦在東阿時作。」

趙幼文箋注，引此文後認為：「陳琳死於建安二十二年，植徙封東阿，則在曹叡太和三年……琳信說：『君侯體高世之才。』……此題乃後人臆改，非原式也。賦從龜之死亡，懷疑龜壽千歲的傳說，從而推斷黃帝松喬所謂成仙，一似龜之解殼，這顯示否定神仙長生之思想。而這種思想，在曹操封魏王時所作《辯道論》裏又做了比較全面的闡述，不難看出兩篇作品之內在聯繫。」〔註 3〕趙幼文所論，邏輯非常嚴密，則曹植此篇《神龜賦》當作於曹操封為魏王的建安十八年左右。

〔註 3〕趙幼文校注，參見《曹植集校注》，人民文學出版社 1984 年版，第 100 頁。

《神龜賦》前有小序，說明了曹植寫作此賦的緣由：「龜壽千歲。時有遺餘龜者，數日而死，肌肉消盡，唯甲存焉，余感而賦之。」賦中說：「嗟神龜之奇物，體乾坤之自然……黃氏沒於空澤，松喬化於株木。蛇折鱗於平皋，龍脫骨於深谷。亮物類之遷化，疑斯靈之解殼。」

曹植的這篇賦作，原本是出於偶然，是看到龜死而想到人的生死的大問題，而建安十八年的曹操，即將邁入到六十歲的生命年輪，正在思考生命以及相關的繼承人問題，因此，曹操閱讀到此賦之後，驚喜的心情可以想見。曹操的《龜雖壽》雖為四言詩作，卻不難看出和曹植賦作之間的密切關係：

神龜雖壽，猶有竟時。騰蛇乘霧，終為土灰。

老驥伏櫪，志在千里；烈士暮年，壯心不已。

盈縮之期，不但在天；養怡之福，可得永年。

幸甚至哉，歌以詠志。

此作一般認為是曹操於建安十二年征討烏桓時候所作，現在來看，應該改到建安十八年更為合理。從曹操此作的語氣來看，正從曹植《神龜賦》而來，痕跡非常明顯：「神龜雖壽，猶有竟時」，此八字幾乎就是對曹植賦作的一個概括，「騰蛇乘霧，終為土灰」，則是對前兩句的重複和加強，均是類似神龜的長壽動物，也是曹植所說「黃氏沒於空澤，松喬化於株木。蛇折鱗於平皋，龍脫骨於深谷。亮物類之遷化，疑斯靈之解殼」這六句的意思。

其中採用蛇的意象，進一步說明不論何種動物，終究都有生命的終結，也就是所說的「竟時」。後四句轉為闡發個人理想，從「老驥伏櫪」「烈士暮年」的語氣來說，也是建安十八年的說法比之建安十二年五十歲出頭，更為貼近曹操的實際情況。

第二節　《離居》與《出婦》：曹丕的抉擇

建安十八年，曹操四言詩（《龜雖壽》）直接採用曹植的作品，並給予進一步闡發，可以視為曹操喜愛曹植，重用曹植的一個信號。建安十九年，曹操出征，令曹植留守，這是要改立曹植的另一個信號。《三國志》記載：建安十九年七月，曹操征孫權，留曹植守鄴，曹操作《戒子植》，說：

吾昔為頓丘令，年二十三，思此時所行，無悔於今。今汝年亦二十三矣，可不勉與！

一般來說，帝王親征，太子留守，這是慣例，曹操此前也一直是讓曹丕留守，曹植跟從出征，這次，突然改為讓曹植留守，曹丕出征，並且親筆寫《戒子植》，說我當年擔任頓丘令的時候，正是二十三歲，現在回憶我當年的所作所為，沒有什麼可以令我後悔的，你今年正好也是二十三歲，你怎能不勉力而行呢？這段話語不能不說是用心良苦，意味深長。

欲要改立曹植，這已經是公開的秘密，所以才會出現孔桂之類小人的見風使舵，對曹丕冷眼相看的事情。曹操要改立曹植，有很多的側面證據。魚豢《魏略》記載：

> （孔）性便辟……太祖愛之，每在左右，出入隨從。……太祖既愛之，五官將及諸侯亦皆親之。其後，桂見太祖久不立太子，而有意於臨淄侯，因更親附於臨淄侯而簡於五官將，將甚銜之。及太祖薨，文帝即王位，未及致其罪。黄初元年，隨例轉拜駙馬都尉。

孔桂為曹操所愛，孔桂見到曹操久不立太子，而有意於曹植，以至於孔桂見風使舵，轉而親附於曹植而簡慢於五官將曹丕，以至於曹丕特恨孔桂。孔桂作為佞倖小人，見風使舵，若無真憑實據，豈敢得罪曹丕而轉而依附曹植麼？後來，孔桂果然在曹丕登基之後被曹丕殺害。

曹植在此期間被曹操確認為繼承人，還可以從丁儀此時用事中的記載中見出端倪，丁儀用事參見《三曹年譜》引《三國志》於建安二十一年條下稱「丁儀用事，群下畏之」，引《三國志》卷一二《徐奕傳》：徐奕為東曹屬，丁儀等見寵於時，並害之。丁儀眇一目，曹操欲以愛女嫁之，曹丕說：「女人觀貌，而正禮目不便，誠恐愛女未必悅也」。

可知，在建安二十一年左右，確實出現了曹植和曹丕之間政治地位方面的逆轉。到曹丕在建安二十二年十月，被確立為太子，兄弟之間的太子之爭，告一段落。曹丕終於被立為太子，喜不自禁，抱著辛毗的脖頸說：「辛君知我喜不？」（《魏書．辛毗傳》）可知，曹丕在得知被立為太子之後狂喜的心情，若是曹丕從十六年被立為世子之後，並無反覆，則曹丕不會有如此出格的表現。

曹丕迫於繼承人方面的壓力，才有了對於甄后的放棄，當然，同時也是甄后接受曹植戀情的先決條件，也就是說，只有曹丕給她休書，同意和分手，她才真正能開始接納曹植。這是作為一個女人所不得不考慮的先決條件。

最終的結果，是曹丕選擇了江山，放棄了美人。當然，這種放棄，我想應該是私下的，非公開的，也就是說，從外面來看，一切照舊，只不過兩人不住在一起，就像是當代人分居的形式，古人稱之為離居。曹丕有《離居賦》：

惟離居之可悲，廓獨處於空床。

愁耿耿而不寐，歷冬夜之悠長。

驚風厲於閨闥，忽增激於中房。

動帷裳之晻曖，彼明燭之無光。〔註4〕

大意是說：離居是可悲的，空落落地獨處於空床。眼睜睜地望著耿耿星河而難於入寐，愁腸百結，特別是冬天的夜晚悠遠漫長。忽然一陣驚風吹過，吹過了對面的閨閣，那曾經和我恩愛的女人的所在。時而能聽到對面閨房顛倒衣裳，那裏原本明亮的燭火，現在吹熄了，暗淡無光。晻曖，不明也。曹丕此賦所記錄的，應該是曹丕和甄后離居之後，耿耿長夜，一夜無眠的痛楚。

曹丕另有一篇《出婦賦》：

念在昔之恩好，似比翼之相親。惟方今之疏絕，若驚風之吹塵。

夫色衰而愛絕，信古今其有之。傷煢獨之無恃，恨胤嗣之不滋。

甘沒身而同穴，終百年之長期。信無子而應出，自典禮之常度。

悲谷風之不答，念昔人之忽故。被入門之初服，出登車而就路。

遵長途而南邁，馬躊躇而回顧。野鳥翩而高飛，愴哀鳴而相慕。

撫騑服而展節，即臨沂之舊城。踐麋鹿之曲蹊，聽百鳥之群鳴。

情悵恨而顧望，心鬱結其不平。〔註5〕

這是否為曹丕自己人生經歷的真實記錄？「悲谷風之不答，念昔人之忽故。被入門之初服，出登車而就路。遵長途而南邁，馬躊躇而回顧。野鳥翩而高飛，愴哀鳴而相慕。撫騑服而展節，即臨沂之舊城。」此一段描寫昔人忽成故人，登車就路，長途南邁，其中提到「即臨沂之舊城」，曹植於建安十九年封為臨淄侯，但並未就藩。此為何意？是否就是對甄氏出婦的記載呢？「即臨沂之舊城」，應該是以臨淄侯代曹植，是說送甄氏去了臨淄侯曹植的居所，則曹丕此作當作於建安十九年。

可以清晰辨識的事情是，從建安十六年到十八年這兩三年左右的時光裏，曹丕和曹植在爭奪甄氏愛情的競爭中，一直呈現著這種焦灼的狀態，一直到有另外一個女人的出現，才有了重大的改變。這就是與甄氏成為直接競

〔註4〕曹丕撰《離居賦》，張溥編《漢魏六朝百三名家集》，臺灣文津出版社，1979年版，第961頁。

〔註5〕曹丕撰《出婦賦》，張溥編《漢魏六朝百三名家集》，臺灣文津出版社，1979年版，第961頁。

爭對手的郭后。郭后是「太祖為魏公時，得入東宮」的〔註6〕，曹操建安十八年五月封為魏公，史書記載郭后「有智數，時時有所獻納。文帝定為嗣，後有謀焉。」〔註7〕而根據曹丕的《離居賦》，曹丕經歷的離居生活，是在冬季，曹丕對郭后的迎娶，也同樣是在這一時間左右。

《三國志》同時記載了郭后小時候就有智數，因此被父親起名叫作「女王」，意思是「女中之王」。後來，郭女王失去雙親，在喪亂中流離闖蕩，喪亂流離，沒在侯家，又不知怎麼樣的過程，就成了曹丕的夫人。後來致甄后於死地的，就是郭后的主意，「甄后之死，由後之寵也」（同上）。如前所述，郭女王比曹丕大三歲。也就是說，郭后得寵於曹丕，也不是靠年輕，而是靠政治方面的智慧。

《三國志·后妃傳》記載郭后：

> 安平廣宗人也。祖世長吏。後少而父永奇之曰：「此乃吾女中王也。」遂以女王為字。早失二親，喪亂流離，沒在銅鞮侯家。太祖為魏公時（建安十八年），得入東宮。後有智數，時時有所獻納。文帝定為嗣，後有謀焉。太子（曹丕）即王位，後為夫人，及踐阼，為貴嬪。甄后之死，由後之寵也。黃初三年，將登後位，文帝（曹丕）欲立為後，中郎棧潛上疏曰：「……無以妾為夫人之禮……」文帝不從，遂立為皇后。……明帝（曹叡）即位，為皇太后，稱永安宮。（《三國志》，166頁）。

此一段史料，記載了郭后——郭女王的平生簡歷，可知郭女王是甄后的剋星，或說是情敵，甄后與曹丕為結髮夫妻，並且，曹丕對甄后愛慕不已，曹丕對甄后的放棄，情非得已，所謂魚和熊掌不可得兼，曹植原本追求甄氏在前，只不過建安九年時候，他還是一個英俊少年，無法獲得甄氏；但少年時代的初戀、失意的初戀，也成全了或說是造就了曹植才高八斗的才華，愛情始終是激勵他、刺激他努力奮鬥，發奮出人頭地的源泉和終極動力，於是，在建安十六年開始的遊宴五言詩寫作中，他嶄露頭角，並隨後漸次獲得了甄氏的芳心——在建安十八年五月之後，兩人之間逐漸相互吸引，走到了一起。而郭女王也就在此時機，適時地進入到曹丕的懷抱，以彌補曹丕那失戀的痛

〔註6〕〔晉〕陳壽撰〔宋〕裴松之注《三國志·魏書·后妃傳》，中華書局，1982，第164頁。
〔註7〕〔晉〕陳壽撰〔宋〕裴松之注《三國志·魏書·后妃傳》，中華書局，1982，第164頁。

苦。隨後，郭女王不斷獻出錦囊妙計，勸曹丕讓出甄氏給曹植，從而獲得了一箭雙雕的結果：曹植沉迷於懷抱美人的幸福，補償了少年時代情場失意的苦痛，而甄后從曹丕身邊離開，自己獲得了有利的位置。

但曹丕對甄后有難以割捨的情愫，甄氏不僅美妙無雙，一直到她臨終之前，都是光彩照人，讀《洛神賦》和《孔雀東南飛》，就能知道她在曹植面前的美麗形象，而甄氏明禮能詩，更是郭女王和這個時代任何女人所無法比擬的。相比較甄氏而言，郭女王和曹丕，不過是政治上合作的夥伴和解決性壓抑的工具，有的只是利益，而並非真的愛情。所以，在曹丕登基為文帝之後，皇后的位置始終是空缺的，在給甄后保留，即便是甄后死去，也一直拖延到甄后死之後一年的黃初三年，才要冊立女王為后。大臣棧潛勸諫，並引述齊桓公「無以妾為妻」的話語來試圖說服文帝，但大臣們哪裏知道兩人之間的內幕。曹丕之得到這個地位，是與郭女王的智謀、獻策以及奔走游說分不開的，他不得不兌現承諾。況且，甄后已死，不可復活，虛留此位無益。

甄后始終沒有任何名號，雖然她是曹丕的髮妻，正是由於甄后選擇了曹植，和曹丕分道揚鑣，因此，從世子妃到太子妃再到皇后，沒有接受其中任何一個名號；而郭女王，雖然居功至偉，但也只能屈就嬪妃，一直到甄氏死後一年，才終於如願以償，獲得皇后封號。但郭女王和甄后之間的故事還沒有完，甄后的兒子曹叡即位為明帝，郭女王的好日子也就到頭了。《魏略》記載：「明帝既嗣立，追痛甄后之薨，故太后以憂暴崩。甄后臨沒，以帝屬李夫人。及太后崩，夫人乃說甄后見譖（誣陷）之禍，不獲大斂，被髮覆面，帝哀恨流涕，命殯葬太后，皆如甄后故事。」〔註 8〕《漢晉春秋》記載：「初，甄后之誅，由郭后之寵，及殯，令被髮覆面，以糠塞口，遂立郭后，使養明帝。帝知之，心常懷忿，數泣問甄后死狀。郭后曰：『先帝自殺，何以責問我，且汝為人子，可追仇死父，為前母枉殺後母邪？』明帝怒，遂逼殺之，敕殯者使如甄后故事。」〔註 9〕

在這個記載裏，補充了正史所不能記載的內幕，黃初二年六月，甄后在和曹植會面一個月後，就被監國謁者灌均告發，於是，郭女王乘機吹枕頭風，激怒了曹丕，下詔書賜死甄后。

〔註 8〕〔晉〕陳壽撰〔宋〕裴松之注《三國志·魏書·后妃傳》，引〔魏〕魚豢《魏略》，中華書局 1982 年版，第 166～167 頁。

〔註 9〕〔晉〕陳壽撰〔宋〕裴松之注《三國志·魏書·后妃傳》，中華書局 1982 年版，第 166～167 頁。

曹丕在醉酒下達賜死甄后的詔書之後，第二天酒醒，懊悔不已，火速發出第二道詔書，要刀下留人，但據說是女王上下其手，收買了使者，讓第一批賜死甄后的使者快馬加鞭，讓第二批刀下留人的使者藉故拖延，終於如願殺死了甄后。並同時，「令被髮覆面，以糠塞口」來埋葬甄后。將長髮蓋臉，意思為你沒臉見人，這是一種終極的羞辱；同時，以糠塞口，是擔心甄氏死後詛咒她，用秕糠塞住口舌。這是何等的殘忍！

到了曹叡得知真相後——甄氏臨終之際，將兒子曹叡託付給了李夫人，現在，李夫人和盤托出，將甄后慘死的真相一五一十告訴了曹叡。曹叡「心常懷忿，數泣問甄后死狀」，女王狡辯說，當年是先帝曹丕自己要殺甄氏，與我何干？而且，你怎麼能為前母甄后而枉殺後母呢？明帝殺死了郭后，並且，「敕殯者使如甄后故事」，也就是用當年郭后對待甄后的方法，同樣被髮覆面，以糠塞口，來埋葬郭后。

可以說，這兩段史料，清晰記載了兩個當時最為聰慧美麗的女人的糾葛和故事。

第三節　《上山採蘼蕪》：是誰遭遇故夫？

傳為漢樂府名篇《上山採蘼蕪》：

> 上山採蘼蕪，下山逢故夫。長跪問故夫：新人復何如？
> 新人雖言好，未若故人姝。顏色類相似，手爪不相如。
> 新人從門入，故人從閤去。新人工織縑，故人工織素。
> 織縑日一匹，織素五丈餘，將縑來比素，新人不如故。

此詩一向被視為兩漢樂府民歌之代表作之一，最早載於《玉臺新詠》，為其卷一之開篇之作，列為《古詩八首》其一〔註10〕。可知，此詩原本也是所謂「古詩」之作。這一首詩作讀起來令人感到許多驚奇之處：在這個時代的女性，如果被丈夫一紙休書休妻，那是何等的恥辱？而這一首詩作，一點也讀不出來被休女性的羞辱感，反倒是那個休妻的丈夫顯得被動、尷尬和對前妻的依戀。

詩中說：我剛剛去上山採蘼蕪，蘼蕪利於生子，因此，我去上山採蘼蕪，

〔註10〕徐陵編《玉臺新詠》，世界書局 1971 年印行，明趙寒山復刻宋陳玉父本。第 2 頁。

不料想，下山的時候，巧遇了故夫。於是，我長跪下來，向前夫請安。長跪，是古代的一種禮節，古時席地而坐，坐時兩膝據地，以臀部著足跟。跪則伸直腰股，以示莊敬。《孔雀東南飛》：「府吏長跪告，伏惟啟阿母。今若遣此婦，終老不復取！」

此詩的作者顯然是詩中的女主人公自己：我說：「新婦一切可好？」（前妻邂逅前夫，好不尷尬，問候新婦好麼？問候的新婦什麼方面好還是不好？夫妻之間，還能問什麼？顯然是問夫妻之間才關心的床笫之歡）

前夫回覆說：「新人還好，說是好，但不如故人你好。你們的美色相似，但她不如你的手爪。」（手爪是什麼意思？一個要行長跪大禮家族的男人，難道還缺少織婦女？）

我說：「啊，新人從大門進來，故人從閤出去，打個比方來說，不過是新人擅長織縑，故人擅長織素。」（言外之意，您很快就會適應的，各有口味不同而已）

前夫歎氣說：「新人織布為縑，每日一匹，你織素卻能五丈。織縑的不如織素的，新人不如故人好。」（新人還是不如故人好，但為何還要休妻？）

——我能說什麼呢？寫詩人無言以對。

誰是織素人？素，白色生絹。《玉臺新詠．古詩為焦仲卿妻作》：「十三能織素，十四學裁衣。」南朝陳．徐陵《鴛鴦賦》：「炎皇之季女，織素之佳人。」《孔雀東南飛》：「十三能織素，十四學裁衣，十五彈箜篌，十六誦詩書。十七為君婦，心中常苦悲。」六朝人劉孝威《郗縣遇見人織率爾寄婦詩》：「妖姬含怨情，織素起秋聲。度梭環玉動，踏躡佩珠鳴。……百城交問遺，五馬共踟躕。直為閨中人，守故不要新。夢啼漬花枕，覺淚濕羅巾。獨眠真自難，重衾猶覺寒。愈憶凝脂暖，彌想橫陳歡。」一篇之中將「織素」之織女，調戲羅敷的使君「五馬共踟躕」，以及「守故不要新」的「獨眠真自難」之曹丕聯繫一體，已經可以讀出，織素人正是甄氏的代稱。

誰又是織縑人？南朝梁鮑泉《落日看還詩》：「誰家蕩舟妾，何處織縑人。」互文，織縑人是蕩舟妾。縑的本義，雙經雙緯的粗厚織物之古稱。《釋名．釋彩帛》：「縑，兼也，其絲細緻，數兼於絹，染兼五色，細且致，不漏水也。」縑就是雙絲的繒，漢以後，多用作賞贈酬謝之物，或作貨幣。唐制布帛四丈為匹，亦謂「匹」為「縑」。這樣就明白了，縑是粗厚的織物，可以用作賞賜酬謝之用，或用作書寫的絲帛，或用作貨幣，顯然，縑是功利的、功用的。吻合於後來者能說會道的郭女王。其中很多疑點值得玩味：

首先，此詩見於《藝文類聚》三十二，列於《閨情》《青青河畔草》篇後，原文：「古詩曰：『青青河畔草……』，又曰：『上山採蘼蕪，下山逢故夫。長跪問故夫：新人復何如？新人雖云好，未若故人姝。其色類相似，手爪不相如。新人從門入，故人從閤去。新人工織縑，故人工織素。織縑日一匹，織素五丈餘，持縑來比素，新人不如故。』」其中「言」為「云」，「顏色」一句作「其色以相類」，「將縑來比素」句作「持縑來比素」〔註 11〕。以後的《樂府詩集》未見收之，逯欽立列為《古詩五首》其一〔註 12〕，將此詩說成是樂府者，《合璧事類》卷二十八，作「古樂府」。綜上所述，此詩並非樂府詩，漢魏宮廷也沒有演奏過此詩，將其說成是漢樂府民歌，更是沒有根據的。

其次，蘼蕪是一種香草，傳說利於女人懷孕，《藝文類聚》記載，「《廣志》曰：蘼蕪，香草，魏武帝以藏衣中。」〔註 13〕因為相信蘼蕪利於女子懷孕，更多繁衍子孫，魏武帝「以藏衣中」，多麼有趣的事情！我們說這首詩和甄后曹丕有關，詩中的重要物品「蘼蕪」，就分明記載了和魏武帝曹操有關，而且是唯一提及曹操，巧合麼？

再次，此詩女主人公是離異者，為何還要「上山採蘼蕪」？還要企盼利於懷孕？

其四，為何要「長跪問故夫」？禮不下庶人，這是人所皆知的，長跪，這是何等尊嚴的禮節？

其五，「新人從門入，故人從閤去」，又是門，又是閤，這又是什麼樣的建築規模？又有誰能住在這樣的豪宅？閤有兩意：一是大門旁的小門，二是宮中的小門。（參見《漢典》）「漢宮中謂之禁中。謂宮中門閤有禁」。〔註 14〕閣（同閤），闥等，均非民間之所有。怎麼會是漢樂府的詩作？

元代《河南志》在《魏城闕宮殿古蹟》之下，列有：金光閣、清陽閣、朱明閣、承休閣、安樂閣等十四閣，崇陽闥、延明闥等十一闥〔註 15〕。陸機《洛

〔註 11〕歐陽詢撰《藝文類聚》，臺灣新興書局，1963 年版，第 871 頁。

〔註 12〕逯欽立輯校《先秦漢魏晉南北朝詩》，木鐸出版社，1982 年版，第 334 頁。

〔註 13〕歐陽詢撰《藝文類聚》，臺灣新興書局，1963 年版，第 2086 頁。

〔註 14〕張閬聲校《校正三輔黃圖》，楊家駱主編《中國學術名著第六輯》，世界書局 1974 年版，第 54 頁。

〔註 15〕元人撰不著姓名清人徐松輯《元河南志四卷》，楊家駱主編《中國學術名著第六輯》，世界書局 1974 年版，見《晉城闕宮殿古蹟》分類之後第 2 頁。

陽記》記載：「洛陽十二門，門門有閣。」〔註16〕至少在魏晉之際，閣闥之屬，均為宮廷之專有建築名稱，與民間建築無關。則此詩所寫的故夫，其身份地位之尊崇可知。此詩排除民間販夫走卒之作，必從有名姓之漢魏詩人中遴選，吻合者則非甄氏莫屬。

許學夷云：「十九首固本乎情興而出於天成，其外如《上山採蘼蕪》等，雖有優劣，要亦非用意為之也。」〔註17〕正與其他古詩寫法類似，而「非用意為之」，正吻合於甄后之類非正式（頗類業餘）詩人之身份。此詩應為甄后建安十八、九年左右之作。從建安十八年歲末，曹丕和甄后離居，不久，曹丕迎娶了年長自己三歲的郭女王。應該是翌年春夏之際，甄后上山採蘼蕪，下山時候，遇到了故夫曹丕，遂有了這首著名的詩篇。

建安十八年五月，「曹操自立為魏公，加九錫」，(《後漢書·獻帝本紀》)，曹丕迎娶了郭女王，也就是後來的郭后。建安十八年之後，曹操在建安十八、九年左右開始，準備改立曹植作為繼承人，正在此時，曹丕迎娶郭女王，「文帝定為嗣，後有謀焉」。

詩中人物熟悉織績，有人以此作為民間作品的標誌。其實，宮廷中有織績，東漢開國皇帝馬皇后就在宮中設有專門「織室」，見於元代《河南志》所附的《後漢東都城圖》，在圖中西側有「濯龍園」中有「馬皇后織室」字樣，又見於《東觀漢記》卷六《明德馬皇后》：「太后置織室蠶室濯龍中」〔註18〕，到曹魏政權，后妃織績乃為尋常，織績同時就是甄后喜愛的業餘生活之一，所以，也才有古詩中和曹植詩中的許多「織婦」之類的記載。

另，「上山採」這一主題，在漢魏詩中，見於曹丕《善哉行二首》其一：

上山采薇，薄暮苦饑。溪谷多風，霜露沾衣。
野雉羣雊，猿猴相追。還望故鄉，郁何壘壘。
高山有崖，林木有枝。憂來無方，人莫之知。
人生如寄，多憂何為。今我不樂，歲月如馳。
湯湯川流，中有行舟。隨波轉薄，有似客遊。
策我良馬，被我輕裘。載馳載驅，聊以忘憂。〔註19〕

〔註16〕元人撰不著姓名清人徐松輯《元河南志四卷》，楊家駱主編《中國學術名著第六輯》，世界書局1974年版，見《晉城闕宮殿古蹟》分類之後第1頁第一行。
〔註17〕許學夷著《詩緣辨體》，人民文學出版社，北京，1987年版，第58頁。
〔註18〕《姚輯東觀漢記》，鼎文書局印行，1978年版，第47頁。
〔註19〕此詩《文章正宗》題為《善哉行》，僅為一首，見《文章正宗》，卷二十一。

此詩《詩紀》云，「一曰擬作」，可知，「上山採」這一主題及這一句式和曹丕緊密相關。而當曹植寫作《朔風》四言詩作的時候，正是憂心忡忡，擔心甄氏永遠不再愛戀他的時候。其實，甄氏的內心世界也是極端複雜的，前行一步，不僅僅有兩者之間姐弟戀、叔嫂戀的倫理壓力，不能長久的擔心，還有更為困難的輿論壓力和性命之憂，但愛情就像是山林深處枯草叢生中的火苗，無法壓抑，反而是在春風的吹動下不停地燃燒。包裹在中間位置的此四句：「高山有崖，林木有枝。憂來無方，人莫之知。人生如寄，多憂何為。今我不樂，歲月如馳。」應該就正是甄氏此時心境隱秘的透露。此四句連同全篇，顯然是詩三百寫法，連帶有曹操早期四言詩作風格的影子，很有學曹操的意味，但沒有曹操的慷慨之氣，反而更類似於《越人歌》的：「今夕何夕兮，搴舟中流。今日何日兮，得與王子同舟。蒙羞被好兮，不訾詬恥。心幾煩而不絕兮，得知王子。山有木兮木有枝，心悅君兮君不知。」顯示了甄后早期學詩的痕跡。因戀情的抉擇之事而發，觸景生情，轉入人生短暫的憂傷，最後再寫如何解憂，及時行樂。「憂來無方，人莫之知」，寫出了這種莫名的憂愁，而又不能與人言的內心世界，這種深情婉轉的詩作，顯然只有墜入愛河的女性能寫出來，放置在漢魏這個特定的歷史時期，也只有曹魏的時代，只有早期徘徊於是否將戀情進行下去的甄氏所能寫出的。

還需要說明的，此詩前八句「上山采薇，薄暮苦饑。溪谷多風，霜露沾衣。野雉羣雊，猿猴相追。還望故鄉，鬱何壘壘」，雖然酷似曹操的早期四言詩作，但也還是攜帶著女性詩人的某些素質，「上山采薇」，雖然似乎也有所謂伯夷叔齊首陽山采薇，以及詩三百宣王時代的采薇詩作，但這裡的采薇，顯然是一種具體的真實的采薇，是女性上山采薇勞作的真實場景，與後來的「上山採蘼蕪」為同一個系列。「野雉羣雊，猿猴相追」，雉雞叫：「雉之朝雊，尚求其雌」，兼取雄性向雌性的求偶，以及重大變異的雙層含意。

後面的八句，似乎不好求解，但將曹植《朔風》結尾與之對比，即可讀出兩者之間的應答關係。曹植使用典故：「汎彼柏舟，亦汎其流。耿耿不寐，如有隱憂。微我無酒，以敖以遊。我心匪鑒，不可以茹。亦有兄弟，不可以據。」說自己也很想臨川泛舟，泛舟中也有和樂，但可惜皆非我之所愛；甄氏此詩結尾：「湯湯川流，中有行舟。隨波轉薄，有似客遊。策我良馬，被我輕裘。載馳載驅，聊以忘憂」，顯然是採用對面著筆的寫法，詩中的「我」字的第一人稱，轉換而為第二人稱的「君」或是「你」即可說通了。也就是狠狠心思，說你還是策良馬、被輕裘，載馳載驅，聊以忘憂吧！

在南朝很多詩人的詩作中，都提及「採蘼蕪」的故事，如蕭綱詩作《有所思》:「掩閨泣團扇，羅幌詠蘼蕪。」(1910) 團扇、蘼蕪與「有所思」三位一體。《詠中婦織流黃》:「浮雲西北起，孔雀東南飛。」(1913)《採菊篇》:「東方千騎從驪駒，更不下山逢故夫。」(1923)《傷美人詩》:「昔聞倡家別，蕩子無歸期。今似陳王歎，流風難重思。……圖形更非是，夢見反成疑。薰爐含好氣，庭樹吐華滋。」數首詩作，將「昔為倡家女，今為蕩子婦。蕩子行不歸」與「陳王歎」連為一體，又將團扇與蘼蕪連為一體，將「浮雲西北起」(西北有高樓) 與「孔雀東南飛」連為一體，將甄后詩中的「薰爐」、十九首中的「庭樹」:「庭中有奇樹，綠葉發華滋。」(1941) 等連為一體，可知，所有的這些，都是一回事，都是曹植甄后的戀情往事。這一組五言詩的好處，是將這些故事：採蘼蕪、有所思、蕩子無歸期、孔雀東南飛等，與「陳王歎」連為一體，清楚說明，六朝人認為陳王曹植正是其中的男主人公。

劉孝綽《雜詩五首》:「新縑疑故素，盛趙蔑衰班」(《玉臺新詠》, 279 頁)，新縑、故素，已經成為固定的代名詞，分別指郭女王和甄后。

第七章　建安二十一年：《陌上桑》與曹植甄后戀情詩寫作

第一節　概　說

從建安十九年到二十二年九月，曹植甄后度過了一段令他們終生難忘的幸福時光，也是他們一生中唯一的一段幸福時光。

迫於繼承人的壓力，曹丕同意和甄后離居，並且，隨後在新婦郭后的點子下，每當父親曹操出征，都動員老母卞后、續弦女王以及與甄后所生的曹叡和東鄉公主同行，索性就讓曹植和甄氏他們一次愛個夠。

建安二十一年十月，曹操再次出征征討孫權的時候〔註 1〕，一個戲劇性的場面出現了：曹植再次留守，曹丕再次從征，而且，曹操、曹丕父子的家眷幾乎是傾巢而出，鄴城由曹植留守，甄氏託病，也留守在鄴城。這對曹植和甄氏的愛戀來說，無疑，是一個幸福的機會，但對兩人的政治生命來說，卻是一個危險的陷阱。

裴注《文昭甄皇后》引王沈《魏書》云：「（建安）二十一年，太祖東征，武宣皇后、文帝及明帝、東鄉公主皆從，時（甄）后以病留鄴。二十二年九月，大軍還，武宣皇后左右侍御見后顏色豐盈，怪問之曰：『后與二子別久，下流之情，不可為念，而后顏色更盛，何也？』后笑答之曰：『叡等自隨夫人，

〔註 1〕參見《三曹年譜》，二十一年十月：引《武帝紀》，「十月，治兵」注引《魏書》：「王親執金鼓以令進退。」

我當何憂！』」〔註2〕

曹操大軍於二十一年十月東征，到二十二年九月大軍還，曹植和甄氏應該說是度過了一段快樂幸福的時光。俗語說，相由心生，心中的幸福會寫在面孔上的，特別是在熱戀中的人，卞氏見甄氏顏色豐盈，怪問之，為何顏色更盛？這實際上是一個令人尷尬的問題，但被聰明的甄氏巧妙遮掩而過。

幸福的時刻總是千篇一律的，只有痛苦的時光各有各的不同。對於當下描述的這段歷史而言，也是這樣的。兩人世界的幸福生活，以及當事人對於幸福時光的詩文記載，也是難以確認具體的時間方位的。但可以區別的，是這一個階段的作品，無不攜帶著這個時期微妙的信息：它們是幸福的、甜蜜的、無所忌憚的、調笑的，醉生夢死的，隨著時光的流逝，也會呈現節制的、反省的、自責的、退卻的，退卻而無路可退的、對未來恐懼的種種心理，呈現在這個時期的後期作品中。

就詩歌作品的寫作來說，首先是作品比之以前更多。一個詩人，或說是一個當時前無古人後無來者的偉大詩人，和他的情人密友，放鬆地生活在一片自由的藍天下，還能讓他和她怎樣生活呢？你能想像不讓他們寫作詩歌麼？

詩歌原本就是年輕人心弦撥動的作品，原本就是情愛時刻的美妙記錄，你能讓他們為了躲避後來的被發現和破案的風險而緘口不語麼？詩歌作品，就像是春天的嫩芽、盛夏的花朵、秋天的果實，就是這樣自自然然地萌發出來、盛開出來、生長出來。很多時候，他和她並不知道為何要作詩，而這些詩就構成了他和她生命的意義，構成了幸福時刻的內容，構成了愛情延續發展的關鍵情結。

他和她都不再完全滿足於原先短小的抒情五言詩，而是要嘗試寫作敘事抒情五言詩。當下，他和她有的是時光，有的是時光需要詩歌寫作的方式來展示才華，來向對方表達自己的情懷，當他和她閱讀著自己的新作，展露出來無比欽佩的、訝異的笑容的時刻，那就是創作者最大的幸福。換言之，詩歌創作，就是他和她郵寄給對方的情書，就是性的挑逗，就是愛的撩撥。

他和她也都是音樂的精通者，有的時候，詩歌不是寫出來的，而是隨口吟唱出來的，也許稍加修飾、調整，就成了美妙的歌詞。特別是甄后，她原本就是天生的歌唱者、器樂的演奏者，她可以一邊撫琴，一邊吟唱，那可真是人間

〔註2〕〔晉〕陳壽撰〔宋〕裴松之注《三國志．魏書．后妃傳》，中華書局，1982，第161頁。

所無，天上才有。

甄后作詩，可以說是中國詩歌史的特異現象。特異，不僅僅是由於她是女詩人，漢魏時期唯一的女詩人，而且，更在於她不是嚴格意義上的士大夫詩人，她類似於民間詩人，非職業詩人，非士大夫詩人。因此，她的詩歌寫作，更為口語化，更為隨意，更為無拘無束，所謂「隨口說出，就是宇宙間的第一等好詩」，正是此類。

她的詩歌靈感，完全源泉於對曹植的愛。愛是她生命放射出燦爛火花的唯一動力。曹植是當時代最偉大的詩人，為曹植不斷寫出更為精彩的詩句，是她生命本能的驅使，更由於她不是士人，不是所謂的詩人，她沒有其他的事情讓她分心，只不過當其他女人將心思放到勾心鬥角、柴米油鹽的時候，她會行也思量、坐也思量，用心地將愛的心靈與日月星辰、春花秋月時時鏈接，並精練成為詩歌的語言表達出來。

後來的人們，由於需要遮蔽這段亂倫的戀情，也就同時需要遮蔽這些詩歌作品的來由。正好時代需要創造民間偉大的神話，她的詩作，也就大多成了民間的樂府詩。

如果將十九首中的《西北有高樓》與曹植的《七哀》詩對比，會是一個十分有趣的命題，先分列兩詩如下，《西北有高樓》：

> 西北有高樓，上與浮雲齊。交疏結綺窗，阿閣三重階。
> 上有絃歌聲，音響一何悲！誰能為此曲，無乃杞梁妻？
> 清商隨風發，中曲正徘徊。一彈再三歎，慷慨有餘哀。
> 不惜歌者苦，但傷知音稀。願為雙鴻鵠，奮翅起高飛。

曹植《七哀》詩：

> 明月照高樓，流光正徘徊。上有愁思婦，悲歎有餘哀。
> 借問歎者誰，言是宕子妻。君行逾十年，孤妾常獨棲。
> 君若清路塵，妾若濁水泥。浮沉各異勢，會合何時諧？
> 願為西南風，長逝入君懷。君懷良不開，賤妾當何依。

兩者之間，何其相似乃爾！或說這是曹植詩與十九首的巧合，或說是曹植效法十九首。

阿閣，一如前釋，乃為後漢洛陽皇宮的宮殿名稱，東漢乃為儒學經術時代，斷不會有皇帝在阿閣與歌女調笑作詩的事情。曹操銅雀臺仿照東漢洛陽宮城而建造，那麼，是誰敢在銅雀臺曹操的準皇宮中調笑、彈琴、歌唱？

《西北有高樓》中的建築描寫，正是曹植《雜詩・其六》詩中的「飛觀百餘尺，臨牖御櫺軒」。「飛觀」和「雙闕」，應該是同一種建築的不同說法。崔豹《古今注》曰：「闕，觀也。古每門樹兩觀於其前，所以標表宮門也。其上可居；登之則可遠觀。故謂之觀。人臣將朝，至此則思其所闕，故謂之闕」〔註3〕，曹植《登臺賦》：「浮雙闕乎太清」與「立中天之華觀」。

杞梁妻：在漢魏詩作中採用這個故事的，只有曹植兩次使用，說明這個故事的流傳在漢魏之際，還帶有地域性，曹植出生和貶謫之地皆在山東一帶，這個故事最早的流傳也在齊魯之間。

《西北有高樓》：「一彈再三歎，慷慨有餘哀」，曹植《七哀》「悲歎有餘哀」，蘇李詩「絲竹厲清聲，慷慨有餘哀」，都是相同相似的句式。「一彈再三歎，慷慨有餘哀」，曹植《棄婦篇》「慷慨有餘音，要妙悲且清」，《贈徐幹》「慷慨有悲心」，也都是同樣句式。其中曹植的「慷慨有餘音」，更與十九首中的「慷慨有餘哀」僅僅一字之差；而曹植《七哀詩》中的「悲歎有餘哀」正好為之補全。

「不惜歌者苦，但傷知音稀。願為雙鴻鵠，奮翅起高飛」，這個句式大抵從曹丕開始使用：「願為雙黃鵠，比翼戲清池。」隨後，曹植使用：「願為比翼鳥，施翮起高翔。」（《送應氏詩二首・其二》）蘇李詩：「願為雙黃鵠，送子俱遠飛。」（《黃鵠一遠別》）《古詩十九首・東城高且長》：「馳情整巾帶，沉吟聊躑躅。思為雙飛燕，銜泥巢君屋。」

詩中女主人公所在高樓的位置：「西北有高樓，上與浮雲齊」，「西北」二字非常重要，因為，曹魏修建的鄴城以及銅雀臺，其最為明顯的一個特點，就是銅雀三臺正在鄴城的西北方向。是故曹植《登臺賦》說：「連飛閣乎西城。」據潘眉《三國志考證》說：「魏銅雀臺在鄴都西北隅（見《鄴中記》），鄴無西城。所謂西城者，北城之西面也。臺在北城西北隅，與城之西面樓閣相接，故曰：連飛閣乎西城。」〔註4〕這是一個重要標誌。

杞梁妻故事，發生於泰山、梁山一帶，最早的記載，出於《左傳》襄公二十三年：「齊侯還自晉……獲杞梁。莒人行成。齊侯歸，遇杞梁之妻於郊，使弔之。辭曰：『殖之有罪，何辱命焉？若免於罪，猶有先人之敝廬在，下妾不

〔註3〕隋樹森編著《古詩十九首集釋》，中華書局，1955，第23頁。
〔註4〕〔清〕潘眉《三國志考證》，《續修四庫全書》，史部，正史類，上海古籍出版社影印，2002，第465頁。

得與郊弔。』齊侯弔諸其室。」歷史上的杞梁，為齊之大夫，其姓杞氏，亦有源可溯。據《元和姓纂》卷六「杞」云：「姒姓，夏禹之後。周武王封東樓公於杞，後為楚所滅，子孫氏焉。（望出）齊郡。齊有杞殖，字梁。今齊州有杞氏。」又《通志》卷二六《氏族略．以國為氏》：「杞氏，姒姓，夏禹之後。成湯放桀，其後稍絕；武王克紂，求禹後，得東樓公，而封之於杞，……子孫以國為氏。」〔註5〕

曹植是漢魏詩中記載有關杞梁妻的唯一的一位詩人，曹植《精微篇》的「杞妻哭死夫，梁山為之傾」和《黃初六年令》中的：「杞妻哭梁，山為之崩」，為其中的重要文獻。曹植之所以能寫出「杞妻哭死夫，梁山為之傾」，正是由於他對山東文化的熟稔。曹植的人生，與山東有不解之緣，曹植初封平原，後改封臨淄，再遷鄄城，皆在山東境內。

第二節　秦氏有好女，自名為羅敷：《陌上桑》的寫作

建安十九年曹丕休妻之後，到建安二十一年左右，甄后和曹植有了一段比較放鬆的蜜月。這一段時間，甄后的五言詩作非常之多，樂府詩中的《陌上桑》、署名宋子侯的《董嬌嬈》、署名辛延年的《羽林郎》等，都是甄后此一時期的作品。甄后為何會寫五言詩，而且，寫得如此優秀？這幾篇作品為何定位在建安二十一年左右？

世間沒有無緣無故的愛，也沒有無緣無故的詩人。甄后生活在鄴下文人集團之中，特別是生活在這個集團的核心領袖群體之中，曹操篳路藍縷，開創了建安文學的新局面，曹丕作為世子，是這個群體的領袖，曹植才高八斗，是其中最為傑出的天才詩人。甄后在此詩人的家族之中生活，耳濡目染，少女時代就天性喜愛讀書，視字輒識，習禮明詩，建安時期甄后是曹魏獨一無二的女詩人，這是古今以來的學者都認可的，其臨終之作的《塘上行》，即使併入三曹七子的詩作之中也毫不遜色，她又精通音樂，性好鼓琴，「每彈至悲風及三峽流泉，未嘗不盡夕而止」。而在和曹植傾心相愛之後，她必然全身心地迷戀於練習寫詩，特別是新興的抒情五言詩。由於她與曹植刻骨銘心的愛戀，並且是權力話語極大壓力之下的不倫之戀，是一種以生命奉獻的愛戀，因此，她的詩作，情感真切，是一種生命式的詩意表達。經過多年時間的學習、效法和練習

〔註5〕參見周郢《孟姜女故事與泰山》，《文史知識》，2008年第6期，第75頁。

以後，又遭遇兩人之間不得不長期分離的深入骨髓的苦難，愛戀之中的快樂和血淚，遂鑄造而為震撼人心的千古名作。

對於甄后而言，學習五言詩寫作，乃為不得不學，不得不寫之事。既然她經過千回百折的反覆權衡，終於將自己的人生託付給了曹植，曹植就是她生命的全部，她知道，單獨憑藉色相的戀情，終究有完結，只有內在的魅力，才是永恆的存在，為了守住這份來之不易，幾乎是冒著生命危險換來的戀情，她必須要將自己的五言詩，寫得比曹植更好。為了永恆的戀情，她必須全身心學習寫作，這一動力，顯然比脂硯齋筆下的香菱學詩要強大得多；而她和戀人之間的情感紐帶，始終伴隨著生命的進程，不論是歡聚的幸福，還是離別的悲哀，都不能離開五言詩這一載體，為此，她也不得不寫作。

每位詩人必定都會有自己個人的詩歌寫作歷程史，兩漢時期少見的所謂蘇李詩、班婕妤詩、秦嘉詩等，沒有一人具有自己的個人寫作史，都是一個神話而已。而甄后，則其寫作史伴隨其生平而演變，絲絲相扣，不可有半點含糊。

在建安十六年之際，她用四句騷體詩回覆曹植的求愛，「妾本穢宗之女」，寫得十分得體，可以看出她的文學基礎；同年夏季遊宴詩開始活動，她開始寫作《古歌》:「上金殿，著玉樽。延貴客，入金門。入金門，上金堂。東廚具肴膳，椎牛烹豬羊。主人前進酒，彈瑟為清商。投壺對彈棋，博弈並復行。朱火颺煙霧，博山吐微香。清樽發朱顏，四坐樂且康。今日樂相樂，延年壽千霜。」似乎還是一個歌舞表演的腳本，尤其是開篇這幾句「上金殿，著玉樽。延貴客，入金門。入金門，上金堂」，開後來元曲的先聲，顯然是歌舞表演的歌詞。在詩歌語言方面，還未能學習成熟的五言詩寫法，使用雜言句式，意境也較為低俗，顯示了跟隨曹丕作為女主人招待客人的背景；到建安十七年十月，寫作「江南可採蓮」，雖然是樂府名篇，但全篇僅有開頭兩句用韻，以下的主體部分，均不用韻，顯示了甄氏作為非專業文人詩作的特殊性和獨特性。

甄后早期之作，即便是到了建安十七年、十八年、十九年左右的時光，其詩作五言詩寫法日益成熟，但與二十一年之際的詩作在風格上有極大的不同：前期之作，都是具體本事的表達，或寫對遠在江南之戀人的思戀與擔心，或寫下山邂逅故夫的對話等，由焦慮而放鬆，有一個清晰的過程。到了二十一年之後，在她看來，成功地實現了心中所愛，通過合法的休妻契約，終於可以在一個相對平靜的港灣，每日與戀人調情——寫詩也是一種調情，在這個特定的時間段落。因此，甄后的這些詩作，既不可能在此前之作，也不可能在此後之作。它們必定是這一個時期的「這一個」。

兩人之間似乎是在寫詩調情，又像是寫詩唱和，又像是寫詩競賽。一首首之間，都有相互往來的清晰痕跡。甄氏由於不是士人詩人，因此，她的五言詩寫得更加開放，用語更為生活化，更為口語化，更因為她本就是音樂高手，所寫皆為歌唱表演，因此，更為具有樂府詩的性質。這就是後來有學者分析十九首等故事，比之曹植五言詩風格有所不同，曹植五言詩還多有官話，十九首則多為生命直接傾訴的內幕原因。

就這一時期五言詩作的主題而言，主要有：1.對生命短暫的詠歎；2.以秋胡戲妻演變出來的一系列調戲美女的故事，包括使君調戲羅敷等。

對生命短暫、青春易逝的詠歎，這是顯然會發生的一個主題，其深層次原因，是甄后年長於曹植 10 歲，這種擔心和焦慮，是必然的；而曹丕在失去甄后之後，不時會發生譬如「下山逢故夫」這樣的事情，難免會對心愛的美人發生非分之想，力圖奪回失去的伴侶。這主要還是離異之後早期的事情。調戲曾經是自已的愛妻，這與秋胡戲妻故事有極大的相似性，而甄后也樂於將這些事情通過藝術化處理，遮掩其本事，而說成是他者的故事，從而與曹植共享這份珍貴的戀情，這就是《陌上桑》名篇產生的大致背景。

《陌上桑》：

日出東南隅，照我秦氏樓。秦氏有好女，自名為羅敷。
羅敷善蠶桑，採桑城南隅。青絲為籠繫，桂枝為籠鉤。
頭上倭墮髻，耳中明月珠。緗綺為下裙，紫綺為上襦。
行者見羅敷，下擔捋髭鬚；少年見羅敷，脫帽著帩頭。
耕者忘其犁，鋤者忘其鋤。來歸相怒怨，但坐觀羅敷。
使君從南來，五馬立踟躕。使君遣吏往，問是誰家姝？
秦氏有好女，自名為羅敷。羅敷年幾何？二十尚不足，
十五頗有餘。使君謝羅敷：「寧可共載不？」

羅敷前置辭：「使君一何愚！使君自有婦，羅敷自有夫。」
東方千餘騎，夫婿居上頭。何用識夫婿，白馬從驪駒。
青絲繫馬尾，黃金絡馬頭。腰中鹿盧劍，可直千萬餘。
十五府小史，二十朝大夫。三十侍中郎，四十專城居。

為人潔白皙，鬑鬑頗有鬚。盈盈公府步，冉冉府中趨。

坐中數千人，皆言夫婿殊。〔註6〕

在這裡，「使君從南來，五馬立踟躕。……使君謝羅敷：寧可共載不？」，正是上述背景的一種藝術性表達。這裡需要提請注意的，是這不是索隱，而是詩歌寫作美學的基本原理，否則，如果一一對號入座，譬如年齡問題、鬍鬚問題，地位問題等等，都不能鑿空坐實。講述一個有權力者對一個弱女子的同車共載而遭到了女子的拒絕，從而表達了對戀情的堅貞不移，這就已經足夠。

《陌上桑》中女主人公的裝飾珍貴華美，而其丈夫如果真的是「使君」之高層貴族身份，那女主人公的身份真的會是採桑女麼？此外，漢魏時期是否允許這些貴族女性出頭露面，形成觀者如堵、如醉如癡的場面？即便是思想通脫的曹魏時期，劉楨由於平視甄氏，也被曹操判刑勞作，遑論兩漢在漢武獨尊儒術之後？這是絕不可能出現的場面。唯一的可能，也是唯一的一個時間之窗，就是建安二十一年，曹植寫作《籍田賦》的這個背景。《武帝紀》建安二十一年二月，曹操還鄴，作《春祠令》，三月，曹操親耕籍田，曹植作《籍田賦》。《武帝紀》記載：（建安二十一年）「三月壬寅，公（曹操）親耕籍田。」

曹植《籍田賦》僅存數句而已，曹集未收，見於《御覽》卷八二四，《書鈔》卷九一。《書鈔》引《籍田賦》曰：「名王親枉千乘之體於壟畝之中，執鉏鑊（音祖或）於畦町之側，尊趾勤於耒耜，玉手勞於耕耘。」（《三曹年譜》142頁）

曹操作為曹魏最高統治者，則曹操以下的文武臣僚以及曹家家族中的人物，應該親自參加這次勞作。曹操親自籍田，上行下效，甄后作為世子夫人象徵性參加採桑（曹丕和甄后分居，是兄弟之間私下的事情，曹操和卞后並不知情，這一點，可從前文所引卞后跟隨大軍返回鄴城，質疑甄后為何久別丈夫兒女反而「顏色更盛」可知）。這正是《陌上桑》寫作的具體背景之一。

「籍田」，中國古代帝王專闢出來一塊的田地，用於祭奠耕籍之禮，此禮肇始於周代，在兩漢繼續沿用，至魏晉南北朝時期，耕籍禮雖時斷時續，卻一直在實行。晉潘岳《籍田賦》：「伊晉之四年，正月丁未，皇帝親率群后，籍於千畝之甸，禮也。」可知，后妃也是需要參加這種籍田以助農桑活動的。建安二十一年三月，曹操雖然還僅僅是魏公，兩個月後才封為魏王，但曹操

〔註6〕〔宋〕郭茂倩編《樂府詩集》，中華書局1979年版，第410頁。

的實際地位，卻是曹魏政權的最高統治者。「魏武為魏公，位在諸侯王上，改授金璽赤紱」〔註 7〕，可知，即便在曹操身為魏公的時候，其地位也在諸侯王之上。

《三國志·武帝本紀》記載：建安「十九年春正月，始耕籍田」，「二十一年春二月，公還鄴。三月壬寅，公親耕籍田。」（《三國志》，47 頁）《三國會要》又記載：「魏皇后蠶，服以文繡。」故，曹植《美女篇》與《陌上桑》等，建安十九年和建安二十一年兩個時間寫作，都是有可能的。「魏制，貴人夫人以下助蠶，皆大手髻（按《續漢志》作大手結，即假髻），七鏌蔽髻，黑玳瑁，又加簪珥。九嬪以下五鏌，世婦三鏌，諸王妃、長公主、大手髻，七鏌蔽髻。其長公主得有步搖，皆有髻珥。」〔註8〕（引《通典》）

所謂《陌上桑》和曹植所寫貴族女性的採桑活動，正應該是「魏制，貴人夫人以下助蠶」活動的藝術表現，也只有這種大型助蠶活動，才有可能引發「來歸相怒怨，但坐觀羅敷」和「行徒用息駕，休者以忘餐」的觀者如堵的景況。對此，曹植寫作有《美女篇》：

美女妖且閒，採桑歧路間。柔條紛冉冉，落葉何翩翩。
攘袖見素手，皓腕約金環。頭上金爵釵，腰佩翠琅玕。
明珠交玉體，珊瑚間木難。羅衣何飄颻，輕裾隨風還。
顧盼遺光采，長嘯氣若蘭。行徒用息駕，休者以忘餐。
借問女安居？乃在城南端。青樓臨大路，高門結重關。
容華耀朝日，誰不希令顏。媒氏何所營？玉帛不時安。
佳人慕高義，求賢良獨難。眾人徒嗷嗷，安知彼所觀？
盛年處房室，中夜起長歎。

此詩曹植所寫的美女為何人？採桑女為何人？詩中說「借問女安居？乃在城南端。青樓臨大路，高門結重關」，其中青樓為關鍵。袁枚《隨園詩話》：

齊武帝於興光樓上施青漆，謂之「青樓」，是青樓乃帝王之居。故曹植詩「青樓臨大路」；駱賓王「大道青樓十二重」，言其華也。今以妓為青樓，誤矣。梁劉邈詩曰：「倡女不勝愁，結束下青樓」，殆稱妓居之始。（《隨園詩話·卷十二·五六·青樓》）

袁枚此一條記載很有價值，直接說明曹植的「青樓臨大路」之青樓，乃是

〔註 7〕〔清〕錢儀吉撰《三國會要》，上海古籍出版社 2006 年版，第 296 頁。
〔註 8〕〔清〕錢儀吉撰《三國會要》，上海古籍出版社 2006 年版，第 295 頁。

帝王之居，所謂「美女妖且閒，採桑歧路間」的美女，「借問女安居」，乃是在帝王之居的青樓。正指明是甄后的原型。此處的青樓，蓋為鄴城銅雀臺，但又擔心他人識破，乃相反方向而云「乃在城南端」，其中「高門結重關」，正暗示了青樓的華貴富麗。

嘗試對比曹植《美女篇》中的「頭上金爵釵，腰佩翠琅玕。明珠交玉體，珊瑚間木難」，與《陌上桑》中的「羅敷善蠶桑，採桑城南隅。青絲為籠繫，桂枝為籠鉤。頭上倭墮髻，耳中明月珠。」「羅衣何飄颻，輕裾隨風還。顧盼遺光采，長嘯氣若蘭。」可以讀出後來寫作《洛神賦》的原型形象，「若蘭」，同以後用「蘭若」，都與甄后的名字「蘭」有關，將愛戀者的名字巧妙地鑲嵌在詩句之中，這是中國文化的一種習慣。

曹植的《美女篇》則可以視為是敘事詩《陌上桑》的抒情詩版本，或說是，《陌上桑》是曹植的《美女篇》的敘事版本。兩者之間，應該是曹植詩作在前，甄后仿傚在後，也可以說，是當時已經享有盛譽的著名詩人對還在蹣跚學步的甄氏的指導作品，令曹植沒有想到的，是甄后交出的作業《陌上桑》是一篇令他也會瞠目結舌的偉大作品。所謂青出於藍而勝於藍的道理也適用於此處。甄后雖然不是正式的文人詩人，但她有自己的優勢，那就是沒有文人詩的束縛和陳腐觀念的框框，更可以揮灑自如地將白話語寫入詩中，將對話寫入詩中，從而使得五言抒情詩開始了敘事詩的歷程。當然，不排除這一首詩作，是兩者合作的結晶，曹植作為詩人，難免有文人詩的局限，這種局限，會限制他的語言的通俗性，也會限製詩歌的敘事能力，但作為指導老師，給予戀人兼弟子的甄氏以修改，卻是綽綽有餘的。

不妨將曹植的《美女篇》與《陌上桑》詩加以比對：

兩者都是寫美女採桑：前者為「美女妖且閒，採桑歧路間」，後者為「羅敷善蠶桑，採桑城南隅」，前者但言美女而不知道名字，這也是文人詩的局限，後者有名字叫羅敷，有名字才有細節，才有敘事的真實性。無論是曹植的抒情版本還是甄后的敘事版本，詩中的女主人公美女正是對甄氏的描寫。對比曹植的《靜思賦》：「夫何美女之嫻妖，紅顏曄而流光。卓特出而無匹，呈才好其莫當。性通暢以聰惠，行嬚密而妍詳。」「美女妖且閒」，正從《靜思賦》首句「美女之嫻妖」而來，只不過後者更為圓熟。《後漢書．北海靖王興傳》章懷注：「嫻，雅也。」嫻雅，猶言沉靜。從曹植所能接觸到的女性而言，此賦所寫的對象當為甄氏。所謂「沉靜嫻雅」，正吻合於史書記載的甄氏性格，而「卓特無匹，才好莫當」等，也非甄氏莫屬，更兼後文袒露作者之「離鳥鳴而相求」的心跡。

兩者都鋪墊美女之美：曹植《美女篇》：「柔條紛冉冉，落葉何翩翩。攘袖見素手，皓腕約金環。頭上金爵釵，腰佩翠琅玕。明珠交玉體，珊瑚間木難。羅衣何飄颻，輕裾隨風還。顧盼遺光采，長嘯氣若蘭。」《陌上桑》：「青絲為籠繫，桂枝為籠鉤。頭上倭墮髻，耳中明月珠。緗綺為下裙，紫綺為上襦。」

兩者都採用了通過觀者來襯托美女的寫法：《美女篇》：「行徒用息駕，休者以忘餐。《陌上桑》：「耕者忘其犁，鋤者忘其鋤。來歸相怒怨，但坐觀羅敷。」透過他人的眼神來寫出美女之美，這應該是曹植傳授給甄氏的心得體會，因此《陌》寫得更為細膩，更為傳神，將原先的兩句概括性的精練敘說，修改為細緻的、場景化的描寫，增添了耕者鋤者的勞作工具：犁、鋤，重複採用一個「忘」字，同時，進一步發揮，寫他們「來歸相怒怨，但坐觀羅敷」，可謂是畫龍點睛，傳神阿堵，場景和形象宛在眉睫之前。

從後來六朝人對這一故事的追述來看，採桑女、秦羅敷與陳思王、甄后、孔雀東南飛、蘼蕪、十九首、團扇等都是同源同體的不同故事而已。譬如蕭綱詩作《有所思》：「掩閨泣團扇，羅幌詠蘼蕪。」（1910）；《詠中婦織流黃》：「浮雲西北起，孔雀東南飛。」（1913）異常清晰地將孔雀東南飛故事與銅雀臺聯繫起來，曹丕「西北有浮雲」，曹植「西北有織婦」。《採菊篇》：「東方千騎從驪駒，更不下山逢故夫。」（1923）蕭綱《傷美人詩》：「昔聞倡家別，蕩子無歸期。今似陳王歎，流風難重思。……圖形更非是，夢見反成疑。薰爐含好氣，庭樹吐華滋」，將「昔為倡家女，今為蕩子婦。蕩子行不歸」與「陳王歎」連為一體，「薰爐」，為甄后《古歌・上金殿》詩中的器物，「庭樹」，十九首「庭中有奇樹，綠葉發華滋。」（1924）

徐陵《驄馬驅》：「白馬號龍駒，雕鞍名鏤渠。諸兄二千石，小婦字羅敷。」（2523）「文昭甄皇后，中山無極人，明帝母。漢太保甄邯后也，世吏二千石。」〔註9〕甄氏為家中最小女兒，故云「諸兄二千石，小婦字羅敷」（以上詩作均引逯欽立《先秦漢魏晉南北朝詩》，中華書局版，數字均為頁碼）。

甄后在讀到曹植《美女篇》後，立意要效法寫作同樣主題的五言詩篇章，啟發了她的靈感的，是署名左延年名下的《秦女休行》。左延年「黃初中，

〔註9〕〔晉〕陳壽撰《三國志・魏書・后妃傳》，中華書局1982年版，第159頁。

以新聲被寵。見晉書樂志。」〔註10〕這裡涉及曹魏政權當時喜愛音樂歌舞的文化習俗。曹操在征討劉表後，獲得了以杜夔為代表的一批音樂家，左延年應該也在其中。杜夔主要是精通雅樂，「以知音為雅樂郎」，「太祖以夔為軍謀祭酒，參太樂事，因令創制雅樂。」（《三國志》本傳，806頁）也就是傳統的正聲，是高雅端正的禮儀性音樂，左延年為杜夔的弟子之一，則擅長新興的清商樂，「自左延年等雖妙於音，咸善鄭聲，其好古存正莫及夔。」也就是娛樂性的歌舞表演音樂。左延年為杜夔弟子，應該也是於建安十三年跟隨劉琮投降曹操，這也是建安十六年銅雀臺建好之後，興起清商樂的一個重要因素——曹魏政權有了清商樂的音樂家，其餘就是三曹七子造為新詩的工作，於是，新興的抒情五言詩隨之興起。左延年後來在曹丕時代非常受寵。左延年同時承當宮廷音樂歌舞表演的工作，其中《秦女休行》就是他所撰寫的一段表演中的歌詞腳本。

以上的這一說法，見於《晉書．樂志》：「漢自東京大亂，絕無金石之樂，樂章亡缺，不可復知。及魏武平荊州，獲漢雅樂郎河南杜夔，能識舊法，以為軍謀祭酒，使創定雅樂。時又有散騎侍郎鄧靜、尹商善訓雅樂，歌師尹胡能歌宗廟郊祀之曲，舞師馮肅、服養曉知先代諸舞，夔悉總領之。……而黃初中柴玉、左延年之徒，復以新聲被寵，改其聲韻。」〔註11〕在曹魏政權內，有杜夔代表的雅樂和左延年等代表的新聲之爭，《魏志．方伎傳》卷二十九記載：杜夔在「黃初中，為太樂令、協律都尉」，「自左延年等雖妙於音，咸善鄭聲，其好古存正莫及夔。」〔註12〕

由此可知：1.左延年為曹丕稱帝前後時代的音樂家，是約略與曹植同時代的人。則《陌上桑》不僅僅不是兩漢之作，即便是建安時期，也應是建安後期的作品；2.左延年為新興鄭聲之代表人物之一，所謂「鄭聲」，正是對新興清商樂的一種說法，是從傳統雅樂為中心來看待新興娛樂性音樂的一種蔑稱。

左延年《秦女休行》歌詞如下：

始出上西門，遙望秦氏廬。秦氏有好女，自名為女休。

〔註10〕逯欽立輯校《先秦漢魏晉南北朝詩》上，中華書局1983年版，第410頁。

〔註11〕〔唐〕房玄齡等撰《晉書．樂志》，中華書局1959年版，第679頁。

〔註12〕〔晉〕陳壽撰，〔宋〕裴松之注《三國志．方伎傳》，中華書局1982年版，第806～807頁。

休年十四五，為宗行報仇。左執白楊刀，右據宛魯矛。
仇家便東南，僕僵秦女休。女休西上山。上山四五里。
關吏呵問女休，女休前置辭。平生為燕王婦。於今為詔獄囚。
平生衣參差，當今無領襦。
明知殺人當死，兄言怏怏，弟言無道憂。女休堅詞為宗報仇。
死不疑。殺人都市中，徼我都巷西。
丞卿羅東向坐，女休凄凄曳梏前。
兩徒夾我持刀，刀五尺餘。刀未下，朣朧擊鼓赦書下。〔註13〕

甄氏擅長音樂歌舞，因此，左延年的樂舞表演的這一段腳本臺詞，啟發了她的靈感，改編成《陌上桑》敘事詩。

《秦女休行》詩第一句：「始出上西門」，相比《陌》詩第一句：「日出東南隅」，兩者極為相似。「始出」不好，帶有樂府歌詞的原始性，是誰「始出」？交代不清，形象不明，《陌》詩作者將沒有主語的首句，改為「日出東南隅」，將「上西門」改為「東南隅」。這個方位的改動，體現出作者希望交代出一個具體的時間，以便讓讀者能盡快進入到故事的情節之中。這就是王國維所說的「不隔」，而具有這種「不隔」詩歌美學思想的人，不是簡單的人物，至少現在左延年還不具備這種詩學觀念，而左延年有記載是曹魏宮廷的樂工。第一句，改動兩處，由沒有主語改為「日出」，由「西門」而改為「東南隅」。

《秦》詩第二句是：「遙望秦氏廬」，對比《陌》詩第二句：「照我秦氏樓」，「遙望」改為「照我」。這個改動也非常好：由於《秦》詩第一句沒有主語，故此第二句「遙望」，就仍然不清晰，是誰「遙望」？不清楚；而且，沒有環境的襯托，顯得突兀。

《陌上桑》詩由於增加了「日出」，就可以承接「日出」，而將「遙望」改為「照我」，一個「照」字，就將大環境轉入到小環境，將初「出」之「日」與本詩中的女主人公巧妙地聯絡起來，達到了物我同一，情景交融。以下再說「秦氏有好女」，就顯得水到渠成，自然推出。

第三句一字未改，都是「秦氏有好女」，但第四句就要改動了，前者為「自名為女休」，後者為「自名為羅敷」。為何要改名？這是由於女休是個「為宗行報仇」的俠女，她的出場形象是「左執白楊刀，右據宛魯矛」，殺氣騰騰。《秦》詩是個仇殺的題材，這個題材或許可以寫成劇本，以驚險的情節取勝，但作為

〔註13〕逯欽立輯校《先秦漢魏晉南北朝詩》上，中華書局1983年版，第410頁。

詩歌來說，它並不適合詩歌的表現題材和審美需要。因此，改變者要想將仇殺題材改為愛情題材詩，要改變題材，首先就要改變詩中女主人公的名字。以上四句，是完全相同的句式。四句之中，完全相同的字句為：「出」「秦氏」「秦氏有好女」；稍微改動的句子為：「自名為女休」改為「自名為羅敷」，只是改個名字而已。「始出上西門，遙望秦氏廬」改為「日出東南隅，照我秦氏樓」，「上西門」和「東南隅」是反向思維修改，「遙望秦氏廬」和「照我秦氏樓」，則是相同句意的修改。

由於題材改動了，以下的詩句，勢必要分道揚鑣，但兩者之間，仍然有許多借鑒的痕跡。隨後第五句，《秦》中女主人公秦女休的年歲介紹：「休年十四五」，這一句演化為《陌》詩的：「羅敷年幾何，二十尚不足，十五頗有餘」三句，顯得圓潤有餘，從容進退，年歲相同，但五言詩的寫作技巧顯然高明許多。

以下《秦》詩說：「關吏呵問女休，女休前置辭」，一變而為《陌》詩的：「使君從南來，五馬立踟躕。使君遣吏往，問是誰家姝？秦氏有好女，自名為羅敷。羅敷年幾何？二十尚不足，十五頗有餘。使君謝羅敷，寧可共載不。羅敷前置辭……」由「關吏（官吏）呵問女休」一句，演繹出「使君遣吏往」的詢問：

前者「關吏呵問女休」六個字，顯示出了在曹魏時代的所謂「民間樂府」（左延年為宮廷樂工，應該為宮廷樂府中的樂工之作）中，五言民間樂府尚未臻於成熟的痕跡；後者「女休前置辭」五個字，則演化為「使君從南來，五馬立踟躕。使君遣吏往，問是誰家姝」四句詩作，極為高妙：

首先，使君有了方位感，這與《陌》詩起首的「日出東南隅」是互相一致的，更為精妙的，是「五馬立踟躕」，含蓄寫出了使君見到羅敷之後的迷戀心態。但妙在並不直說使君迷戀，而說五馬不行，這正是屈原《離騷》結句「僕夫悲余馬懷」的寫法，這也顯然不是一般民歌作手或是兩漢宮廷樂府作手所能具備的詩歌技巧。

「五馬立踟躕」，還可以與後文的「行者見羅敷，下擔捋髭鬚；少年見羅敷，脫帽著帩頭。耕者忘其犁，鋤者忘其鋤。來歸相怒怨，但坐觀羅敷」相互對照閱讀，同樣是寫對羅敷的迷戀，寫使君的迷戀，以「五馬立踟躕」來寫；寫行者的迷戀，則以「下擔捋髭鬚」來襯托，以「下擔」切合行者；寫少年的迷戀，則以「脫帽著帩頭」來切合少年；寫農夫的迷戀，則以「耕者忘其犁，鋤者忘其鋤」來切合農夫的身份。身份不同而情狀各有不同，可謂是千姿百態。從使君到農夫，都各自合於自己的身份。

另，「使君從南來，五馬立踟躕」，府，漢魏時太守自闢僚屬如公府，因尊稱太守為府君。如《三國志》《華歆傳》注引《吳歷》，孫策稱太守華歆，即稱「府君」。「君」，用在政治稱謂，類似於君主，太守而稱為之府君，乃為漢末建安之後的事情。如漢末廣陵太守張超為曹操所殺，其故吏臧洪怨恨袁紹不救張超，遂於袁紹絕。與袁紹書云：「使洪故君淪滅……重愧忠孝之名乎？」（錢穆著《國史大綱》，1996 年版，第 217 頁。）東漢本為中央派出視察地方的官員，一直到漢靈帝時代，由漢宗室劉焉建議改刺史為州牧，乃有地方行政實權，到建安之後討伐董卓，中央政權旁落，地方政權乘之而起，州牧才有可能被稱之為使君。五馬，亦同此。

這一段描寫，想像豐富、情節曲折、委婉生動，人物形象躍然紙上，栩栩如生，如在目前。這些，恐怕都不是一般宮廷樂府所能達到的水平。總體來看，兩者之間在題材上由仇殺而為愛情，風格上由殺氣騰騰的剛烈之氣而為清徐舒緩、詼諧的調笑。《秦》詩寫一位「為宗行報仇」的俠女故事，而《陌》詩則採用羅敷本事或是秋胡故事而改編為一個愛情故事。顯然，後者富有情趣的愛情題材，更能發揮五言詩抒情敘事的獨特魅力，更能打動讀者。總之，仇殺題材不適合華夏民族的審美情趣，而愛情題材則是華夏民族，特別是樂府永恆的主題。從與素材的關係上來看，《秦》詩是素材的真實記錄，而《陌》詩則是對於這一素材的藝術加工；從藝術手法來看，《秦》詩尚顯得粗糙，並非成熟的五言詩，如「關吏呵問女休，女休前置辭。平生為燕王婦。於今為詔獄囚」，而《陌》則是成熟的五言詩，珠圓玉潤。

從寫作手法來看，前者沒有細節描寫，情節也非常粗糙；而《陌》則情節曲折，細節生動，場景如在目前。兩相對比，不難看出，《陌》詩是從《秦》詩中脫化出來的，《陌》應該是對《秦》進行修改寫作而成。六朝人劉孝威《郡縣遇見人織率爾寄婦詩》：「妖姬含怨情，織素起秋聲。度梭環玉動，踏躡佩珠鳴。……百城交問遺，五馬共踟躕。直為閨中人，守故不要新。夢啼漬花枕，覺淚濕羅巾。獨眠真自難，重衾猶覺寒。愈憶凝脂暖，彌想橫陳歡」（1878），一篇之中將「織素」之織女、調戲羅敷的使君「五馬共踟躕」聯繫一體，更為妙趣的是，點明了使君正是「守故不要新」「獨眠真自難」的曹丕，參看對照曹丕的《離居賦》，證明了此前的論證。

另，《陌上桑》屬於大曲類，所謂大曲，乃是魏晉到唐宋都在沿用的宮廷音樂歌舞的消費形式。大曲是多段大型歌舞音樂，「歌舞器樂並用，具有特定的大套結構形式。」〔註14〕大曲的淵源，大體可以上溯到商周以來宮廷貴族的大型樂舞。據近人研究，相和大曲的曲式，實際上是商周樂舞、戰國楚聲的繼承與發展。不論是漢相和大曲還是魏晉六朝的清商大曲，再到隋代初唐的燕樂大曲，大曲的音樂演出消費，始終為宮廷所有，因為其結構複雜，是音樂、舞蹈、器樂、歌唱多方面相互配合的演出形式，民間演出，並不具備大曲的演出和消費的條件。這是從《陌上桑》的大曲形式來看的。

第三節　常恐秋節至：甄后樂府詩的飛躍

署名宋子侯名下《董嬌饒》詩：

> 洛陽城東路，桃李生路旁。花花自相對，葉葉自相當。
> 春風東北起，花葉正低昂。不知誰家子，提籠行採桑。
> 纖手折其枝，花落何飄颻。請謝彼姝子，何為見損傷。
> 高秋八九月，白露變為霜。終年會飄墮，安得久馨香。
> 秋時自零落，春月復芬芳。何如盛年去，歡愛永相忘。
> 吾欲竟此曲，此曲愁人腸。歸來酌美酒，挾瑟上高堂。〔註15〕

這是一首同樣寫作採桑主題的五言詩作，署名為宋子侯。題目為《董嬌嬈》似乎是一個女人的名字，卻莫知其出處本末，甚為奇怪。《禮記・儀》注曰：「后妃齋戒，將夫人世婦出採桑。」〔註16〕或說，普通農人採桑女亦可尋常採桑，誠然，然《陌上桑》《董嬌嬈》詩中的採桑女，無論其裝飾佩戴，還是其中的語氣氛圍，皆與農人採桑女無關也。

此詩所寫，為採桑女之自寫無疑：「洛陽城東路，桃李生路旁。花花自相對，葉葉自相當。春風東北起，花葉正低昂。」此六句鋪排春天的節氣為採桑之事鋪墊，為第一層次；「不知誰家子，提籠行採桑。纖手折其枝，花落何飄

〔註14〕中國藝術研究院音樂研究所編《中國音樂詞典》，人民音樂出版社1984年版，第67頁。

〔註15〕此詩首見《玉臺新詠》卷一，題為《宋子侯董嬌饒詩一首》，頁5；《詩紀》作《董嬌嬈》，《藝文類聚》卷八十八作《後漢宋子侯董嬌饒詩》（頁2263）。此詩又為一首採桑主題之作。

〔註16〕歐陽詢撰《藝文類聚》卷九十一，臺灣新興書局，1963年版，第2258頁。

颺。」此四句為第二層次，略寫採桑之事。「不知誰家子」，正為自寫。

第三層次：「請謝彼姝子，何為見損傷。高秋八九月，白露變為霜。終年會飄墮，安得久馨香。秋時自零落，春月復芬芳。何如盛年去，歡愛永相忘。」採桑女更為關注情愛的短長，用採桑之損傷桑葉，想到女性的「何如盛年去，歡愛永相忘」，其中「白露變為霜」，後來為曹丕名下《燕歌行》所用。「何如盛年去」的主題，亦為甄后一貫之主題，蓋因其年歲長於曹植將近十歲，擔心自己年老色衰，情愛凋謝，亦為情理之中，這也是她成為古人所云「曹魏唯一能寫五言詩之女詩人」的原因之一。愛愛者之所愛，學愛者之所長也。

「秋時自零落，春月復芬芳。何如盛年去，歡愛永相忘。」比之桑葉，秋時凋謝，春月仍能再次芬芳，而人之盛年一去，再也不歸，寫得何等深切！可以視為甄后在幸福時刻對未來歲月的淡淡哀傷。結句四句：「吾欲竟此曲，此曲愁人腸。歸來酌美酒，挾瑟上高堂」，說是此曲不能再寫下去，蓋因其過於悲傷，不如去斟酌美酒，挾瑟高堂，正是富貴氣象。

前引曹植《籍田賦》已經從曹植文集中遺失，見於《御覽》卷八二四，《書鈔》卷九一，「考《武帝紀》，曹操親耕籍田，唯有本年（建安二十一年）一次。」〔註 17〕該年正為曹植與甄后之間戀情最為寬鬆放縱之時間段。詩中所說洛陽城東，史書未載二十一年三月上巳籍田是在何地舉辦，但用洛陽比擬都城是可行的。

曹魏有五都之說，當時之許昌、洛陽、鄴城皆為中心之地。此詩作者宋子侯、董嬌嬈者，皆為戲言也，非為真實人名。考其語氣，應是甄后建安二十一年上巳，參加曹操籍田採桑之後所作，與曹植所作《陌上桑》前後輝映。

當下流傳之作者名，所謂宋子侯、董嬌嬈，似乎是兩人合作署名，古詩中從無兩人合作署名的奇怪現象。宋子侯乃為董嬌嬈的定語，宋子侯者，送子侯也，蓋因甄后以後寫作了很多的「送子」之作，參見後文所析，董嬌嬈者，懂嬌嬈也。應為魏明帝對甄后的譏諷。但無論如何，「董嬌嬈」的署名或是題名，暴露了此詩作者的女性屬性，為此詩為甄后之作留下了蛛絲馬蹟。宋子侯、董嬌嬈，以及枚乘、張衡、傅毅、蔡琰等等，均無二致，皆為擾亂視聽之障眼法，為曹叡刪除曹植文集情愛之作的作案手段。

另，《禮記》：「古者天子諸侯必有公桑蠶室，近川而為之。《春秋元命苞》

〔註 17〕張可禮編著《三曹年譜》，齊魯書社，1983 年版，第 142 頁。

曰：姜嫄遊宮，其地扶桑，履大人跡而生男」〔註 18〕（《類聚》2261 頁）《墨子‧明鬼》：「燕之有祖，當齊之社稷，宋之桑林，楚之雲夢也。此男女之所屬而觀也。」「此男女之所屬而觀也」，正是仲春之月男女「奔者不禁」中自由私奔、自由幽會的選擇地。

桑林是社的標誌，社是「男女之所屬而觀也」的地方，社會結束，參加完社祭禮的男女青年，在桑林中自由結合。漢代畫像磚中就有《桑林野合圖》，而且不止一幅。故而「桑林」「桑間濮上」，成為後世語言中表示淫穢之所與行為的用語。《太平御覽》卷一三五引《春秋元命苞》曰：「周本姜嫄，遊閉宮，其地扶桑，履大跡生后稷。」《黄氏逸書考》輯《春秋元命苞》也說：「姜嫄遊閟宮，其地扶桑，履大人跡而生男。」「閉」與「閟」音同義同，「閉宮」也就是「閟宮」，即社。明此，可知「桑」也為兩者語碼之一，古詩「枯桑知天風」，當為甄氏自比。由此，再來看《藝文類聚》引此詩作《後漢宋子侯董嬌饒詩》，後漢的時間並不錯，此詩當為建安二十一年之作，尚在後漢之中。

傳為班婕好的《團扇詩》，或是名為《怨歌行》：

> 新裂齊紈素，鮮潔如霜雪。裁為合歡扇，團團似明月。
> 出入君懷袖，動搖微風發。常恐秋節至，涼飆奪炎熱。
> 棄捐篋笥中，恩情中道絕。

《文選》二十七載班婕好《怨歌行》，《玉臺新詠》載之，作班婕好《怨詩》，並有序云：「昔漢成帝班婕好失寵，供養於長信宮，乃作賦自傷，並為《怨詩》一首。」〔註 19〕此處出現兩個名稱：《怨歌行》和《怨詩》，到底是哪個名稱更為準確？《怨歌行》應該是此詩的原題。《樂府詩集》卷四十二，《相和歌辭十七》之下，若以時間次序排列，則傳為班婕好的此篇作品題為《怨歌行》，隨後有曹植的《怨歌行》，一直到六朝同題之作，都是題為《怨歌行》的，一直到唐代詩人的同題之作，才題為《怨詩》。〔註 20〕可知，傳為班婕好的這首作品，應該是《怨歌行》。

關於班婕好，先看看一般的介紹資料：班婕好（公元前 48 年～公元 2 年），名不詳，漢成帝劉驁妃子，西漢女作家，古代著名才女，是中國文學

〔註 18〕〔唐〕歐陽詢撰《藝文類聚》卷六十二，上海古籍出版社 1999 年版，第 2261 頁。

〔註 19〕〔南朝陳〕徐陵編，〔清〕吳兆宜注《玉臺新詠箋注》，中華書局 1985 年版，第 26 頁。

〔註 20〕參見〔宋〕郭茂倩編《樂府詩集》，中華書局 1979 年版，第 614～619 頁。

史上以辭賦見長的女作家之一。善詩賦，有美德。初為少使，立為婕妤。《漢書・外戚傳》中有她的傳記。她也是班固、班超和班昭的祖姑。她的作品很多，但大部分已佚失。現存作品僅三篇，即《自傷賦》《搗素賦》和一首五言詩《怨歌行》（亦稱《團扇歌》）。這是從網頁上下載的有關班婕妤的介紹，聽起來似乎可信，班婕妤有類似的生平背景，也有現存的《自傷賦》：

承祖考之遺德兮，何性命之淑靈。登薄軀於宮闕兮，充下陳於後庭。蒙聖皇之渥惠兮，當日月之盛明。揚光烈之翕赫兮，奉隆寵於增成。既過幸於非位兮，竊庶幾乎嘉時，每寤寐而壘息兮，申佩離以自思，陳女圖以鏡監兮，顧女史而問詩。悲晨婦之作戒兮，哀褒閻之為郵；美皇、英之女虞兮，榮任姒之母周。雖愚陋其靡及兮，敢捨心而忘茲？歷年歲而悼懼兮，閔蕃華之不滋。痛陽祿與柘館兮，仍襁褓而離災，豈妾人之殃咎兮，將天命之不可求。白日忽已移光兮，遂日晻莫而昧幽，猶被覆載之厚德兮，不廢捐於罪郵。奉共養於東宮兮，託長信之末流。共灑掃於帷幄兮，永終死以為期。願歸骨於山在足兮，依松柏之餘休。重曰：潛玄宮兮幽以清，應門閉兮禁闥扃。華殿塵兮玉階菭，中庭萋兮綠草生。廣室陰兮帷幄暗，房櫳虛兮風泠泠。感帷裳兮發紅羅，紛綷縩兮紈素聲。神眇眇兮密靚處，君不禦兮誰為榮？俯視兮丹墀，思君兮履綦。仰視兮雲屋，雙涕兮橫流。顧左右兮和顏，酌羽觴兮銷憂。惟人生兮一世，忽一過兮若浮。已獨享兮高明，處生民兮極休。勉娛情兮極樂，與福祿兮無期。綠衣兮白華，自古兮有之。

班婕妤《搗素賦》：

測平分以知歲，酌玉衡之初臨。見禽華以麃色，聽霜鶴之傳音。佇風軒而結睇，對愁雲之浮沉。雖松梧之貞脆，豈榮雕其異心。若乃廣儲懸月，暉水流請，桂露朝滿，涼衿夕輕。燕姜含蘭而未吐，趙女抽簧而絕聲。改容飾而相命，卷霜帛而下庭。曳羅裙之綺靡，振珠佩之精明。若乃盼睞生姿，動容多制，弱態含羞，妖風靡麗。皎若明魄之生崖，煥若荷華之昭晰；調鉛無以玉其貌，凝朱不能異其唇；勝雲霞之邇日，似桃李之向春。紅黛相媚，綺徂流光，笑笑移妍，步步生芳。兩靨如點，雙眉如張。頹肌柔液，音性閒良。於是投香杵，扣玟砧，擇鸞聲，爭鳳音。梧因虛而調遠，柱由貞而響沉。散繁輕而浮捷，節疏亮而清深。含笙總築，比玉兼金；不塤不篪，匪瑟匪琴。或旅環而舒鬱，或相參而不雜，或將往而中還，或已離而復合。翔鴻為之徘徊，落英為之颯沓。調非常律，聲無定本。任落手之參差，從風飆之遠近。或連躍而更投，或暫舒而長卷。清寡鸞之命群，哀離鶴之歸晚。茍是時也，鍾期改聽，伯牙馳琴，桑間絕響，濮上傳音；蕭史編管以擬吹，周王調笙以象吟。若乃窈窕姝妙之年，幽閒貞專之性，符皎日之心，甘首疾之病，歌采綠之章，發東山之詠。望明月而撫心，對秋風而掩鏡。閱絞練之初成，擇玄黄之妙匹，準華裁於昔時，疑異形於今日；想嬌奢之或至，許椒蘭之多術，薰陋制止之無韻，慮蛾眉之為魄。懷百憂之盈抱，空千里兮吟淚。侈長袖於妍襖，綴半月於蘭襟。表纖手於微縫，庶見跡而知心。計修路之遐敻，怨芳菲之易泄。書既封二重題，筒已緘而更結。漸行客而無言，還空房而掩咽。

粗看班婕妤的人生經歷及其兩篇賦作，似乎《怨歌行》歸屬於班婕妤是可以接受的：班婕妤既有吻合於團扇故事的個人人生背景，又有兩篇賦作之傳世，特別是班婕妤的文采極好，如《自傷賦》中「華殿塵兮玉階苔，中庭萋兮綠草生」，「神眇眇兮密靚處，君不禦兮誰為榮」，「惟人生兮一世，忽一過兮若浮」；《擣素賦》中的「勝雲霞之邇日，似桃李之向春。紅黛相媚，綺徂流光，笑笑移妍，步步生芳」，「皎若明魄之生崖，煥若荷華之昭晰」，「翔鴻為之徘徊，落英為之颯沓」，「懷百憂之盈抱，空千里兮吟淚」等都是難得的佳句。這些佳句，對曹植曾經產生極大的影響，譬如署名曹植詩作《閨情》：「歡會難再逢，蘭芝不重榮」，對照班婕妤賦「神眇眇兮密靚處，君不禦兮誰為榮？」「惟人生兮一世，忽一過兮若浮」這種對人生短暫的詠歎，在曹操、曹植的詩作中都有多次出現。《擣素賦》中的美女形象描寫，「步步生芳」，「翔鴻為之徘徊，落英為之颯沓」，曹植《洛神賦》：「體迅飛鳧，飄忽若神。陵波微步，羅襪生塵。」可知，曹植對班婕妤的作品是非常喜愛和熟悉的。

曹植為此專門寫有《班婕妤贊》：「有德有言，實惟班婕。盈沖其驕，窮悅其厭。在夷貞艱，在晉正接。臨飆端幹，沖霜振葉」〔註21〕。團扇故事可以視為是班婕妤的一個標誌性符號，提及班婕妤，不可以不提及團扇，提及團扇，也不得不提及班婕妤。曹植為之作贊，卻只是讚美了班婕妤「有德有言，實惟

〔註21〕趙幼文校注《曹植集校注》，人民文學出版社1984年版，第86頁。

班婕。盈沖其驕，窮悅其厭。在夷貞艱，在晉正接。臨飆端幹，沖霜振葉」的美德和貞操。這就像是介紹北京，而忽略故宮天安門，介紹巴黎，而忽略盧浮宮和埃菲爾鐵塔一樣，是不可思議的事情。

同此，可以驗證的是，如果在曹植之前，有人提及團扇故事，團扇詩，則可以證明曹植只是漏寫了團扇故事，而當下可以見到的資料，其中涉及團扇的，僅僅是從建安約十六年之後。最早寫出團扇意思的詩人是曹丕：曹丕的《出婦賦》和《代劉勳妻王氏雜詩》，詩賦同寫一事。開始使用女性角度，其詩如：「翩翩床前帳，張以蔽光輝。昔將爾同去，今將爾同歸。緘藏篋笥裏，當復何時披。」〔註22〕與傳為班婕妤的《怨歌行》兩者極為相似。這是建安十七年遊宴詩和女性題材興起之際的詩作。

除曹丕之作外，王粲的《出婦賦》和徐幹的《圓扇賦》，也都與此有關。王粲的《出婦賦》：「既僥倖兮非望，逢君子兮弘仁。當隆暑兮翕赫，猶蒙眷兮見親。更盛衰兮成敗，思彌固兮日新。竦余身兮敬事，理中饋兮恪勤。君不篤兮終始，樂枯荑兮一時。心搖盪兮變易，忘舊姻兮棄之。馬已駕兮在門，身當去兮不疑。攬衣帶兮出戶，顧堂室兮長辭。」〔註23〕由此來看，王粲此賦受曹丕的影響，進一步說出了《怨歌行》的意思，大概也是《怨詩》以團扇寫女性之被寵幸和拋棄這一立意的由來：「當隆暑兮翕赫，猶蒙眷兮見親」，就是《怨詩》中「出入君懷袖，動搖微風發」的意思；「心搖盪兮變易，忘舊姻兮棄之」，就是《怨詩》中「棄捐篋笥中，恩情中道絕」的意思。如果筆者的立論基礎能夠成立的話，應該是先有王粲此賦，隨後，曹丕將王粲《出婦賦》中的「當隆暑兮翕赫，猶蒙眷兮見親」「心搖盪兮變易，忘舊姻兮棄之」的立意形象化地轉為《代劉勳妻王氏雜詩》中的「翩翩床前帳，張以蔽光輝。昔將爾同去，今將爾同歸。緘藏篋笥裏，當復何時披」，這就已經很接近所謂班婕妤的《怨詩》了，隨後，才有徐幹的《團扇賦》和所謂的班婕妤《怨詩》。

徐幹《圓扇賦》（應為《團扇賦》）：「惟合歡之奇扇，肇伊洛之纖素。仰明月以取象，規圓體之儀度。」俞紹初先生在此賦下注釋說：「此題《御覽》《事類賦》並作《團扇賦》，惟《書鈔》作《圓扇賦》。按曹丕《典論·論文》稱幹有《圓扇賦》，則當作《圓扇賦》無疑。」〔註24〕這當然也有一定的道理，但

〔註22〕逯欽立輯校《先秦漢魏晉南北朝詩》，中華書局1983年版，第402頁。
〔註23〕俞紹初輯校《建安七子集》，中華書局2005年版，第97頁。
〔註24〕俞紹初輯校《建安七子集》，中華書局2005年版，第154頁。

曹丕的無意錯謬或者是有意錯謬，都是有可能的。以筆者之見，徐幹的這篇《團扇賦》，就已經是《怨詩》的雛形，其「合歡」「明月」等意象，已經與《怨歌行》的「裁為合歡扇，團團似明月」相同，在字面上已經接近了《怨詩》。

由此可以看出，團扇詩作中的秋天被棄的立意，是經歷建安二曹五子（孔融早死，阮瑀死後才開始作這一主題詩作，皆可除外）的反覆演練之中提煉出來的。

逯欽立先生在對兩漢魏晉的有關扇子題材的作品做出考察之後，也得出這樣的結論：「慣以婦女情節納入篇什之中，實鄴下文士之特殊作風也。總上所述，合歡團扇之稱詠，見棄懷怨之意境，悉可證其始于鄴下文士。可知傳行西晉之《怨歌》，亦必產生斯時。」關於《怨詩》的作者，逯欽立先生推測為：「大抵曹魏開國，古樂新曲，一時稱盛。高等伶人，投合時好。造為此歌。亦詠史之類也。殆流傳略久，後人遂目為班氏自作，此與唐人《胡笳十八拍》歸諸蔡琰，蓋同類之事實也。」〔註25〕

須知，建安時代不似唐代，唐代詩歌寫作已經過幾百年的積澱，普及率極高，故伶人舞女皆會寫詩，可以代作，而建安時代，五言詩剛剛興起，會作成熟的五言抒情詩的詩人主要在三曹七子，其他會寫五言詩者，屈指可數。因此，所謂班婕妤之《怨詩》，既然「必產生斯時」，是正確的，至於其作者，此前筆者囿於比興說和曹植說，將其思考為曹植的比興之作。當下來看，此為甄后之作更為吻合。在建安時代，詩三百的政治比興方式，已經基本不復存在，此詩出自女性之手，是必然的。

此外，還可以從大文學史觀的角度來看，中國詩歌史的發展歷程，具有兩大基本規律，偉大詩人的出現，幾乎都是在群體階層之文學集團的簇擁之下出現的；其中也會有偉大詩人作為特殊人物孤明先發，成為某種新興文學形式的奠基者，但他們都必定是某種政治變革大背景之下的必然產物，有其自身探索的歷程。

天才詩人和傑出的詩作，如同璀璨的星座，它們總是在群體詩人和燦爛作品的群星簇擁下出現的，它們必定是某一個思潮興起中的浪花，它們——僅僅是被這洶湧思潮所簇擁出來的最為靚麗的、最為閃光的浪花。

兩漢時代，即便是當下流行的從班固到蔡邕的五言詩是真實的，也不過十首左右，況且其中多篇已經被辨析清晰，並非兩漢之詩人或是詩作，如此五言

〔註25〕逯欽立輯校《漢魏六朝文學論集》，陝西人民出版社1984年版，第27頁。

詩歌寫作的荒漠時代，能夠有古詩十九首產生，豈非癡人說夢？所謂枚乘、蘇李、班婕妤、班固、秦嘉，每個詩人都是無來由地出現驚世佳作，就像是荒漠中孤絕千里的綠洲——不僅僅前後沒有連續性，自身也沒有從無到有的寫作史，它們顯然都是來自後來人慷慨的饋贈。

同此，即便是建安時代，曹植之前，又有哪個詩人堪稱天才詩人，堪稱具備寫作十九首的能力？堪稱具備寫作十九首情愛詩作的人生背景？他們哪一位如同曹植那樣具備與洛神的生生死死之戀的人生經歷？又有哪一位如同曹植那樣寫出過《洛神賦》《美女篇》《七哀詩》那樣堪與十九首比肩而立的戀情主題的絕世佳作？具體從時間來看，應該是甄后這一時期的作品，體現了對於未來的憂慮。但這種憂慮還僅僅是一種淡淡的哀傷，與黃初之後的血淚詩作迥然不同。

第四節　信吾罪之所招：曹植的憂慮與矛盾

《妾薄命》全詩一般認為是兩首，分別寫白日和晚上，第一首詩作如下：

攜玉手，喜同車，比上雲閣飛除。釣臺蹇產清虛，池塘靈沼可娛。仰泛龍舟綠波，俯擢神草枝柯。想彼宓妃洛河，退詠漢女湘娥。〔註26〕

此詩是魏明帝太和五年（231年）歲末，也就是曹植臨終之前的最後一年，曹植晚年最後一次回到洛陽所作，在經歷漫長歲月的遷徙人生之後，首次重回洛陽觸景生情：曹魏營造的洛陽，其規模體制，都是模仿鄴城而造，曹植在作為罪臣經歷長時間的監管流放之後，一旦回到洛陽，遊覽京城殿宇樓臺，回憶起當年往事，寫作了這首長篇樂府詩作《妾薄命》。之所以安置在建安二十二年的位置，是因為這一組詩，是曹植回憶這一個時間段的生活，有助於理解曹植在這一年的生活情況。

「妾薄命」，正是感歎甄氏的薄命一生。「攜玉手，喜同車」，回憶的是兩人白日的遊歷，「日既逝矣西藏」以下，回憶的是晚上兩人的美酒歡宴，一種近似乎醉生夢死的狂歡。這種放縱，只有在建安二十一年至二十二年之間，才有可能發生。詩中說：我們曾經攜手同車，一同登上高入雲間的飛樓玉階，高高的釣臺十分清靜，只有我們兩人在池塘邊嬉戲。我們或是駕著龍舟蕩槳碧波，或是俯身採摘芳草芙蓉。你那美麗的身影，令我想起洛神宓妃，也令我想

〔註26〕趙幼文校注《曹植集校注》，人民文學出版社1984年版，第480頁。

起我們初戀時候常常說起的漢女湘娥。

這次，曹植明確地將「俯擢神草枝柯」「退詠漢女湘娥」——曹植甄氏人生中最為重要的兩個故事和「宓妃洛河」聯繫起來。如前所述，此詩為曹植晚年所作，而在太和五年的時候，曹植的《洛神賦》早已經完成，所謂宓妃洛河，就是洛神——甄后的代名詞。其中攜手同車，是兩人在這段戀情生活中的實錄，後來在所謂十九首詩中，曾經多次出現：「不念攜手好」「攜手同車歸」，這成了後來兩人共同的回憶。

第二首，或說是這首詩的第二部分，寫的是晚上的歡聚：

日既逝矣西藏，更會蘭室洞房。

華燈步障舒光，皎若日出扶桑，促樽合坐行觴。

主人起舞娑盤，能者穴觸別端。騰觚飛爵闌干，同量等色齊顏。

任意交屬所歡，朱顏發外形蘭。袖隨禮容極情，妙舞仙仙體輕。

裳解履遺絕纓，俯仰笑喧無呈。覽持佳人玉顏，齊舉金爵翠盤。

手形羅袖良難，腕弱不勝珠環，坐者歎息舒顏。

御巾裛粉君傍，中有霍納都梁，雞舌五味雜香。

進者何人齊姜，恩重愛深難忘。召延親好宴私，但歌杯來何遲。

客賦既醉言歸，主人稱露未晞。

大意是說：

太陽漸漸地消失在西方，我們共同步入你深幽的蘭室洞房。

華燈初放，放射著光芒，皎潔就像是朝日躍出扶桑。

我們親密地坐在一起，飲酒行觴。

女主人婆娑起舞，舞姿輕捷地迴旋，若竦若傾，忽合忽散。

我們相互不停地舉杯勸酒，兩人都喝得酩酊醉顏。

醉酒中，我時常可以交接到我的所愛，

而你，醉酒中的朱顏，長髮飄逸氣息若蘭。（就像是你的名字蘭）

你的長袖，飄逸出高雅的儀容，又充溢著深情，

你的妙舞，像是仙女般輕盈。

於是，我們寬衣解帶，脫掉鞋履。

恕我不恭，我當時想起楚莊王典故中的絕纓。

我們俯仰喧笑，放浪形骸。

手捧著美人的容顏，一齊舉起金爵翠盤。

飄飄長袖藏起了你的纖纖玉手，柔弱的手腕似乎掛不住珠環，
你的美妙令我連聲讚歎。
你的玉體發出美妙的氣息，衣襟裹似乎有奇異的香料，
伴雜著雞舌五味的馨香。
你像是春秋時代著名的美女齊姜，
你對我恩重愛深，令我終生難忘。
我們延請親隨密友一同歡飲私宴，徒歌清唱著杯來何遲。
借著即席的歌聲，說一聲我們醉了。
客人說是喝醉了，說是該回去了，
女主人卻說：急什麼？
夜色正好，太陽還沒有出來呢。
你看那庭院中花草上的露水，還在晶瑩欲滴。

此詩曹植直接將甄后的居室稱之為「蘭室」，曹植詩中說，到了晚上，我們相會於蘭室洞房。詩中所說的主人，正是蘭室之主人甄氏。此外，「客賦既醉言歸，主人稱露未晞」，從側面說明了這一個時期兩者之間的生活方式：即甄后仍然居住在蘭室，銅雀臺蘭室，也就是說，在名義上仍然是曹丕的髮妻，曹植來相聚，只能是晚上夜深人靜，在此飲酒歌舞狂歡。

以上所述，僅僅是問題的一個方面：曹植和甄氏之間的愛戀關係，是在不斷深入進展的歷程之中，同時，也是曹植的才華不斷得到激發和展現，曹操對曹植的信任與日俱增的歷程。這兩方面分頭並進，在建安十九年至二十一年之間，達到了頂點。另一個方面：曹植越來越覺得自己陷入不倫之戀的無底深淵而不能自拔，自責和懺悔的心情也不時湧上心頭。特別是到建安二十二年春天，經過醉生夢死的瘋狂之後，曹植開始產生沉重的負罪感，寫作於這個時期的《蟬賦》，正是曹植這種心境的典型表現。

此篇賦作，歌詠蟬的清素高潔，但卻無法逃避性命長捐的悲劇結局，其中深深寄託著他自己的內心隱痛。此賦第一個段落說：

唯夫蟬之清素兮，潛厥類乎太陰。
在盛陽之仲夏兮，始遊豫乎芳林。
實澹泊而寡欲兮，獨怡樂而長吟。
聲皦皦而彌厲兮，似貞士之介心。
內含和而弗食兮，與眾物而無求。

棲喬枝而仰首兮，漱朝露之清流。

此為第一個段落，意在歌詠蟬的高潔，其中說出了蟬的幾種品性：清素（棲喬枝而仰首兮，漱朝露之清流）、淡泊寡欲（與眾物而無求）、孤獨（獨怡樂而長吟）、貞操耿介（似貞士之介心）。以上諸多品性，成為後來吟詠蟬的主要內容。曹植歌詠蟬的這些品性，是在自喻、自況，還是傾訴他對甄氏的讚美，還是兩者兼有，還要進一步考察。

隱柔桑之稠葉兮，快啁號以遁暑。
苦黃雀之作害兮，患螳螂之勁斧。
冀高翔而遠託兮，毒蜘蛛之網罟。
欲降身而卑竄兮，懼草蟲之襲予。
免眾難而弗獲兮，遙遷集乎宮宇。
依名果之茂陰兮，託修幹以靜處。
有翩翩之狡童兮，步容與於園圃。
體離朱之聰視兮，姿才捷於獼猿。
條罔葉而不挽兮，樹無干而不緣。
翳輕軀而奮進兮，跪側足以自閒。
恐余身之驚駭兮，精曾睨而目連。
持柔竿之冉冉兮，運微黏而我纏。
欲翻飛而逾滯兮，知性命之長捐。
委厥體於庖夫，歸炎炭而就燔。
秋霜紛以宵下，晨風烈其過庭。
氣憯怛而薄軀，足攀木而失莖。
吟嘶啞以沮敗，狀枯槁以喪形。

第二個段落，則寫蟬所身處絕境的危險，以及終不能躲過的滅頂之災。「苦黃雀之作害兮，患螳螂之勁斧」，此兩句意境從「螳螂捕蟬，黃雀在後」的典故中來。前有黃雀作害，後有螳螂勁斧。「冀高翔而遠託兮，毒蜘蛛之網罟。欲降身而卑竄兮，懼草蟲之襲予。免眾難而弗獲兮，遙遷集乎宮宇。依名果之茂陰兮，託修幹以靜處」，所謂「冀高翔而遠託兮，毒蜘蛛之網罟（音古），欲降身而卑竄兮，懼草蟲之襲予」，高翔則有蜘蛛，卑竄則有草蟲，上下兩難，均不能逃離苦難，於是，「遙遷集乎宮宇」，只好千里迢迢遷移到宮宇中來躲避。

「依名果之茂陰兮，託修幹以靜處」，陰，《初學記》作蔭，《釋名・釋形體》：「陰，蔭也，言所在陰翳也。」託，《國策・齊策》韋注：「附也」。此兩句說，這只飛蟬上下兩難，於是，躲避到宮宇中，依靠一棵名果的茂陰作為蔭翳保護，依附在修長的樹幹下靜靜獨處。

如果說，前面所寫，還僅僅是一隻普通的蟬，後面所寫，則越來越擬人化，而所寄託的對象，越來越像是甄氏，當然，理解為曹植自喻、自託，也是可以圓通的，但畢竟以前者更為貼近。

在第二段的第二個層次中，開始出現一個狡童的形象：「有翩翩之狡童兮，步容與於園圃」。詩三百中的狡童，是一位令美貌女子神魂顛倒的翩翩公子，《詩經・鄭風・狡童》：「彼狡童兮，不與我言兮。維子之故，使我不能餐兮。彼狡童兮，不與我食兮。維子之故，使我不能息兮。」

若是說，將此翩翩狡童理解為就是曹植的自我描述，還帶有些想像的成分的話，賦作的下文，就會進一步加以證實，曹植進一步描述這位狡童的特徵：「體離朱之聰視兮，姿才捷於獮猿」，這就完全是曹植的原型摹寫了。離朱，即離婁，《孟子・離婁篇》趙注：「離婁者，古之明目者……視於百步之外」；「姿才捷於獮猿」，參見曹植《白馬篇》：「仰手接飛猱，俯身散馬蹄。狡捷過猴猿，勇剽若豹螭」。而《白馬篇》所寫，正是曹植自況。

這位狡童，此時沒有去與美女共食相會，而是去黏蟬。「翳輕軀而奮進兮，跪側足以自閒。恐余身之驚駭兮，精曾睨而目連」，何等精妙的黏蟬細節描寫，狡童隱蔽好自己的軀體，快速敏捷的奮進，側身半跪逐漸接近獵物。深恐「我」的出現驚走了飛蟬，於是，「我」的眼睛假裝看著別處，目光卻斜睨著凝視於蟬。終於，「我」伸出了長長的柔杆，美麗的蟬，終於墜入我的黏網，她想要翻飛，卻更被黏網黏連更緊，「我」和她，在此時，都已經知道：性命從此就要長捐。

應該說，曹植此賦，借助蟬的意象，興寄寓物，表達自己內心深處的懺悔，或說是矛盾心境的糾結。在前面寫作這個狡童，也不無自得的心態，「體離朱之聰視兮，姿才捷於獮猿」，與《白馬篇》同一機杼，而對狡童捕捉獵物的過程，愉悅、自得、帶有一定的冒險性的興奮心境，躍然紙上。但狡童——我的這種遊戲，最後將會造成獵物蟬的悲慘結局，「委厥體於庖夫，歸炎炭而就燔。秋霜紛以宵下，晨風烈其過庭。氣憯怛而薄軀，足攀木而失莖。吟嘶啞以沮敗，狀枯槁以喪形。」這幾乎就是後來甄后悲慘死去的讖言，或說是預先的場景描述。

第三段，是承接楚辭形式而來的「亂」，以感歎結束全篇：

亂曰：

《詩》歎鳴蜩，聲嘒嘒兮；盛陽則來，太陰逝兮；

皎皎貞素，侔夷節兮；帝臣是戴，尚其潔兮！

《詩經．小弁篇》：「維桑與梓，必恭敬止。靡瞻匪父，靡依匪母。不屬于毛？不罹於裏？天之生我，我辰安在？菀彼柳斯，鳴蜩嘒嘒，有漼者淵，萑葦淠淠。譬彼舟流，不知所屆，心之憂矣，不遑假寐。」曹植引用詩經此篇，正意在說明自己「心之憂矣，不遑假寐」的心情。

關於曹植的這種矛盾心境——一方面難以壓抑自己真實的愛戀，以及對這種愛戀的堅守和追求，另一方面，亂倫之戀的心理壓力，也會造成他極端的痛苦。這一點，可以參看曹植隨後寫作的《金瓠哀辭》等。《金瓠哀辭》前有小序：

金瓠，予之首女，雖未能言，固已授色知心矣！生十九旬而夭折，乃作此辭。

辭曰：在襁褓而撫育，尚孩笑而未言。不終年而夭絕，何見罰於皇天。

信吾罪之所招，悲弱子之無愆。去父母之懷抱，滅微骸於糞土。

天長地久，人生幾時？先後無覺，從爾有期。

《行女哀辭》：

行女生於季秋，而終於首夏。三年之中，二子頻喪。

伊上帝之降命，何短修之難裁；或華髮以終年，或懷妊而逢災。

感前哀之未闋，復新殃之重來！方朝華而晚敷，比晨露而先晞。

感逝者之不追，情忽忽而失度。天蓋高而無階，懷此恨其誰訴！

曹植何時娶妻生子，竟然沒有準確記載。從兩首哀辭來說，曹植大約在建安二十年到二十二年之間，三年之中，二女頻喪。曹植於建安十六年七月隨曹操出征馬超，十七年正月返回鄴城，十七年隨父十月出征孫權，十八年四月還鄴，此三年期間，都是行色匆匆，多在旅途之中，且曹植心念甄氏，對於婚事應是能拖延即拖延，因此，極有可能在十八年四月還鄴之後，到十九年曹操出征之前，指定崔琰侄女為婚。其中尤其以十九年曹操出征之前，為曹植完婚可能性最大。

《世說新語》記載：植妻衣繡，太祖登臺見之，以違制命，還家賜死。崔氏之所以大膽違制身穿錦繡高調出鏡，應該與發現曹植甄氏戀情有關，否則，沒有什麼比這種事情更能刺激一個女人出現這種類似於瘋癲狀態的行為。根據王枚先生的描述，崔氏被賜死的時間較早，那麼，曹植在建安二十二年左右先後兩女早夭，又是哪個女人的孩子？曹植為得到父親的寵愛，勉強同意與崔氏成婚。一方面，曹植和甄氏各有配偶，另一方面，兩人之間卻又相互繫念，有約歡會，成為這個時期的基本情況。因此，金瓠出生 190 天而死於襁褓，曹植極為悲痛，以為是自己的亂倫之戀，見罰於皇天：「不終年而夭絕，何見罰於皇天。信吾罪之所招，悲弱子之無愆」。

隨後，第二個女兒也是同樣如此，讓曹植感覺「感前哀之未闋，復新殃之重來」。曹植此兩女為誰之所生？同樣是一個問題。是與崔氏所生，還是與甄后所生？如果是後者，兩個孩子先後夭折，就不難理解了。當為曹丕之所毒殺。曹丕為了繼承人之皇位，可以忍受讓妻之恥辱，但前妻與弟弟所生孽種，則是永遠揮之不去的恥辱。

曹植兩個女兒先後夭折，曹植非常悲痛，但在哀辭中卻對孩子的母親隻字不提，這顯然是不正常的，而曹植的妻子崔氏被賜死，曹植也同樣是未有隻言片語，同此，曹植的岳父以及伯岳父之死，以及對於岳丈家族中的任何情況，曹植的態度都保持了高度的一致，那就是緘默不語，不置一詞。可知，曹植和崔氏之間，毫無感情可言。這又從另一個側面，證明了曹植心中另有所屬，證明了李善注引《記》中所說的曹植對甄氏的早戀，乃是歷史的真實。

建安二十二年春，一場大的瘟疫奪取了七子中僅餘的五子生命，《魏志・王粲傳》：「二十二年春，道病卒。」徐幹、陳琳、應瑒、劉楨也同樣在二十二年卒。這場大的瘟疫，奪去了這麼多人的生命，可能使曹植、甄氏更為敏感地感受到生命的脆弱，生命的寶貴，從而使他們抉擇了對生命的珍重和情愛的珍重，從而做出了抉擇，退出在政治舞臺上的奔走追逐，而追求生命。

此時期，曹植感覺自己就像是樹上的蟬，被無形的網黏住，雖然在理智上時常有想要掙脫的願望，但越是掙扎，就越是反而黏得更緊，於是，就索性解脫了，放縱地盡情享受眼前的歡樂吧。其中《妾薄命》可以說是對這一段時間放縱生活的真實記錄，而《節遊賦》則可以視為曹植希望有所節制的代表作之一。

曹植《節遊賦》中，描述自己在鄴城的出遊：「覽宮宇之顯麗，實大人之攸居。建三臺於前處，飄飛陛以淩虛」，於是，曹植在「仲春之月，百卉叢生」的季節：

> 誦風人之所歎，遂駕言而出遊。步北園而馳騖，庶翱翔以解憂。
> 望洪池於滉漾，遂降集乎輕舟。沉浮蟻於金罍，行觴爵於好仇。
> 絲竹發而響厲，悲風激於中流。且容與以盡觀，聊永日而忘愁。
> 嗟羲和之奮策，怨曜靈之無光。念人生之不永，若春日之微霜。
> 諒遺名之可紀，信天命之無常。愈志蕩以淫遊，非經國之大綱。
> 罷曲宴而旋服，遂言歸乎舊房。

吟詠著《詩經·竹竿篇》的「駕言出遊，以寫我憂」，我也出遊解憂，緩步徐行在玄武北園，希望能縱情遊觀以消解憂愁。遠望玄武池廣闊無涯，我們在湖上蕩槳輕舟。斟滿美酒在金罍玉樽，舉起觴爵次第取飲於「好仇」。「好仇」，似乎難以翻譯，因為也有學者認為，此處之好仇，謂朋友。是否為朋友，還是一位女性，需要瞭解曹植總體的人生歷程才可知道。但若看到曹植此前《七啟》中的歌詩「望雲際兮有好仇，天路長兮往無由。佩蘭蕙兮為誰修？嬿婉絕兮我心愁」，即可知，此處之「好仇」，乃為曹植個人之隱私，乃為好的配偶的意思。

絲竹管絃彈奏的樂曲分外淒厲，像是悲風激蕩在江河中流。暫且優游舒緩地從容觀賞，聊且消磨時間忘記憂愁。感歎羲和日光之奮迅，怨悵黃昏時刻黯淡無光。感念人生的短暫，短暫就如春日的微霜。想來唯有遺名還被人紀念，天命真的是變化無常。想到此就愈加縱情遊樂（「志蕩」，放縱情感，《古詩》「蕩滌放情志」，也是此意），也深知這並非經國的大綱。想到此，停止了絃歌曲宴，悵然返回舊房。

《節遊賦》，當作於建安二十二年「仲春之月，百卉叢生」的季節，此前的冬春之際，王粲已經死於瘟疫，（王粲正月二十四死於道中）曹植作有《王仲宣誄》，徐幹、劉楨、應瑒、陳琳也此時病卒。瘟疫流行，人心惶惶，曹植帶著對天命無常、人生短暫的喟歎，以出遊的方式來消解煩憂，顯示出來與《妾薄命》等有所不同的另一側面。或者說，《妾薄命》中所描述的醉生夢死一般的歡樂，其中也潛在展示著《節遊賦》中內心深處的苦惱和憂愁。

其中「好仇」的使用，確實是一個很重的字眼，也是一個理解全文，乃至理解曹植生平的重要關鍵詞。有充分理由可以確認，這裡所說的好仇，指的就是甄氏。好仇的意思如同《爾雅·釋詁》所釋：「仇，相求之匹也。」

首先，「好仇」的意思不會如同有學者所理解的是朋友。從全文的氛圍來說，很難相信曹植是在和一位同性朋友飲酒，若是同性朋友，在以往的作品中，幾乎是沒有例外的在題目中就說明具體的人名。從曹集來看，凡是和朋友出遊，曹植的詩文題目，幾乎沒有例外，都寫明對方的名字，如《送應氏》《贈王粲》《贈徐幹》《離友》（題目無名，序中說及寫給夏侯威）《贈丁儀》《贈丁廙》等。此為其一。

在曹植所有詩文作品中，不論與哪位男性朋友的歡聚，曹植均未使用過「好仇」，以及類似「好仇」這樣的字眼來稱謂對方，唯有《七啟》中的一段發生在宮廷之中的求愛經歷，以及此文的《節遊賦》中出現，曹植用「嬿婉」一類中性偏軟的語彙來形容朋友兄弟之間的友誼，時或有之。「好仇」，「相求之匹也」的這個含義，用來指稱男性朋友，從未有之。此為其二。

曹植此處直接點明自己飲酒淫遊的對方是「好仇」，與曹植一生中的各種文獻所載，連同曹植自身所寫的譬如《妾薄命》中描述的淫遊無度、醉生夢死的人生經歷非常吻合，也與曹植自身經歷發展到建安二十二年所有的諸多方面的情況吻合，此為其三。

「好仇」，曹植也不可能將這個語彙使用到妻子身上，理由更多，茲舉其二：首先，好仇並非配偶，而是相求之匹，作為妻子，名實不符；其次，曹植一生，從未對妻子有過隻言片語，更不用說，有過與妻子淫遊的人生經歷。若是這樣的話，曹植的一生也就不會發生這麼多的悲劇故事。「好仇」，既非朋友，也非妻子，唯一的可能就是甄氏。曹植在自己的賦作中稱呼甄氏為好仇，兩者之間的關係顯然更為進展，同時，此文明確採用「節遊」作為題目，明確顯示了曹植在建安二十二年和甄氏之間的頻頻出遊。其實，曹植從本質上來說，是異常孤獨的，正如他在此前不久所寫的《閑居賦》所說：「何吾人之介特，去朋匹而無儔。出靡時以娛志，入無樂以銷憂。」（《曹集》130 頁）

曹植作為貴胄公子，兄弟或為競爭之對手，友朋或為政治之黨羽，因此，曹植感歎說，我這個人可能過於「介特」，過於個性，過於不合群。介特，《後漢書．馬融傳》章懷注：「謂孤介特立也」，因此，朋匹離我而去，並無真正的知音友朋。沒有朋友能經常伴隨我出遊娛志，也不能常常伴我娛樂解愁。

如果說，建安十六年，曹植參加曹丕為首的遊宴活動，二曹六子，共同度過了一段快樂時光，到了二十二年，不僅六子先後死亡，而且，與兄長曹丕的繼承人競爭，勢同水火，一般文人，或為功利而巴結曹植，如孔桂之流，或為避嫌，而遠離是非之地。因此，曹植內心的孤獨和苦悶是可想而知的。從這個角度來說，曹植在建安二十二年，這個難得的時機，父王兄長，連同子女都不在鄴城的情況下，與甄氏攜手出遊，乃至自我反省，寫作《節遊賦》，正在情理之中。

幾乎也就在這個時期前後，崔琰賜死，楊脩被殺，曹丕在二十二年十月，最終被確立為太子，曹丕兄弟之間的繼承人之爭，終於告一段落，以曹丕的勝利而告終，在情場上的爭奪，卻無疑是曹植獲得了勝利。但誰又能知道，這情場上的勝勢和官場上的失意，不是一種幕後的交易呢？曹植在建安二十二年左右，已經基本上從太子的競爭中退出，這一點，古人也已經看出，如劉克莊認為曹植之所以不被立為太子，是由於他「素無此念，深自斂退」，否則，「使其少加智巧，奪嫡猶反手爾。」〔註27〕說「素無此念」並不準確，否則何以解釋長時期以來的兄弟之間的繼承人之爭，但從建安後期的三四年左右的時間裏，曹植確實表現出了「深自斂退」的跡象。

這種深自斂退的跡象，表現在很多方面，其中一個最為明顯的例證，是曹植在留守鄴城期間，曾經夜闖司馬門。司馬門為宮之外門，每門有二司馬負責宮廷的警衛工作，因稱為司馬門。裴松之注引《魏武故事》載令，記載曹操在得到曹植私闖金馬門的消息之後，大怒，下令讓負責有關官員公車令坐死，並歎息說：「自臨淄侯植私出，開司馬門至金門，令吾異目視此兒矣。」〔註28〕「金門」，《辭源》解釋為：「金馬門的省稱」，「漢武帝得大宛馬，乃命東門京以銅鑄像，立馬於魯班門外，因稱金馬門……金馬門者，宦者署門也，門旁有銅馬，故謂之曰『金馬門』。」〔註29〕

曹植緣何夜闖司馬門而去金馬門？所去會見何人？這是千載之謎，不可破譯，但這至少是曹植的一個違背情理的事例。或說，曹植是飲酒大醉所致，並沒有什麼目的，但《魏武故事》所載的曹操詔令，分明說是「私出，開司馬門至金門」，並無醉酒的用詞，而且是去金門的有目的之行。曹操在建安二十二年十月，改變了近三年以來傾向改立曹植的決心，促使他下最後決心的，也許，正是曹植的私闖司馬門。

〔註27〕參見〔宋〕劉克莊撰，王秀梅校點，《後村詩話》，前集卷一，中華書局 1983 年版，第 2 頁。

〔註28〕〔晉〕陳壽撰〔宋〕裴松之注《三國志·魏書·曹植傳》，引《魏武故事》，中華書局 1982 年版，第 558 頁。

〔註29〕《辭源》，商務印書館 2001 年版，第 3157、3165 頁。

另，《魏志》記載，建安二十四年，「太祖以植為南中郎將，行征虜將軍，欲遣救仁，呼有所敕戒。植醉不能受命，於是悔而罷之。」〔註 30〕這次事件非常重大，可能是曹植最後的一次重新取得曹操信任的機會，裴松之注引《魏氏春秋》說：「植將行，太子飲焉，逼而醉之。王召植，植不能受王命，故王怒也。」這可能是真實的，但問題是，曹子建天才過人，不會看不出曹丕的用意，也應該能有智慧躲過這一劫難，為何在受此重大委託之際，仍然醉酒誤事呢？人在熱戀之中，往往會迷失自我，在曹植的潛意識裏，是否會有為了片刻的相守，世間的一切都可以放棄的念頭呢？不得而知。

〔註 30〕〔晉〕陳壽撰，〔宋〕裴松之注《三國志・魏書・曹植傳》，中華書局 1982 年版，第 558 頁。

第八章　建安二十四年：《行行重行行》與蘇李詩

第一節　概　說

曹植甄后兩者之間的戀情關係，真的是那種四海為之竭，乃敢與君絕那種永恆戀情麼？他們之間戀情的永恆發動機又是什麼呢？先不說甄后對曹植的感情，女人一旦墜入情網，終生不能自拔，這是情理之中的事情。從曹植方面來說，曹植的貴胄公子的地位，才高八斗的才華，什麼樣的女人得不到呢？真的是那第一次的回眸驚豔，竟然就成了終生的眷戀？特別是後來，當曹操死後，曹植萬念俱灰，加之對於兩者之間繼續發展的驚恐不安的前景展望，又是什麼樣的魔法、魔力，將已經在外游蕩了一年半之久的曹植，重新推到甄后的懷抱，從而走向了萬劫不復的深淵？

這已經不能簡單地用甄后的美麗來解釋了。外表的美麗，曹植不論身到何處，都不會缺少女人的陪伴，而如果單純是性的饑渴，曹植身邊的侍女都應該是願意承歡的。但這些想法僅僅是我們世俗之人的想法，作為當事人曹植來說，自然有他的審美追求和感情需求。異性之間的吸引，外表的美麗，這僅僅是一個基礎，是第一個層面的條件，外在的美麗之外，內在的修養、才華、聰慧，會成為吸引異性的第二個梯次的條件。但這兩個方面，都還僅僅是基礎性的條件，更為深層面的因素，或說是起著決定性因素的層面，是兩者之間的關係。

兩者之間的關係，又可以分為兩個層面，首先的層面，是精神方面的愛戀，有多深邃的愛戀，就有多深的思念、渴望甚或是饑渴，沒有精神方面的愛戀，即便是對方再美麗、再聰慧，都還沒有和某一個特定的異性發生關聯，因此，也就不會產生戀情。僅僅是精神層面的戀情，我們稱之為柏拉圖式的戀愛，那也不能稱之為完美的、完全的戀情。作為人來說，必定會由精神戀情，迸發為性愛的激情，從而完成靈與肉的合一、天人的合一。

精神戀情與性愛之間，兩者之間是密不可分，互為表裏，互為基礎，互相激發、互相作用的關係。精神戀情造就了兩者之間極端的思戀，思戀是兩者性愛燃燒的取之不盡，用之不竭的燃料，而兩者無可比擬的性愛經歷，會再次循環成為兩者之間永恆的、終生回味的、他人無可替代、無可複製的美妙回憶，會成為讓人為之生生死死、死死生生，生死罔顧的事情。所謂「問世間，情為何物？直教生死相許」，正是此意。

再看曹植甄后之間的戀情關係，甄后之美，天下所無，曹植在建安九年一見驚豔，終生沒齒難忘——甄后之美，乃為絕代之美，傾國之色。甄后的相貌，應該以曹植《洛神賦》的描寫最為準確：

> 翩若驚鴻，婉若遊龍。榮曜秋菊，華茂春松。髣髴兮若輕雲之蔽月，飄颻兮若流風之回雪。遠而望之，皎若太陽升朝霞；迫而察之，灼若芙蕖出淥波。穠纖得衷，修短合度。肩若削成，腰如約素。延頸秀項，皓質呈露。芳澤無加，鉛華弗御。雲髻峨峨，修眉聯娟。丹唇外朗，皓齒內鮮。明眸善睞，靨輔承權。瑰姿豔逸，儀靜體閑。柔情綽態，媚於語言。

她回眸一瞥，翩然而去，就像是驚鴻，凌波微步，婉轉就像是遊龍。她的身姿依稀彷彿，就像是美麗的月亮披上淡淡的雲紗，飄搖舞步，就像是流風中搖曳的回雪。遠遠望她，皎潔就像是一輪紅日噴薄欲出時候湧起的朝霞；近前看她，就像是碧波蕩漾的湖面上含苞欲放的芙蓉。她的身材不論是豔麗還是素淡，不論是修長還是纖細，都是那麼的天然合度；她的玉肩就像是削成般的美妙，自然生成的纖腰就像是經過精心的約束；她纖細的頸項，微微呈露著冰清玉潔的細膩皮膚，你會以為如此白皙無瑕的皮膚，不可能是天生麗質，但實際上卻是芳澤無加，鉛華弗御。她的雲髻高高巍巍，修眉細細，她的丹唇靚麗，皓齒潔白而細小；她的明眸就像是會說話，傾訴著無限的情思；她的臉頰微笑時候，露出兩個小小的酒窩，她的身姿閒逸而瑰麗，她的柔情似春波蕩漾，綽綽約約，不是語言，更勝千百種語言。

這是曹植在甄后被曹丕賜死，自己也經歷長達一年的待罪被釋放出來之後，神情恍惚，走到緱山一帶而寫的《洛神賦》中對洛神的摹寫，其中的原型，正是甄后本人。如果對比曹植筆下的洛神形象，和前代文人所寫的美女，譬如宋玉筆下《神女賦》中的神女，都截然不同。宋玉等人的美女，往往是形式化、工藝化的美女；而曹植筆下的美女，讀者能清晰感受到所摹寫的是鮮活的生命，有血有肉，靈動而富有情感。這不僅僅是有生活和無生活的不同，更是由於深入其中和游離在外的不同。意態由來畫不成，曹植刻畫出來了甄后的意態。是一種隱約朦朧之美，一種可遠觀而不可褻瀆之美。

曹植之所以能對這位比其年長將近十歲的女人保持著終生之戀，不僅僅是由於甄后的外形的美麗，更由於甄后其人豐富的內心世界和豐厚深邃的內美。她精通音樂、舞蹈，有廣泛的生活情趣和愛好，喜愛讀書，更喜愛寫作詩歌，實為漢魏時代唯一的五言女詩人，她用五言詩表達對曹植的愛，也用五言詩排遣曹植離她而去的漫長歲月，她的五言詩作，更為具有傳統士人所不具備的日常生活化的、口語化的特色，由於她本身精通音樂和擅長演唱的緣故，她的詩歌更為具有樂府詩的歌唱特質。作為偉大詩人的曹植，當然懂得這些詩作的深刻含義和委婉曲折的心境表達，從而由外形之美的追求，轉向了更為深層的精神愛戀，使這種戀情成為忠誠不渝的、唯一的、永恆的愛情。此是後話。

第二節　「洞房結阿閣」的蜜月與「行行重行行」的別離

從建安十七年之後發生戀情的突破，兩人之間一直處於隱秘狀態，只能利用各種機會隱秘約會，這種高壓之下的戀情，這種思念而不可得到的戀情，更加激發了兩人之間的戀情心理。一旦得到幸福的機會，則其歡樂，是難以陳述的，是「恐栗若探湯」與夜夜重複著、創新著的性愛，是「樂莫斯夜樂，沒齒焉可忘」，為難向他人道者焉！

有了這樣的辨析，再看以後兩人之間的詩作往返，兩人之間為戀情苦難的殉情，就都有了一定的邏輯依據。那麼，兩者之間是在何處舉辦的隱秘婚禮？正是在屬於銅雀臺建築一部分的阿閣，也就是所謂「西北有高樓」的地方。

曹植甄后在阿閣蘭室私密舉辦婚禮，相互調笑，度過了一段幸福的時光。大約八十年後，西晉的陸機有幸閱讀到曹魏政權的宮廷檔案，寫出了「洞房結阿閣」的詩句，揭櫫了這一歷史事實。署名張衡名下的《同聲歌》：

邂逅承際會，得充君後房。情好新交接，恐栗若探湯。
不才勉自竭，賤妾職所當。綢繆主中饋，奉禮助蒸嘗。
思為苑蒻席，在下蔽匡床。願為羅衾幬，在上衛風霜。
灑掃清枕席，鞮芬以狄香。重戶結金扃，高下華鐙光。
衣解巾粉御，列圖陳枕張。素女為我師，儀態盈萬方。
眾夫所希見，天老教軒皇。樂莫斯夜樂，沒齒焉可忘。

《同聲歌》最早見於《玉臺新詠》卷一，唐代吳兢《樂府古題要解》云：「《同聲歌》，漢張衡所作也。蓋以當時士君子事君之心焉。」〔註1〕認為此詩乃張衡利用興寄手法，表達臣子侍奉君王之心。北宋郭茂倩《樂府詩集》收此詩於〈雜曲歌辭〉中，承繼吳兢說法，在《樂府解題》中提到：思為莞簟，在下以蔽匡床；衾裯，在上以護霜露。繾綣枕席，沒齒不忘焉。以喻臣子之事君也。〔註2〕

這些解釋，陳腐不堪，毫無根據。作為兩漢時代儒家經術牢籠統治下的文人，寫出如此不堪的男女交歡內容的文字，是毫無可能的。更不用說，張衡時代的五言詩，不僅僅遠遠還沒有達到這樣嫺熟的水平，而且是還沒有產生五言詩體形式。後來說詩者，無奈以君臣比興來闡發，更是不能說通。哪個帝王見到這樣的比興，肯定會龍顏大怒。

「邂逅承際會，得充君後房」，是說，命運給予我今生和你邂逅相識，又幸運地得到了您的垂愛，現在終於成為你的愛妻。開篇首句，就可以看出，此詩的視角是女性視角，詩作者是女性詩人，甄后是漢魏之際唯一的女性詩人，這是古人都已經認識到的。「情好新交接，恐栗若探湯」，我們之間兩情相悅，互相渴慕很久，現在，當我們實現了靈與肉的合一，我顫慄在你的胸懷，我們的身體都像火一樣燃燒，感受著你進入到我的身體，激起了滾燙的熱浪。

以上數句為第一個層次，概略寫出兩者結為連理，「情好新交接」的激動心情，和電閃雷鳴一般的性體驗。其中「情好新交接」，五個字意味深長，「情好」說明兩者之間的關係，是在婚禮儀式之前就深愛的，所以才會有「恐

〔註1〕〔唐〕吳兢《樂府古題要解》，臺北藝文出版社，1966年，66頁。
〔註2〕〔宋〕郭茂倩《樂府詩集》，臺北里仁書局，1983年，1075頁。

栗若探湯」的非同一般的性愛激情和性愛高潮。「恐栗若探湯」五個字，寫得驚心動魄，因為，這是特殊男女交合高潮情況的性描寫，非有此類人生經驗者無從得之，非有兩性高度契合者不可得之，非有自由解放之精神者不敢寫之，非有曹植甄后五言詩藝術水準者不能寫之。李後主後來有「一晌偎人顫」，當從此出。

以下幾句為第二個層次：「不才勉自竭，賤妾職所當。綢繆主中饋，奉禮助蒸嘗。思為苑蒻席，在下蔽匡床。願為羅衾幬，在上衛風霜。灑掃清枕席，鞮芬以狄香。重戶結金扃，高下華鐙光。」是說：不才勉力自竭，竭盡全力來逢迎您的歡愛，這是賤妾的天職所在。我要未雨綢繆，主持家中的饋食祭祀，嚴格尊奉禮節主持秋祭和冬祭。我願意成為你溫暖的袵席，鋪墊在你的睡床，我願為錦繡羅綢，蓋在你的身上，抵禦那嚴冬風霜。我願每天灑掃庭除，清理枕席，點燃美妙的薰香。在一切精心準備之後，夜幕終於降臨，我把重重大門關閉，落上金子製作的門扃，屋裏上下點起裝飾美麗的燈光。

這個層次，是說自己和愛戀者不僅僅是兩性之歡愛，更要全面擔當起所充後房的職責。其中「主中饋」「奉禮助蒸嘗」「羅衾幬」「鞮芬以狄香」「重戶結金扃」「高下華鐙光」，皆為鐘鳴鼎食人家語，此詩作者如果沒有經過這風花雪月的人生經歷，斷難寫出如此場面，如此氣派，如此生活場景。其中特別是「重戶結金扃，高下華鐙光」，更是非一般貴族家族所擁有，非張衡之類士人家族所能享有，必定是宮廷所獨有專擅。

第三個層次：「衣解巾粉御，列圖陳枕張。素女為我師，儀態盈萬方。眾夫所希見，天老教軒皇。樂莫斯夜樂，沒齒焉可忘。」是說：終於等來了美妙的夜晚，我解衣卸妝，鋪好枕頭，掛好香帳，陳列好素女、天老、黃帝有關房中術的圖像。我要像是素女那樣，儀態萬方，這是人世間男人所未見過的美豔，我們一起來按照天老教給軒皇的樣式，激情四射，血脈僨張，鏖戰竟夜，令人沒齒難忘。

以上的翻譯，頗有一點色情文學的意思，似乎與本書的一切從史料出發的學術性質不相吻合。但本書所研究的對象，本身是在情愛中的情侶。情愛，不僅僅是情感範疇，更包括兩性關係。後者不僅僅是不能迴避的，而且，是兩者之戀情故事進展不可或缺的情節或說是鏈條。此詩的寫作背景，應該是曹植在建安二十四年歲末，離開鄴城，前往洛陽方向去見父王曹操。臨行之前，兩人之間可能私密地舉辦了非正式的婚禮——類似當代所說的訂婚典禮。說兩人之間可能是悄悄舉辦了非正式婚禮，其理由主要有：

首先，作為交換條件，曹植讓出了繼承人的地位，理應得到與甄氏同居的權利和名分，哪怕僅僅是三四人之間秘密承認的名分；其次，從以後兩者之間的書信往返來看，稱呼已經從此前的游女、游子，而更改為夫妻之間的稱謂，如「良人」等；其三，兩者之間雖然以夫婦關係稱呼，但從女性視角方面來說，仍然在不斷訴說著她夢見迎娶她的「軒車」，這種情況唯一的可能，就是兩者之間秘密的婚禮，屬於一種非正式的契約，正式婚禮則需要等候合適的時機來獲得父母和家族的認可和祝福。

更為直接的證據，就是曹植的《洛神賦》，該賦原名為《感甄賦》，後來人因為不相信、不敢相信、不願相信曹植的這段戀情，因此，同時否認史書的這一記載。由於後人觀念問題就否定古代的明確記載，這是不是曲解歷史？我們一直索要直接的證據，而這麼多的直接證據出現，我們卻因為觀念問題而加以否定。

《洛神賦》中明確而詳細地記載了曹植追求甄后曲折而複雜的過程，不是實有其事，斷難寫作出如此具體曲折、細緻而微，如此詳備而生動的作品。而曹植如此明目張膽地寫出來，是有目的的，那就是向天下人告示，曹植和甄氏之間的戀情是正當的，沒有什麼見不得人的，雙方都是以巨大的代價換來的幸福。既然如此，兩者之間的有婚姻關係，就是在情理之中的。

丘遲《答徐侍中為人贈婦》：「丈夫吐然諾，受命本遺家。糟糠且棄置，蓬首亂如麻。……謁帝時來下（曹植《贈白馬王彪》：『謁帝承明廬』），光景不可奢。幽房一洞啟，二八盡芳華。……俱看依井蝶，共取落簷花。」（《玉臺新詠》148 頁）詩中的這一新婚情景，可以作為此詩背景之摹寫。

十九首中《行行重行行》，此前筆者一直將其視為曹植第一次入京請罪臨別之際的作品，其作者誤以為是曹植，在本書稿即將付梓出版之際，有幸閱讀到柳如是的《擬古詩十九首》，其中此一首柳如是認為寫作於曹植離別鄴城之際甄后所作，柳說為是，茲改正在此一個系列之中：

行行重行行，與君生別離。相去萬餘里，各在天一涯。
道路阻且長，會面安可知。胡馬依北風，越鳥巢南枝。
相去日已遠，衣帶日已緩。浮雲蔽白日，游子不顧反。
思君令人老，歲月忽已晚。棄捐勿複道，努力加餐飯。

柳如是《擬行行重行行》：「浩歌發淥水，媚風激青帷。宿昔承眄睞，志意共綺靡。豈期有離別，送君春水湄。芳素長自守，遠邁竟何之。桐花最哀怨，碧柰空參差。思君漳臺北，臺流吹易長。燦爛雲中錦，上著雙鴛鴦。黃鵠飛已去，鯉魚何時將？」起首幾句，似乎並非明確採用曹植甄后戀情故事或其中典故，但卻是曹、甄二人於建安二十四年歲末離別的總體概括。大意是說：我一路為你送行，一路詩思泉湧，不絕如縷，送你送到了南山腳下，送你送到了淇水之陽，我的身體裏，還在蕩漾著、感受著我們在臨時搭建的青帷帳中的恩愛。忍不住回憶我們相互愛戀的歷程，承蒙你對我眄睞凝眸，我們共同堅守著愛的誓言。往昔始愛之際，從未想到我們還會有遠路別離，總以為就這樣地老天荒，愛到生命的終結，哪裏會想到，會想到今天，我送君一直送到春水之湄呢？

對柳如是全詩的分析篇幅甚長，可以參見後文的專論。

第三節　《陟彼南山隅》：淇水河畔的依依惜別

建安二十四年歲末，曹植和甄后依依惜別，去看望病重的父親曹操。目的地先是江漢一帶的摩陂，隨著曹操病重，返回洛陽，曹植趕赴洛陽。

陸機在元康八年遊秘閣，而見魏武帝遺令，作《弔魏武帝文》一首，引武帝《遺令》：「持姬女而指季豹以示四子曰：『以累汝！』……今以愛子託人。」《文選》卷六十該句下李善注引《魏略》曰：「四子，即文帝已下四王也。太祖崩，文帝受禪，封母弟彰為中牟王，植為雍丘王，庶弟彪為白馬王，又封支弟豹為侯。然太祖子在者尚有十一人，今唯四子者，蓋太祖崩時，四子在側。」〔註3〕「太祖崩時，四子在側」，其中包括曹植在場，可以證明曹植在建安二十五年正月已在洛陽，則前一個月的時間，即二十四年的十二月，離開鄴城，大抵不錯。

曹操正月在洛陽，曹植是聞父王有疾從鄴城趕過來的，還是跟隨曹操至洛，史無記載。但舊傳為蘇武李陵之作的所謂「蘇李詩」，則提供了證據，所謂以詩證史，也是一個途徑。

《蘇李詩》首見於《文選》，題名李少卿《與蘇武詩三首》，分別為「良時不再至」「嘉會難再遇」「攜手上河梁」，題名蘇子卿《詩四首》，分別為「骨肉

〔註3〕〔南朝梁〕蕭統編〔唐〕李善注《文選》卷六十，中華書局1977年版，第833頁。

緣枝葉」「黃鵠一遠別」「結髮為夫妻」「燭燭晨明月」〔註4〕。《古文苑》卷八，題名李陵《錄別詩》，計有：「有鳥西南飛」「爍爍三星列」「寂寂君子坐」「晨風鳴北林」「陟彼南山隅」「鍾子歌南音」六首，「鳳凰鳴高崗」及「紅塵蔽天地」殘句闕詩兩首，題名蘇武《答詩》一首「童童孤生柳」，題為《別李陵》「雙鳧俱北飛」一首。共計十首。〔註5〕

明人馮惟訥編撰《古詩紀》，卷二十，總題《擬蘇李詩十首》，其中《李陵錄別詩八首》，「有鳥西南飛」等八首，題為《蘇武答詩二首》，「童童孤生柳」「雙鳧俱北飛」〔註6〕。這意味著馮惟訥認為：《文選》所編蘇李詩七首為真，《古文苑》所錄蘇李詩為後人偽託。逯欽立總集有《李陵錄別詩二十一首》其中增補有從《文選》《書鈔》中搜集出來的斷章四首等，參見逯欽立 336～342 頁。〔註7〕

關於蘇李詩，自東坡質疑之後，後人已經鮮有信之者。此前學者之研究，馬雍的《蘇李詩制作時代考》最為接近歷史的真實，該作檢測所謂蘇李詩的詞彙用法共計 60 條，「爰將蘇李詩與自漢迄晉諸作比之，求通用之字，常遣之詞，皆作之句，同有之境。」得出結論為：「由此推知，蘇李詩當成於公元 240 年左右，為曹魏後期作品。」〔註8〕與筆者研究之公元 220 年左右的作品，相差不過 20 年而已。

《蘇李詩》之一《陟彼南山隅》：

陟彼南山隅，送子淇水陽；爾行西南遊，我獨東北翔。
轅馬顧悲鳴，五步一彷徨；雙鳧相背飛，相遠日已長。
遠望雲中路，想見來圭璋。萬里遙相思，何益心獨傷。
隨時愛景曜，願言莫相忘。〔註9〕

我在研究此詩之前，曾經默想，記得此詩中涉及一些地理位置，這是一個很好的線索，地理位置不會騙人，如果地理位置吻合，則蘇李詩當為曹叡刪除

〔註4〕蕭統撰，李善等注，《增補六臣注文選》，華正書局 1977 年版，第 540～542 頁。
〔註5〕《古文苑》，王雲五主編《萬有文庫》，章樵注，商務印書館，1937 年版，第 187～191 頁。
〔註6〕馮惟訥《古詩紀》，卷二十，臺灣商務印書館，景印文淵閣四庫全書，第 159～160 頁。
〔註7〕逯欽立輯校《先秦漢魏晉南北朝詩》上，中華書局 1983 年版，第 336～342 頁。
〔註8〕參見馬雍：《蘇李詩制作時代考》，商務印書館，1944，第 21～69 頁。
〔註9〕《古文苑》，王雲五主編《萬有文庫》，章樵注，商務印書館，1937 年版，第 189 頁。

曹植甄后詩作的一部分，如果相反，不能吻合，則蘇李詩與曹植甄后無關。哪想到，開卷有益，開篇就是淇水，正流經鄴城安陽之間。

淇水：此詩開篇兩句「陟彼南山隅，送子淇水陽」，涉及兩個地點：「南山」和「淇水」，是送行離別主題。「送子淇水陽」，則首先要考察淇水之地：「淇水，源出山西陵川縣，本東南流於今河南汲縣東北淇門鎮南入黃河。東漢建安末曹操於淇口築堰，堨其水東流入白溝（今衛河），此後遂成為衛河支流。」〔註10〕

再看《水經注》記載：淇水「出沮洳山」，「自元甫城東南逕朝歌縣北」（元甫城在今河南淇縣），「水有二源，一水出朝歌城西北，東南流。」「漢建安九年，魏武王於水口，下大枋木以成堰，遏淇水東入白溝，以通漕運，故時人號其處為枋頭。」〔註11〕可知前文《中國歷史地名辭典》所引東漢建安末曹操云云，時間當準確為建安九年所建工程，同時可知，朝歌城北，為淇水流經之地，這裡就應該是詩中所說的「送子淇水陽」。

「南山」：此詩開篇「陟彼南山隅」，說是送行者登上，或說是被送行者登上南山的腳下：《水經注》（卷九）於《清水》引應劭《地理風俗記》說：「河內、殷國也，周名之為南陽。」又引馬季長說：「朝歌以南至軹為南陽。」……南陽，實由南山之陽而得名。……《易林．大有之乾》說：「南山大行」，可知在東漢時，還知道南山就是太行山。南山之陽在周時為衛國。〔註12〕

可知，所謂南山、淇水，原本一地也。結合具體而言，兩者應該送行到朝歌——淇水之陽。如果我們將此詩（《蘇李詩》之一《陟彼南山隅》）解釋為：建安二十四年歲末，曹植離別鄴城去拜見其父曹操，甄后送行所作，正能吻合。

《讀史方輿紀要》卷四十九《河南四》淇陽城《志》云：「在縣南三十里。隋初置淇陽縣，屬相州。大業初，併入林慮縣。」《隋書》卷三十《志第二十五》：安陽（周大象初，置相州及魏郡，因改名鄴，開皇初郡廢，十年復，名安陽，分置相縣，鄴還復舊。大業初廢相入焉，置魏郡有韓陵山。）鄴（東魏都。後周平齊，置相州。大象初縣隨州徙安陽，改為靈芝縣。開皇十年又改焉。）臨漳（東魏置。）……林慮（後魏置林慮郡，後齊郡廢，後又置。

〔註10〕復旦大學歷史地理研究所編《中國歷史地名辭典》，江西教育出版社，1986年版，第822頁。

〔註11〕酈道元《水經注》，世界書局印行，1974年版，第124頁。

〔註12〕李辰冬《詩經研究》，水牛出版社，1990年，第17頁。

開皇初郡廢，又分置淇陽縣。十六年置岩州。大業初州廢，又廢淇陽入焉。有林慮〈谷共〉、仙人臺、洹水。）臨淇（東魏置，尋廢，開皇十六年復。有淇水。）

以上對「淇水陽」「南山隅」做了地理和歷史綜合的考辨。一切都表明，這首詩寫的「送子淇水陽」，與其他古詩涉及的「北指邯鄲路」等，都是以邯鄲、鄴城、安陽為中心所發生的故事，其中以鄴城為中心，安陽僅僅是作詩者「送子」送到淇水陽，邯鄲則是作詩者返回鄴城的旅途，「北指邯鄲路」，邯鄲在鄴城北面不足百里。參見後文。而南山，有可能是安陽南側的南嶺：曹操高陵位於安陽西高穴村，西依太行，北臨漳河，南依南嶺，向東 14 公里為鄴城遺址。

甄后送行曹植自北面的鄴城出發，「送子淇水陽」，一直送到淇水之陽，說明送行之遠。或說，曹植甄后的叔嫂關係，兩人何以能大膽到彼此送行如此之遠？曹丕甄后之間已經於建安十八年私下休妻離異，曹操並不知情，但曹操此時身在洛陽或是南方戰場征討孫權；曹丕雖身在鄴城，但甄后此時已經被休妻，曹操此前建立的漕運，正為兩者的送行提供水陸交通的便捷。

詩中所寫送行者和被送行者之間的方位，是東北和西南的方位：「爾行西南遊，我獨東北翔。」曹植欲赴洛陽，甄后從鄴城送行至淇水之陽，鄴城與洛陽之間的方位，正為東北和西南方向。此句說，你將要往西南方向而去，而我獨自向東北方向返回。「東北翔」，不僅明確指明兩者之間送行分手之後的方位，同時，確認了前文所析兩者常用「雙黃鵠」自比的暗碼。

「轅馬顧悲鳴，五步一彷徨；雙鳧相背飛，相遠日已長」，寫的是兩者之間離別之後的悲傷。「轅馬顧悲鳴，五步一彷徨」，極寫兩者之間不捨分離，而又不得不分離的情狀，令人千載之下，不忍卒讀。可與《孔雀東南飛》中的兩人分別之「舉手長勞勞，二情同依依」相互對照；「雙鳧相背飛，相遠日已長」，雙鳧，乃為雙黃鵠的別樣說法。「雙鳧相背飛」，正指明兩者在淇水之陽不得不慘痛分手的實況。

「遠望雲中路，想見來圭璋」，圭璋：古禮制，諸侯朝王執圭，朝後執璋。古為瑞信之器。又，《禮記．聘義》：「珪璋特達，德也」，疏：「行聘之時，唯執圭璋，特得通達，不加餘幣。」圭璋的用途很多，此處似應專指「行聘之時，唯執圭璋」之義，意思是遙遙遠望雲中之路，想像著你唯執圭璋，對我正式行聘。

結尾四句：「萬里遙相思，何益心獨傷。隨時愛景曜，願言莫相忘。」是說：自己如此之萬里遙思，傷心無益，不如我們珍惜當下，相互說說永不相忘的話題：「隨時愛景曜，願言莫相忘。」

以此可以大致推論，蘇李詩應始作於建安二十四年十二月，終結於黃初元年歲末，其中具有雙重之政治背景和情愛背景。其政治背景，主要是曹操臨終前後所帶來的政治變局，由此帶來曹植甄后之間關係的巨變。此一首寫作於曹操死前的送別之作，情意綿綿；而寫作於翌年秋季之後的詩作，則透露出兩人之間的關係，出現了裂痕。

南朝吳均《梅花落》：「終冬十二月，寒風西北吹。獨有梅花落，飄蕩不依枝。流連逐霜彩，散漫下冰澌。何當與春日，共映芙蓉池。」（《玉臺》217 頁）前數句描寫正是此詩景況，結句落實在「何當與春日，共映芙蓉池」，芙蓉池不僅曹丕有《芙蓉池作一首》，洛陽宮城圖中也有此名。芙蓉池在鄴城西園之中，側證之。

第四節　執手野踟躕：曹操病危與曹植遠行

臨別際，曹植是否有五言詩作贈別？西晉李充寫有一首《嘲友人》，雖非曹植之作，但卻寫出了曹植的心情：

> 同好齊歡愛，纏綿一何深。子既識我情，我亦知子心。
> 燕婉歷年歲，和樂如瑟琴。良辰不我俱，中闊似商參。
> 爾隔北山陽，我分南川陰。嘉會罔克從，積思安可任。
> 目想妍麗姿，耳存清媚音。修晝與永念，遙夜獨悲吟。
> 逝將尋行役，言別涕沾襟。願爾降玉趾，一顧重千金。（《玉臺》93 頁）

此詩口吻，極似曹植在離別甄后之際的口吻，詩中說：我們同聲相應，同氣相求，歡愛纏綿已經歷時一年，和樂和諧如同琴瑟。可惜良辰美景將不與我同在，我們即將遠別將不能相會，就似商參兩個星座。從此，你將會在北山之陽，我會在南川之陰，嘉會將難以實現，久別的思念又怎能忍受承重？眼前想像著你的美麗容姿，耳中留存著您的清美聲音。此後，漫長的白日將會是長久的思念，離別的夜晚我會獨自悲吟。很快，我就要行役遠方，臨別之際，不覺涕泗沾襟。希望你能降玉趾送我同行，這可謂是一顧重於千斤呢？曹植詩：「一顧千金重，何必珠玉賤。」（曹植此詩出於何處不明，見於《玉臺》注釋。）

《晉書》，李充字弘度，曾任大著作郎。此詩如此吻合於曹植此刻離別甄后的口吻，令人不得不想像，是李充模擬曹植故事而作，還是曹植詩作散落於外呢？就題目而言，全詩主題完全看不出與「嘲友人」有何關係。

總體來說，曹植似乎情緒不高，幾乎都是甄后作詩。《良時不再至》：

> 良時不再至，離別在須臾。屏營衢路側，執手野踟躕。
>
> 仰視浮雲馳，奄忽互相逾。風波一失所，各在天一隅。
>
> 長當從此別，且復立斯須。欲因晨風發，送子以賤軀。

此詩《文選》題名李少卿，為《與蘇武詩三首》其一。前六句，極寫兩者之間生離死別的依戀：「良時不再至，離別在須臾」，看似平淡的話語，卻是多少心頭的苦痛凝練而出。曹植自從建安十九年之後，到曹操去世之前，就再也沒有離開甄后所在的鄴城：曹植少年時代生活在鄄城，建安九年八月，曹操攻克鄴城之後，一直生活在鄴城。

翌年，曹植十四歲，第一次隨父出征袁譚，曹植《求自試表》:「臣昔從先武皇帝……東臨滄海」,《三國志集解》卷一九引林暢園:「『東臨滄海』，疑破袁譚，在建安十年也」，可從。第二次，為建安十二年五月，曹操北征三郡烏桓，曹植十六歲從征，曹植《求自試表》:「北出玄塞」,《三國志集解》卷一九引趙一清:「玄塞，盧龍之塞也」，可從。但此兩次或為一次，皆為第二次，還需考辨，姑從《三曹年譜》第三次，曹丕《感離賦》記載:「建安十六年，上西征，余居守，老母諸弟皆從。」曹植從征，有作《離思賦》。第四次，建安十七年十月隨父出征孫權，十八年春，隨父兄至譙。《初學記》卷九載曹丕《臨渦賦》:「上建安十八年至譙，余兄弟從上拜墳墓」，朱緒曾《曹集考異》卷四注《臨渦賦》題曰:「《穆修參軍集·過渦河詩》自注:『昔曹子建臨渦作賦，書於橋上。』」〔註13〕《藝文類聚》卷三十，載曹植《歸思賦》:「背故鄉而遷徂，將遙憩乎北濱。經平常之舊居，感荒壞而莫振」，四月隨曹操還鄴。

建安十九年之後，則只見曹丕隨征而曹植留鄴的記載，分別是建安十九年七月，曹操征孫權，曹植留鄴，這次時間較短，曹操十月自合肥還。建安二十年，曹丕在孟津，有《孟津》詩，二十一年十月，曹操征孫權，曹丕從征，曹植留守，至翌年三月曹操引軍還。此後，一直到建安二十五年正月，曹操死於

〔註13〕〔清〕朱緒曾《曹集考異》卷四，《續修四庫全書》集部，上海古籍出版社 2002 年版，第 463 頁。

洛陽之前，都沒有見到曹植離開過鄴城的記載。

從建安十八年四月，曹植跟隨曹操大軍南征孫權返回鄴城，兩人之間的戀情經歷將近十年的漫長歷程，甄后終於接納了曹植的追求，在建安十九年得到了曹丕的一紙休書，至此離別，正好是五年的幸福時光，此一次離別，雖然兩人行前計算的時間，是三個月時間足可以返回，但是，天有不測風雲，人有旦夕禍福，誰又能知道呢？對於經歷五年幸福生活的甄氏而言，離別一日也是痛苦的，更何況，此一別，山高水遠，禍福難測，心緒茫茫，如亂麻一般，但表達出來，卻是如此的平靜：「良時不再至，離別在須臾」。

「屏營衢路側，執手野踟躕」，「屏營」，《國語．吳語》：「王親獨行，屏營仿偟於山林之中。」漢魏時期用得不多，為曹植、甄后所習用，曹植《感婚賦》：「顧有懷兮妖嬈，用搔首兮屏營。」意指彷徨、踟躕，署名蔡文姬《悲憤詩》（應為甄后之作）：「不能寢兮起屏營」等中反覆使用，也是兩者之間熟悉的語碼。

「屏營衢路側，執手野踟躕」，為後來的讀者提供了兩者之間離別的場景和畫面：就在衢路之側，兩人執手相別，就在那荒野的路邊。這是何等淒涼的畫面。甄后想要拉住那一雙溫暖的熟悉的手，此一生一世永不放鬆，但現在卻不得不鬆手，揮淚而別。

「風波一失所，各在天一隅」，曹植於建安二十四年歲末，趕赴洛陽。當為曹操已經病篤，預感不久於世，急招曹植、曹彰兄弟來見。正吻合於這一背景。一旦風波驚天動地而來，骨肉兄弟、恩愛夫妻，就都要流離失所，各在天涯海角。這應該說是非常精準的預言，後來，不幸一語成讖。「長當從此別，且復立斯須」，兩人不得不分手，但希冀能再多停留片刻時光——哪怕是讓時光再停留幾分鐘、幾秒鐘。「斯須」，意思為片刻，一會兒。《荀子．非相》「斯須之言而足聽。」

「欲因晨風發，送子以賤軀」，「晨風」，《東城高且長》中有：「晨風懷苦心，蟋蟀傷局促」，「晨風」和「蟋蟀」是兩個語碼，「晨風」是一種鷂鷹類的猛禽，出於《秦風．晨風》的「鴥彼晨風，鬱彼北林。未見君子，憂心欽欽」。《毛詩．序》說這是秦國人諷刺秦康公不能繼承秦穆公的事業、不能任用賢臣的一首詩。葉嘉瑩先生所說：「在中國古詩中有一件事情是很奇妙的，那就是有一些語言的符號能夠引起你向某一個固定方向的聯想，西方語言學的符號學把這種符號叫作『語碼（code）』」。「晨風」在十九首等古詩中，多為暗指曹操的一個語碼，故此處說，「欲因晨風發，送子與賤軀」，點明此次送行遠別的原因，是因為曹植探視父親曹操，子為曹植，賤軀，為女性自稱，指的是送行者甄氏自己。

《黃鵠一遠別》：

黃鵠一遠別，千里顧徘徊。胡馬失其群，思心常依依。
何況雙飛龍，羽翼臨當乖。幸有絃歌曲，可以喻中懷。
請為游子吟，泠泠一何悲。絲竹厲清聲，慷慨有餘哀。
長歌正激烈，中心愴以摧。欲展清商曲，念子不得歸。
俯仰內傷心，淚下不可揮。願為雙黃鵠，送子俱遠飛。

此詩《文選》題為《詩四首》，署名亦為蘇子卿。前六句「黃鵠一遠別，千里顧徘徊。胡馬失其群，思心常依依。何況雙飛龍，羽翼臨當乖」，主要寫甄氏對曹植走後面臨困境的憂慮：「黃鵠一遠別，千里顧徘徊」，此處以黃鵠比喻遠行者曹植，「千里顧徘徊」，成為後來《孔雀東南飛》「孔雀東南飛，十里一徘徊」的原型句式源頭之一；「胡馬」「越鳥」分別為曹植甄后兩人不同的代稱，此處說，曹植此一去，如同失群胡馬，本已令她擔憂不已、思心依依，更何況，曹丕曹植兄弟，皆曾為曹操屬意的繼承人，現在卻面臨最後的決戰，如同雙飛兩龍，正面臨羽翼乖離。

怎樣解釋雙龍？李善注曰：「雙龍，喻己及朋友」，又有何人會稱頌自己和朋友為雙龍？正是甄氏以「雙龍」代稱曹丕兄弟，意在說明自己的擔憂。曹丕、曹植均為帝王繼承人，稱之為「雙龍」豈為過？還有怎樣的稱謂更為吻合於此一背景？況且，曹操病危，兩兄弟之間面臨最後的抉擇，誰來繼承大統？很有可能發生乖離分裂的悲劇，此不是正吻合於詩中所說的「何況雙飛龍，羽翼臨當乖」？除此背景之外，古今又有哪種說法能如此吻合，如此貼切，嚴絲合縫呢？

以下十二句：「幸有絃歌曲，可以喻中懷。請為游子吟，泠泠一何悲。絲竹厲清聲，慷慨有餘哀。長歌正激烈，中心愴以摧。欲展清商曲，念子不得歸。俯仰內傷心，淚下不可揮」，為第二個層次。是說：幸有絃歌曲，可以寄託情懷，寬慰彼此心中的憂慮。「慷慨有餘哀」，直接借用《西北有高樓》和曹植《七哀詩》中的「悲歎有餘哀」詩句。

甄后為送別曹植所彈奏的絲竹清聲，乃為清商樂：「欲展清商曲，念子不得歸」，清商樂以悲越慷慨為美，「長歌正激烈，中心愴以摧」，「摧」字、「揮」

字皆下得沉重，非有真切經歷者，道不出也。

結尾兩句「願為雙黃鵠，送子俱遠飛」，為第三層次，呼應起首的「黃鵠一遠別」句意，說自己多麼渴望與子同行，雙雙遠飛。戛然而止，餘音嫋嫋，意在言外。

第五節　寒冬十二月，晨起踐嚴霜：離別時刻的準確記錄

《結髮為夫妻》：

> 結髮為夫妻，恩愛兩不疑。歡娛在今夕，嬿婉及良時。
> 征夫懷往路，起視夜何其。參辰皆已沒，去去從此辭。
> 行役在戰場，相見未有期。握手一長歎，淚為生別滋。
> 努力愛春華，莫忘歡樂時。生當復來歸，死當長相思。

此詩《文選》題為《詩四首》之三，署名亦為蘇子卿。此詩接續前數首，書寫臨別之最後一夜無眠：「結髮為夫妻，恩愛兩不疑。歡娛在今夕，嬿婉及良時。征夫懷往路，起視夜何其。參辰皆已沒，去去從此辭」，首先說明自己和被送行者之間關係的正當性：「結髮為夫妻，恩愛兩不疑」。

曹丕為了換取曹植本已獲得的繼承人地位，休書甄氏，甄氏在建安十九年之際，已經與曹丕分手，再據此句及其他佐證，則兩人已經私結連理。故有「歡娛在今夕，嬿婉及良時」之描寫。「征夫」，與前面「行人」同，既已說是「結髮為夫妻，恩愛兩不疑」，自然改用「征夫」而不用「行人」。參辰已沒，天色將曉，「去去從此辭」。

「恩愛兩不疑」，意味深長，它側面正說明，此前，兩人之間確實發生過懷疑，開始階段主要是甄后的躊躇、彷徨、疑慮，隨後是曹植的疑慮，這一點，在曹植的《蟬賦》等作品之中已經清晰透露出來，主要是對自己選擇戀情人生，選擇甄氏的危險性感到不寒而慄。但不論怎樣說，兩人經過如此漫長歲的積澱，最終彼此獲得全身心的愛戀。現在，終於恩愛兩不疑了，得之不易呀！其實，甄氏如此說，也是一種掩耳盜鈴的表現，兩者之間的疑慮，在此離別之際，顯得更為壓抑、緊迫，都知道前程渺茫，凶多吉少，只不過，強作笑顏，互相安慰而已。

「行役在戰場，相見未有期」以下，為第二個層次，是遙想征夫遠別之後

的場景心境。史載曹操於建安二十四年，「冬十月，軍還洛陽。……王自洛陽南征羽」「二十五年正月，至洛陽。」〔註 14〕可知，二十四年歲末十二月，曹植離開鄴城時候，曹操還在征戰之中，故曰「行役在戰場」。具體而言，此時的曹操的大軍正在摩陂與關羽對峙。《武帝紀》建安二十四年十月：「王自洛陽南征羽，未至，（徐）晃攻羽，破之，羽走，仁圍解。王軍摩陂。」摩陂在今河南南部，在河南郟縣東南，亦名龍陂，接近江漢一帶。此句是說，被送行者是行役往於戰場之地，能不令送行人更為之擔憂？「行役在戰場，相見未有期」，事實上，曹植此一次離別，確實就真的是險些不能返回，這也是甄后的預感。

「握手一長歎，淚為生別滋。努力愛春華，莫忘歡樂時。生當復來歸，死當長相思」這幾句句句血淚，層層深入，先是擔心相見未有期；二是擔心對方忘記了相互之間的恩愛，因此說：「努力愛春華，莫忘歡樂時」；三是囑託，或說是海誓山盟：「生當復來歸，死當長相思」，還是不放心對方不回來。事實上，細心的讀者應該早已經注意到，曹植已經很長時間不說話了，都是甄后的掏心肺腑，不僅僅是這次離別如此，自從建安二十二年之後，曹植早就已經陷入到悔恨與愛的矛盾心境之中不能自拔，也許，他的心裏早已經暗下決心，此一去也，便從此不歸。

聰慧的甄后，應該也能有所感覺，對方原本熾烈的愛情火焰，似乎正在慢慢減退，與自己日益增長的愛戀之火的升騰，恰恰是雙向行駛，這才有如此之多的重重囑託。「握手一長歎，淚為生別滋」的酸楚，有著無窮盡的內涵，這一點，也只有作為當事人的甄后和曹植才知道吧？淚水，並非只有甄后滋生泉湧，曹植想也同此一悲，只不過，兩人悲哀的內涵並不相同，這也是悲劇之所在。

《燭燭晨明月》：

燭燭晨明月，馥馥我蘭芳。芬馨良夜發，隨風聞我堂。
征夫懷遠路，游子戀故鄉。寒冬十二月，晨起踐嚴霜。
俯觀江漢流，仰視浮雲翔。良友遠別離，各在天一方。
山海隔中州，相去悠且長。嘉會難兩遇，歡樂殊未央。
願君崇令德，隨時愛景光。

〔註 14〕〔晉〕陳壽撰〔宋〕裴松之注《三國志．魏書．本傳》，中華書局 1982 年版，第 22 頁。

此詩《文選》題為《詩四首》之四，署名亦為蘇子卿。此詩書寫臨別清晨出發的境況。起首四句：「燭燭晨明月，馥馥我蘭芳。芬馨良夜發，隨風聞我堂。」寫貴族女子化妝：「燭燭晨明月」，寫清晨未曉，點燃燭光，明月尚在，詩中女主人公晨起化妝梳洗，馥馥蘭若，甄氏喜愛香草，此處之「蘭芳」，自比也。三四句承接蘭若馥馥句意，說香氣在這美好良夜，隨風而發，香氣彌漫在堂上。時曹操在征討孫權之戰場，曹植之行，可以途經洛陽，再去追尋曹操的南方戰場，與曹家亳州相近，可以途經故鄉，故曰：「征夫懷遠路，游子戀故鄉」。

「寒冬十二月，晨起踐嚴霜」，點明時間節令，準確地寫明瞭兩者之間離別的時間，是寒冬十二月，當然應該是建安二十四年十二月。驗證了此前關於曹植離開鄴城時間為十二月的推斷。這並不足奇，種種資料證明，蘇李詩確實是建安二十四年甄后送別曹植的送行詩，時間、地點、方位、內容、場景無不一一吻合。

以下六句「俯觀江漢流，仰視浮雲翔。良友遠別離，各在天一方。山海隔中州，相去悠且長」，為第二個層次，是對行者走後境況的懸想：曹操既在征討孫權的南方戰場，故有「俯觀江漢流，仰視浮雲翔」之句，另，曹植《九詠賦》：「尋湘漢之長流，採芳岸之靈芝。遇游女於水裔，採菱華而結詞。」（《曹植集校注》，520 頁）可知，湘漢或是江漢，乃為兩者之間首次定情之語碼之一。

「良友遠別離，各在天一方」，良友，亦為兩人之間相互稱謂的語碼之一。「山海隔中州」，中州，狹義而言，即為河南，廣義而言，也可以指中國，前者為本意：「周公營洛，建表測景，豫州為天地之中，汝南又豫州之中。」因此，曹植所行之路線，正吻合於「山海隔中州」。又，汝南即為甄后之故鄉（上蔡）附近。也有將中州解作「帝都也」，則可以暗指曹植先經洛陽，再南行之征途。曹植詩《遠遊篇》「崑崙本吾宅，中州非我家」，正是漢魏時期第一位在五言詩中採用「中州」語匯入詩者。

結尾四句「嘉會難兩遇，歡樂殊未央。願君崇令德，隨時愛景光」，為第三個層次，再次言說兩者離別之悲哀，未央，出自《詩．小雅．庭燎》「夜如何其？夜未央」，以及《老子》「荒兮，其未央哉」，原有未半、不遠、未盡等含義；此處「嘉會難兩遇，歡樂殊未央」，是說兩人之間，也許難以再次歡會，歡樂的確是未能盡興，但也無可奈何，只能以「願君崇令德，隨時愛景光」相互勉勵而已。由於曹植去見曹操，是故這一組詩，多次以明德、令德之代語作為結尾，以為勉勵也。意味既然離別，就去好好盡孝，崇敬父親曹操，只不過要隨時珍重，珍重生命。

蘇李詩《雙鳧俱北飛》：

雙鳧俱北飛，一鳧獨南翔。子當留斯館，我當歸故鄉。

一別如秦胡，會見何詎央。愴恨切中懷，不覺淚沾裳。

願子長努力，言笑莫相忘。

此詩《古文苑》題為蘇武《答李陵》〔註 15〕。此詩是送行者還是被送行者，不可確認。

前四句「雙鳧俱北飛，一鳧獨南翔。子當留斯館，我當歸故鄉」，點明兩者之間別離之意，「一鳧獨南翔」，是重心所在，指的是曹植獨自南行。「雙鳧俱北飛」，由於重在表達一鳧獨南翔之意，對比而言，雙鳧，這一對恩愛戀人，原本在鄴城北飛，何等幸福！「子當留斯館，我當歸故鄉」，兩者離別，送行者留於斯館，隨後返回，而被送行者將要歸於故鄉。如此解釋為貼切，則此詩為曹植答覆甄后之作。此後，曹植在五個月後返回自幼生活所在的鄄城，由此可知，曹植此行後來返回鄄城，原本在行程計劃之中。

「一別如秦胡，會見何詎央。愴恨切中懷，不覺淚沾裳」，中間四句寫作分別的痛苦，結句「願子長努力，言笑莫相忘」，對送行者的囑託。從送行者和被送行者之間的話語來說，顯然兩者之間的熱情並不均衡，這與筆者此前論證的兩者之間經歷了曹植單相思到兩者熱戀再到曹植曾經出現糾結反思的歷程基本吻合。

曹植此次洛陽之行，之所以肯遠離甄后，其背景和動機大概有：1.兩人之間已經私結連理，急需向父親稟報，並說明這些年的原委，求得父母親的原諒，考慮到曹丕原先得到甄后就是搶來的，當下，雙方同意休妻，並且已經休妻多年，從建安十九年到此時，已經五年多時光，也許能獲得父母的祝福；2.正在準備出發而未能出發之際，傳來父親病重的消息，促進了曹植不得不盡快出發的決心。

反覆斟酌，得知此詩仍為甄后送行之作，「子當留斯館，我當歸故鄉」，指的是兩者之間最後分別的一刻，轉為曹植返身為甄后送行，詩中之「我」為甄后。

〔註 15〕《古文苑》，王雲五主編《萬有文庫》，章樵注，商務印書館，1937 年版，第 191 頁。

第九章　建安二十五年春：曹操去世與《青青河畔草》

第一節　概　說

這一節講述建安二十五年即公元 220 年前三個月的故事。為何這一年只講三個月的事情？是因為中國歷史上的建安年號，只有前一個月時間，這一年，曹氏家族發生了驚天動地的大事，那就是曹氏家族的頂樑柱，也是歷史上曹魏政權的開創者曹操死了，曹操在這一年的正月丁卯死於洛陽，曹丕作為魏王世子繼承王位。《文帝紀》記載：「尊王后為王太后，改建安二十五年為延康元年。」延康者，延續建安也，苟延殘喘也，也就是舊時代和新朝代改朝換代的過渡。

這裡需要提請各位注意，原本應該還有封甄氏為甄妃。但甄氏原本已經和曹丕分手，因此，就連世子夫人應有的名號也沒有，到現在，更沒有王妃的稱號，以後也沒有皇后的稱號。到該年秋季十月和十一月之交，曹丕順理成章登基為帝，漢獻帝禪位，漢帝國正式結束了，年號為黃初。所以，公元 220 年的這一個多事之秋，也就有了三個年號：建安、延康和黃初。

關於曹操之死，很多的記載說是孫權將關羽的首級函封給曹操，曹操開視，見到關羽眉須皆動，曹操驚懼中風而死。中國的史書記載，幾乎都是政治事件的記載，而較少涉及家庭的、個人的事件和隱私對這些歷史人物所產生的影響，似乎每個人都僅僅是一個政治動物。曹操一生征戰無數，從少年時代執戟夜闖張常侍府邸，人莫能敵，鞍馬橫槊四十餘載，怎麼會被關羽的首級驚嚇而死？我們當下所能知道的，是曹操臨終之前緊急詔令他的黃鬚兒曹彰從長安緊急趕來，可惜，等到曹彰趕到，曹操已經咽氣。

另外，我們能知道的，是曹植已經在前一個月的建安二十四年十二月從鄴城趕到洛陽，蘇李詩中所說的，「寒冬十二月，晨起踐嚴霜。俯觀江漢流，仰視浮雲翔。良友遠別離，各在天一方」，正是曹植與甄后依依惜別的真實記錄。現在，我們也就能知道了，為什麼兩人別情依依，難分難捨，卻又不得不執手別離的緣故了。那就是父王病重，十萬火急，不得不離開鄴城。《魏志・曹彰傳》記載：「太祖至洛陽，得疾。驛召彰，未至，太祖崩。」《魏略》：「彰至，謂臨淄侯植曰：『先王召我者，欲立汝也。』植曰：『不可，不見袁氏兄弟乎？』」

根據史料，我們可以知道，當時曹操的兒子在世的，有十一人，但曹操臨終之前卻只分封了四子，也就是封了曹彰為中牟王，曹植為雍丘王，曹彪為白馬王和曹豹為侯。《魏略》的解釋是：因為曹操死的時候，只有這四子在側，但其實，曹彰雖然還在路上，屬於一半在側——由於曹操繫念於心，因此，一併分封了。

我們還能注意到，一個和以前相反的現象發生了，那就是曹丕曹植兄弟再次發生置換，這次是曹植在曹操身邊，身為太子接班人的曹丕反而不在，這不是非常不合於常理麼？不但不在，而且，曹操臨終之前，對太子曹丕隻字未提，這是為了什麼？

曹操臨終之際，太子曹丕不在身邊，為什麼不在身邊？不在身邊又在何處？曹丕一直在鄴城留守。這樣來說，似乎也說得過去，父王出征，太子留守，似乎也是常見的。問題是，自建安十九年曹操出征孫權以來，曹魏政權已經更改為曹丕隨軍出征，曹植和甄后留守鄴城，為何這次曹操臨終，反而顛倒過來，曹植趕赴曹操身邊了呢？而且，病危託孤，不同於尋常出征，怎能太子不來身邊，反而急令手握重兵的另外一子曹彰火速趕來呢？

對於曹操家族的種種內幕，後人只能是匆匆看客，我們所能看到的，只能是外表，也許會隨著歲月的流逝，時光的年輪漸次能揭開神秘的灰塵，歷史的陽光會射進千年的墓葬，把歷史的真相演繹出來。現在，我們所能根據現有史料看到的，是曹彰星夜疾馳在長安到洛陽的驛道上，但當他大踏步闖入曹操在洛陽的府邸時，曹操剛剛離別這個他不捨離去的世界。

曹彰火氣衝衝，面對曹魏群臣，大聲呼喝，魏王玉璽何在？曹操託孤的老臣回覆道，玉璽繫於國家安危，誰敢輕言九鼎？曹彰對曹植說，父王臨終十萬火急召我入京，必定是繼承大統之大事。父王一直對植弟寄予厚望，天人共知。曹植卻冷靜回覆說：兄長難道不見袁本初兄弟麼？袁紹的三個兒子，袁紹喜愛小兒子袁尚，結果長子袁譚不服，兄弟三人，連同甄后的前老公袁熙，在袁紹死後征戰不休，成為袁氏家族內部的袁氏三國演義，最後，都被曹操一一打敗，曹植所說的，正是這個歷史的借鑒。

後來的史學家，都說曹植早已不再與曹丕爭奪王位繼承，所言不虛，但曹植不爭王位，也還僅僅是一個外表的現象，其放著天下而不取，自然有其不可言說的苦衷。對於同樣有遠大政治抱負的曹植來說，他不能甘心於「不假良史之辭，不託飛馳之勢，而聲名自傳於後」的文學，而要做出一番政治功業，「建永世之業，流金石之功，豈徒以翰墨為勳績，辭賦為君子哉！」但自從寫給楊脩的書信，闡發了他的政治理想雄心壯志以來，就再也不聞其政治理想的豪言壯語了。在政治理想與情愛人生的兩者擇一的選題中，他本能地、情願或是不情願地，選擇了以情愛作為自我人生價值的終極體現。

這一抉擇，造就了曹植古今第一大情聖，才高八斗的曹子建，但也造就了政治理想黃鍾毀棄，悲情千古的人生悲劇。

曹操正月庚子（公元 220 年 3 月 15 日）死於洛陽，隨後，二月丁卯（公元 220 年 4 月 11 日），葬于鄴城，曹操臨終之前有遺令，要將寢宮依山而建，不封不樹，號為高陵。高陵在鄴城西三十餘里。曹操正月死於洛陽，隨後，「二月丁卯，葬高陵」，如果近年考古發現為可靠的話，曹操高陵位於安陽西高穴村，西依太行，北臨漳河，南依南嶺，向東 14 公里為鄴城遺址。也就是說，在鄴城西面 14 公里，也稱西陵。曹植跟隨送葬到此。並在此為其父守葬。

原題為《李陵詩》殘句：「嚴父潛長夜，慈母去中堂。行行且自割，無令五內傷。」李善《文選》二十一曹植《三良詩》注：「李陵詩：『嚴父潛長夜，慈母去中堂。』」（《文選》384 頁）更為貼切吻合於曹植此時的境況，可惜全詩遺失，僅存四句，見李善注《文選》以及《文選》卷五十九，沈休文《齊故安陸昭王碑文一首》（《文選》1092 頁）注引李陵詩。「嚴父潛長夜，慈母去中堂。行行且自割，無令五內傷。」「嚴父潛長夜」，自然是說嚴父已死，千古長夜，中堂，《儀禮．聘禮》：「公側襲受玉於中堂與東楹之間。」鄭玄注：「中堂，南北之中也。」應該是說慈母也離開中堂府邸前來參加喪禮。「行行且自割，無令五內傷」，是說自己的悲哀，如同刀割，而且是自己割傷自己的五內，可知其痛苦之極。

此遺失之四句，「可能同出一篇」〔註1〕，同為李陵詩之一，同此，當為曹植遺失詩作，當寫在曹操死後不久之建安二十五年二月守靈之作。

李商隱的《東阿王》詩說：

國事分明屬灌均，西陵魂斷夜來人。

君王不得為天子，半為當時賦洛神。

此詩很有意味：「君王不得為天子，半為當時賦洛神」，說出了筆者所論建安後期曹植基本放棄繼承之爭而將自己的生命皈依寄託於愛情的癡迷狀態。而李商隱詩中的前兩句，則說出了黃初二年灌均彈劾的事件：「國事分明屬灌均，西陵魂斷夜來人」，曹植雖為侯王，但權力分明掌握在灌均之手；子建在父王西陵守墓中悲痛欲絕，但你可知道那半夜來造訪的人？

一首小詩將曹植、甄后、灌均三個名字串聯一處，而涉及地點和時間的，乃是第二句的「西陵魂斷夜來人」，曹操的陵墓在古鄴城西，故後世稱作西陵，又稱高平陵。

西陵魂斷夜來之人為誰？此前讀不懂，現在大抵可以想明白，這是曹植在西陵為曹操守墓期間，甄后夜來探視的場景。因為後面兩句分明點出：「君王不得為天子，半為當時賦洛神。」君王指的是曹植。曹植隨後為鄄城王、雍丘王、陳王，死後謚號為陳思王。

曹植之所以沒有成為帝王，一半的原因是因為洛神。洛神當然是指甄后。《魏書．蘇則傳》記載：曹植與蘇則「聞魏氏代漢，皆發服悲哭，文帝聞植如此，而不聞則也。帝在洛陽，嘗從容言曰：『吾應天而禪，而聞有哭者，何也？』」〔註2〕裴松之注引《魏略》曰：「臨淄侯植自傷失先帝意，亦怨激而哭。」〔註3〕則曹植應該是在初聞曹丕登基為帝之時怨激而哭，其哭原因，為「自傷失先帝意」，則夜哭西陵，當指此事。

至於曹植如何對待「西陵魂斷夜來人」的甄氏，這一夜兩人之間發生了什

〔註1〕逯欽立《先秦漢魏晉南北朝詩》，木鐸出版社，1982年版，第341頁。

〔註2〕〔晉〕陳壽撰〔宋〕裴松之注《三國志．魏書．蘇則傳》，中華書局1982年版，第492頁。

〔註3〕〔晉〕陳壽撰〔宋〕裴松之注《三國志．魏書．蘇則傳》，引〔魏〕魚豢《魏略》中華書局1982年版，第493頁。

麼樣的故事？只有天知道。但可以想見的，是曹植情緒激動，難以自控，他認為是自己和甄氏的亂倫之戀害死了父親，他不能原諒自己，也不能原諒甄氏，至於恢復兩者之間的關係，則必定是斷然回絕，沒有挽回的餘地。

第二節　「空床難獨守」的呼喚

再看《古詩十九首·青青河畔草》：

> 青青河畔草，鬱鬱園中柳。盈盈樓上女，皎皎當窗牖。
> 娥娥紅粉妝，纖纖出素手。昔為倡家女，今為蕩子婦。
> 蕩子行不歸，空床難獨守。

此詩原為《文選》卷二十九，《古詩十九首》其二，筆者原判斷為甄后黃初二年暮春初夏之際思念曹植所作，本書稿付梓前夕，有幸閱讀柳如是《擬古詩十九首》，柳如是認為此詩寫作於延康元年，斯時曹植為父親曹操守靈，甄后迫切希望與曹植相會所作。柳說為是。先看筆者此前的分析文字：

《青》詩與甄氏之死的背景吻合，甄氏昔為袁熙之妻，袁熙不能保護她，使她如同倡家之女：《後漢書》卷七〇《孔融傳》記載：建安九年，「曹操攻屠鄴城，袁氏婦子多見侵略。而曹子丕私納袁熙之妻甄氏。融乃與操書，稱『武王伐紂，以妲己賜周公』」，而魚豢《魏略》更記載了曹丕私納甄氏的細節：「文帝就視，見其顏色非凡，稱歎之。太祖聞其意，遂為迎取。擅室數歲。」〔註4〕同時，更記載了曹丕是先「擅室數歲」後才迎娶甄氏的，此則何異於「倡家女」？

「蕩子婦」曹植自建安二十四年十二月離別，甄后成為別種意義上的「蕩子婦」。「蕩子」，見曹魏時代的《古詞·雞鳴》：「蕩子何所之，天下方太平。」江夏王劉義恭《游子移》：「三河游蕩子……懷挾忘憂草。綢繆甘泉中，馳逐邯鄲道。」（1247）後人說曹子建「如三河少年，風流自賞」，故知此處之「三河游蕩子」與此詩之中「蕩子行不歸」，指的都是曹植。甄后自稱「昔為蕩子婦」，正說明此前兩人之間的私結連理的關係。此詩所寫，可以視為又一首女性展示自己魅力、發出性愛呼喚之作。

簡文帝蕭綱《傷美人詩》：「昔聞倡家別，蕩子無歸期。今似陳王歎，流

〔註4〕〔晉〕陳壽撰〔宋〕裴松之注《三國志·魏書·后妃傳》，引〔魏〕魚豢《魏略》中華書局1982年版，第160頁。

風難重思。……圖形更非是，夢見反成疑。薰爐含好氣，庭樹吐華滋」，將「昔為倡家女，今為蕩子婦。蕩子行不歸」與「昔聞倡家別，蕩子無歸期。今似陳王歎」之「陳王歎」連為一體，曹植《美女篇》「中夜起長歎」，可知曹植《美女篇》中的美女，即十九首中的「倡家女」；「薰爐」，甄后詩，見前文；「庭樹」，十九首「庭中有奇樹，綠葉發華滋。」

邵陵王綸《代秋胡婦閨怨》：「蕩子從遊宦，思妾守房櫳。塵鏡朝朝掩，寒床夜夜空。若非新有悅，何事久西東。知人相憶否，淚盡夢啼中。」（《玉臺》254 頁）此詩代秋胡婦閨怨，秋胡婦正是甄后之代稱，此作將秋胡婦之閨怨的內心世界揭示無遺。

柳如是的擬作《青青河畔草》：「颻颻華館風，鳧鳧玄嶺草。習習翔絳晨，淫淫睹窅眇。翼翼眾奇分，澤澤凌青照。羈望久難慰，星漢長飄颻。佳期安可尋，綴目成新眺。」此一首重在關注兩個地名或說是場所，一是「華館」，一是「玄嶺」。

如前所述，劉楨《公讌詩》較為詳盡地描述了二曹六子等人「永日行遊戲，歡樂猶未央」，餘興未盡，一直玩到晚上，「遺思在玄夜，相與復翱翔」的景況，有關華館，則有這樣的描寫：「華館寄流波，豁達來風涼。生平未始聞，歌之安能詳？投翰長歎息，綺麗不可忘。」「生平未始聞，歌之安能詳」，這裡說的生平未始聞者為誰？再看「歌之安能詳」，則顯然在華館的歌者是位女性，聯想劉楨曾經因為仰視甄氏而獲刑，時間在建安十六年，與筆者所論的遊宴詩興起的時間正相吻合。可知，華館即為甄后在這段時間的住所。「投翰長歎息，綺麗不可忘」者，正為當時的甄氏所歎也。

既然「颻颻華館風」指的是甄后居所，代指甄后，則「鳧鳧玄嶺草」理應指的是曹植此時之所在，並以此代指曹植。玄嶺：高峻的山嶺。嵇康《琴賦》：「玄嶺巉岩，岝峉嶇崯。」與「青青陵上柏」的陵相互呼應，此處指的是曹操的陵墓所在高陵，其中鳧的含意用意較深，鳧的本意是野鴨，但也不至於將曹植比喻為野鴨或是家鴨，這裡用的是一個典故，詩經中的《生民之什》之四《鳧鷖》：「鳧鷖在涇，公尸來燕來寧。爾酒既清，爾肴既馨。公尸燕飲，福祿來成。」鳧鷖是西周成王後期開始的一種祭祀活動，以活人扮演先祖來加以祭祀。因此，柳如是此一句的意思是說，當甄后苦苦思戀曹植欲求一見，而曹植卻在曹操的陵墓守靈。理解了這一點，此一首全詩甚至都不必過於細緻解讀，其學術史貢獻已經很大。

這首詩也是在描寫甄后和曹植分隔兩地時的情景，一個在華館，一個在守靈。兩者之間隔水空望，那深淵幽怨的眼神彷彿從天地初開而來，纏綿不可斷絕。望得太久了，內心的煎熬無法安慰，於是星漢銀河成了寄託情思的歸屬。佳期不知還能盼到，等待周而復始。與原詩《青青河畔草》相比，既寫出了與「昔為倡家女，今為蕩子婦」同樣的思婦之情，又補充了情感發生的緣故和場景、樓上女所在地點是華館，「星漢長飄飖」對應「纖纖出素手」，說明《青青河畔草》和《迢迢牽牛星》本是一人為一事而作。「佳期安可尋，綴目成新眺」也是對「蕩子行不歸，空床難獨守」這一畫面的再次演繹。「佳期」一詞明確與李商隱《代魏宮私贈》「來時西館阻佳期，去後漳河隔夢思」語出同源，後引申為七夕傳說中牛郎織女相會的日子，如秦觀《鵲橋仙》：「佳期如夢。」

回到《青青河畔草》，詩中說：河畔的青草已經碧綠，園中的柳樹蔥蔥郁郁。你能看到麼？樓上那盈盈美女，如同皎皎之日，迎候你在熟悉的窗口。你能看到麼？那美麗的紅妝與翠袖中不經意間露出的纖纖玉手。唉，昔日如同倡家之女，今日卻是蕩子之婦。蕩子久行不歸，你讓我獨守空床，我這如花似玉的青春，空床怎生得守？

挾帶著女性的體香，挾帶著熟悉的氣息，挾帶著性的誘惑，您說，曹植展讀來信，還能怎麼辦呢？拼著一死，也要回去了。回來吧，你這浪跡天涯的游子，回來吧，回到溫柔的戀人的懷抱。但是，此時此刻的曹植，就硬是硬著心腸未與甄后會面，不但不與戀人會面，隨後，他擅自跑去了一個地方躲避了起來。

第三節　所遇無故物：曹植私去鄄城

曹植在安葬完曹操之後去了何處？有幾個選擇：首先，甄后在鄴城翹首以盼，盼望他早日團圓，回到鄴城兩人的愛巢，這是愛情的召喚；其次，當時的朝廷所在，曹丕也同樣身在鄴城，回到朝廷中心，這是政治事業的召喚；其三，既然曹操陵寢安在鄴城，曹植扶柩哀哭，已經跟隨送葬回到鄴城，則理應繼續守在鄴城。因此，曹植留在鄴城，可謂是一舉而三得。

但這僅僅是我們後人根據表面的邏輯而做出的推論，而歷史的真實情況卻是，曹植僅僅在鄴城逗留到該年四月左右，就離開了鄴城。而且是擅離職守，自己任性地跑到了一個地方躲了起來。在安葬父王曹操之後，曹植去哪裏躲避了呢？自然是去他的故鄉鄄城。曹植從出生的第二年就生活在鄄城，鄄城的一草一木，他都感到分外的親切。父親的去世，對曹植無疑是一個致命的打擊，他覺得父親的去世，和他與甄后的亂倫戀情有直接的關係。

在曹操病重回到洛陽之後，有可能曹植向父親一吐心聲，懺悔了一切，當然，也包括什麼私闖金馬門等錯誤的發生，都是為了兌現對兄長的諾言，將世子太子的繼承權交付給子桓兄長。這才有了曹操大徹大悟，憤怒中急招黃鬚兒曹彰來洛陽，託付後事，可惜，晚了一步。是呀，晚了一步，早了一步又當如何？曹植繼承大統又當如何？天知道。

而此刻，曹植無論如何都難以化解他心頭的哀痛，難以化解他無可言說的懺悔，他需要冷靜一些來想想所有的這一切，至少，在為父親守節的時間裏，他不能和女人在一起，更不能和甄后在一起。於是，他一個人，悄悄去了他的故鄉——鄄城。關於曹植在曹操死後首次去鄄城的時間，一直有爭論，曹植《求祭先王表》說：

> 臣雖比拜表，自計違遠以來，已逾旬日，垂近夏節方到，臣悲傷有念，先王公以夏至日終，是以家俗不以夏日祭。……臣欲祭先王於北河之上。〔註5〕

俞紹初先生據此考證：「『河』在古籍中專指黃河，東漢、三國時代的文獻以『河』稱黃河的例證在在皆是。」「因此《表》《詔》所說的河上當是黃河之畔」，「鄄城，據《水經注・河水注》，『在河南十八里』，屬於『河上之邑』」，「鄄城西北至鄴五百里」。

曹植這次上表的時間，是延康元年四月，因為夏至日在此年為五月初三或初四，又根據曹植《表》中所說：「自己違遠以來，已逾旬日」計算，推定曹植初次就國是在延康元年四月十五日左右，其時離曹操下葬相去不遠，這次祭奠曹操的地方，正是鄄城。

可知，曹植是在這一年，也就是曹操去世的這一年的四月十五日，去了距離鄴城東南方向約五百里的鄄城。到達鄄城十三天之後，也就是四月二十八日，曹植才第一次給曹丕上表，向準皇帝兄長彙報自己的行蹤，並說明自己來到鄄城，是要在鄄城祭祀先王曹操。這就可以得知，曹植在曹操死後，不僅沒有被拘禁起來，反而是十分自由的，不僅僅是自由的，而且是十分任性的——他並未事先報告，而是先斬後奏，自己跑到了五百里之遙的鄄城。

看曹丕《詔》對曹植上表的回覆：

〔註5〕趙幼文校注，《曹植集校注》，人們文學出版社1984年版，第207頁。

得月二十八日表，知侯推情，欲祭先王於河上，覽省上下，悲傷感切。將欲遣禮以紓侯敬恭之意，會博士鹿優等奏禮如此，故寫以示。開國承家，顧迫禮制，惟侯存心，與吾同之。〔註6〕

曹丕回詔，說得到曹植（四月）二十八日表，得知君侯曹植推情，要去祭奠先王於河上，閱讀之後，非常悲傷感切，正要派遣人帶去禮品以便舒解君侯的悲哀之情，但博士鹿優等人上奏，說君侯曹植所為，不合於禮法，希望君侯曹植能與我同心。是故，曹丕此詔題目，應是《三曹年譜》所說《止臨淄侯植求祭先王詔》。〔註7〕

從曹丕的詔書回覆來看，兩者之間此時的關係，尚屬正常階段，並無後來曹植的那種惶恐死罪的心態。因此，大體可以確定，曹植於延康元年四月中旬左右，以臨淄侯身份從洛陽來到鄄城。

鄄城，這是曹操的第一個根據地，也是一個令曹植魂牽夢繞的地方。它坐落在當下山東兗州境內泰山西麓的梁山腳下，北臨黃河十八里，與另一個令曹植終生牽掛夢牽魂繞的地方——鄴城阻隔著黃河天險，隔河而望。所謂「迢迢牽牛星」和「皎皎河漢女」，隔河相望，那刻骨銘心的愛刻骨銘心的思念卻不能相見的悲情故事，正是在這個背景之下的創造。

那是一對生生死死到死死生生苦戀的戀人，當一切語言都顯得如此蒼白無力的時候，熱戀中的人，唯有能選擇以一種詩的形式，通過書信往返，一字字、一句句，記錄下、刻寫下就像是春草一樣滋生起來的種種感受，來向對方傾訴自己心中洶湧澎湃思念的激情。

她和他，原本並沒有意識到，這種深情的自然流露，就是古今以來最好的詩，他和她更沒有想到，這些原本是兩人之間私密的戀人間的悄悄話兒，後來竟然成為兩者之間通姦不軌的證據，而被送到帝王、太后的書案之前，隨後的故事，自然是殺的殺，流放的流放，演出了淒淒慘慘、悲悲戚戚、生離死別、驚心動魄的故事。那僥倖活下來的，魂不守舍，便依照著生離死別前夕的約定，一從待罪之地放出，就由著靈魂的指引，繞行到那說好七夕成仙的緱山，和已經死去的洛神對話，寫下了千古傳揚的動人篇章《洛神賦》。以後，又將這淒淒慘慘、悲悲戚戚的生離死別故事，在戀人生前創作的基礎

〔註6〕〔宋〕李昉等編纂《太平御覽》卷五二六，中華書局1960年版，第2390頁。
〔註7〕〔明〕張溥《漢魏六朝百三名家集》《魏文帝集》，臺灣文津出版社，第973頁；張可禮編著《三曹年譜》，齊魯書社1983年版，第174頁。

之上，完成了敘事的詩篇《孔雀東南飛》，來演唱表演給那已經做了帝王的兄長來看，皇帝無限的怒火，便令他七步作詩，那弟弟滿腔的悲憤，字字血淚地吟詠出來，再次換得了性命。

然而，到了他的侄子做了皇帝，臨終前死不瞑目，不能咽下這口氣，不能容忍他的叔叔和自己母親亂倫的戀情，被無數後人恥笑，更何況，母親和叔叔之間原本作為書信的情詩，這些情詩寫得如此的赤裸，如此的煽情，如此的……，分明就像是將母親的裸體照展示給了後人。作為一代帝王，難道就眼睜睜看著這種恥辱留給後人麼？機會終於來了，叔叔三番兩次要求來京覲見，正中下懷，做了皇帝的侄子，盛情款待了那給他帶來恥辱的叔父，卻不斷累積地在酒宴中給他下毒。

後來的故事，當然就是，叔父死在了侄子之前，而這些令他不堪的詩作，也被他以寬容的姿態下詔書，將他的文集重新撰錄，將最為不堪的詩作剔除出來，分別安排到古今不同的人身上，也安排給了父親和自己一些，從此，原本不會寫詩的皇帝，也成了小有名氣的詩人。這個王朝，原本就建立在打打殺殺的戰場，道德的淪喪，思想的通脫，一方面自然是對傳統秩序的顛覆和解放，另一方面，就像是一柄雙刃劍，它也造就了自身王朝的短祚。歷史從此進入到魏晉南北朝、五胡亂華的戰亂時代，在這樣的戰亂時代裏，有誰還能想到為這個歷史冤案還原其歷史的真相？

於是，這些從文集中刪除下來的悲情詩作，就成了失去作者姓名的「古五言詩」，以後又簡稱之為「古詩」，其中有十九首被昭明太子選入到《文選》中，從而成為《古詩十九首》，卻不知道，古詩並非僅有十九首，約有近 60 首，也許更多一些。還有很多進入到別人的名下，從漢武帝時代的蘇武、李陵到東漢後期直到建安時代，都有這些散落的珠璣在別人的名下閃耀。

到了唐代的時候，雖然和這些歷史事件的發生時間已經久遠，人們已經無法確認這些無名氏古詩的出處背景，但對曹植甄后戀情的記載，卻是堅信不疑的，其中包括李白、李商隱的詠史詩，補充了兩人之間戀情的許多細節。

到了南宋後期，由於理學的興盛，一些儒者難以接受這亂倫的戀情，開始給予各種質疑，主要是認為兩人之間年齡的差異大，不可能構成戀情，或是從倫理的角度，說是這種禽獸行為，是給曹植潑污水。殊不知道，愛，原本就是人性的本質體現，對於相戀的雙方來說，不論是年齡的差異還是倫理的束縛，都不能做到有效的阻攔。愛，就像是一粒蘋果從蘋果樹上落在地面，就是那樣自自然然地發生了，從而成了歷史。無數人從這落在地上的蘋果之前走過，卻罕見有人認真研究其中的原理，只有一位傑出的科學家發現了，由此發現了地球引力的原理。

古詩從作者詩集中跌落，正像是這一粒蘋果，它的原理也正像是地球引力的原理，她是人類的愛。愛是萬物之始，是一切生命創造的本源，也是這些令後來讀者感受驚心動魄、幾乎是一字千金的五言古詩產生的淵藪。歷史的悲劇在於，當科學家完成了地心引力這一偉大的探索之後，世人很快就接受了這一偉大的發現，而對古詩之謎案的揭櫫，世人卻需要相當長的歷史時期才能相信其為歷史的真實，也許永遠不能像是對地球引力那樣來最終接受。

還是回到鄄城和鄴城的方位關係，鄴城在西北，鄄城在東南，公元 220 年，曹操死於洛陽，曹植在曹操死前的嚴冬十二月，離別鄴城，趕赴洛陽或是遠在江漢的古戰場，去看望病重的父親，甄后一路遠行相送，依依難捨，一直送到淇水之陽。後來這些送別詩，被小皇帝安排到了西漢的李陵蘇武的名下。曹操死後，曹植沉痛萬分，反省自己，跑到了自己的故鄉鄄城躲避起來，甄后思念萬分，難耐饑渴，不斷發出書信寫給曹植，從而出現了後來很多無名氏古詩的「西北」「東南」方位的詩句，學者們往往驚訝於為何春天的鳥兒還要東南飛，卻不明白，這些怪異的現象，原本就是兩個戀人之間的暗碼，局外人是看不懂的。這樣的暗碼還有很多，留待後文隨著情節的推進，陸續演示給各位讀者。

十九首中之《回車駕言邁》：

> 回車駕言邁，悠悠涉長道。四顧何茫茫，東風搖百草。
>
> 所遇無故物，焉得不速老。盛衰各有時，立身苦不早。
>
> 人生非金石，豈能長壽考。奄忽隨物化，榮名以為寶。

此詩《文選》列為《古詩十九首》其十一，實則可初定為延康元年（同樣在公元 220 年）四月，曹植寫作於鄄城較為貼切。全詩顯露的主旨，與曹植在經歷自父王死後所發生的與甄后分手事件之後對於自我人生抉擇的徘徊與彷徨。

「回車駕言邁，悠悠涉長道。四顧何茫茫，東風搖百草。」「四顧何茫茫」，正為詩人此時彷徨之寫照，「東風搖百草」，則顯露出來時令為東風勁吹之春季。「所遇無故物，焉得不速老？」曹植自出生之後兩歲開始在鄄城生活，到建安九年十三歲離開鄄城到鄴城，再到延康元年（220）四月重回鄄城，中間相隔十五、六年左右，物是人非，因此才會有「所遇無故物」的感歎。

如果將此詩安放到黃初二年早春，則與「所遇無故物」的那種久別重歸的直接感受不能吻合。再從「榮名以為寶」來看，詩人之抉擇，乃在落足於保持自己名節，也就是對甄后要求自己返回鄴城破鏡重圓的否定。

有關曹植的生平，特別是從曹操之死到甄后被賜死，也就是從建安二十四年歲末到黃初二年（219～221）前後，由於史家「為尊者諱」，需要有意遮蔽曹植甄后之間的不倫之戀，這一時期曹植的行蹤及其詩作，含混不清。

《魏志・曹植傳》記載：「文帝即王位，誅丁儀、丁廙並其男口。植與諸侯並就國。黃初二年，監國謁者灌均希旨，奏『植醉酒悖慢，劫脅使者』。有司請治罪，帝以太后故，貶爵安鄉侯。其年改封鄄城侯。三年，立為鄄城王。」〔註 8〕根據《魏志》這一記載，則曹植與諸侯是在文帝甫繼王位，誅殺丁儀兄弟之後，也就是延康元年就國，而當下多數學者認為：曹植一直到黃初二年、三年之際，才先後封為鄄城侯、王，延康元年之際，曹植還是臨淄侯，因此，也有學者認為曹植在延康元年之際，是去臨淄就國。

《三曹年譜》：延康元年「曹植就國臨淄」〔註 9〕，但也有學者認為，曹植是在延康元年以鄄城侯身份就國於鄄城，這樣，曹植封為鄄城侯和就國鄄城的時間都不清晰。與此相似，曹植《上九尾狐表》稱：「黃初元年十一月二十三日於鄄城縣北，見眾狐數十首在後」〔註 10〕，曹植自己的這一上表與史書記載的曹植於黃初二年、三年就國鄄城，也同樣是矛盾的，因此，多數學者皆認為是曹植筆誤。如，趙幼文在此文下按語說：「曹植本傳其年（黃初二年）改封鄄城侯，而此表已云於鄄城縣北，豈黃初元年已至鄄城北耶？」〔註 11〕因此，趙幼文認為，是曹植受封為鄄城侯的時間不對，不是黃初二年，而是元年，他在《年表》中說：曹植「於丕即王位後，改封鄄城，史未言，蓋略也。」（同上，575 頁）。

說曹植在曹操死後即受到曹丕迫害，這是不吻合於歷史實情的。明人李夢陽曾說：「以植之賢，奪儲特反掌耳。而乃縱酒鏟晦，以明己無上兄之心。」

〔註 8〕〔晉〕陳壽撰〔宋〕裴松之注《三國志・魏書・曹植傳》，中華書局，1982，第 561 頁。

〔註 9〕張可禮編著《三曹年譜》，齊魯書社，1983，第 172 頁。

〔註 10〕〔魏〕曹植《上九尾狐表》，《曹植集校注》，趙幼文校注，人民文學出版社，1984，第 235 頁。

〔註 11〕《曹植集校注》，趙幼文校注，人民文學出版社，1984，第 236 頁。

（《曹植集》李序，553 頁）看出了曹植並非繼承人爭奪的失敗者，而是有意失敗者，對此，前人基本都解釋成曹植的謙讓，如李夢陽引文中子：「陳思王達理者也，以天下讓耳猶衷曲莫白，窘迫歿身。」（同上），將曹植理解為讓梨之孔融，這也是對曹植極大的誤解。須知，這是曹操在思想上易代革命之後的曹魏版圖之內，況且是「以天下讓」這樣的大事。曹植若能得到天下，豈可拱手相讓？但事實上，曹植又確實發生了「以天下讓」的行為。若非曹丕讓妻，曹植豈肯讓國？此後，曹植在曹操死後極為自由任性地游蕩於洛陽、鄄城、鄴城之間的行蹤，也充分說明了曹操死後這一年多的時間，曹植並未受到任何的迫害。同時說明，以後曹植待罪南宮，與繼承人爭奪無關。

曹彰在曹操死後，趕到洛陽，欲立曹植繼統而被曹植拒絕，而黃初二年甄后賜死，曹植待罪南宮，要扶持曹植繼承大統的曹彰卻仍然自由，不僅自由，而且甚為囂張，如果有關爭奪繼承人，就不合情理了。史書記載：黃初元年、二年之際，曹丕初登帝位，尚未穩固，而曹植等諸弟也未有其他罪過，行動還比較自由。裴松之《魏志．曹彰傳》下引《魏略》：

> （曹彰）意甚不悅，不待遣而去……及帝受禪，因封為中牟王。是後大駕幸許昌，北州諸侯上下，皆畏彰之剛嚴，每過中牟，不敢不速。〔註 12〕

說曹彰非常不高興，不等候派遣就自行離去。到曹丕登基後，封為中牟王，曹丕大駕幸許昌經過中牟，每次經過中牟，都「不敢不速」，皇帝的車駕經過曹彰所在地，不敢不速，說明就連魏文帝曹丕本人對曹彰也還是敬畏三分的。所以說曹丕即位伊始，就對當年有過爭鬥繼承人的相關人進行迫害，並非史實。

曹丕於黃初三年三月，立「弟鄢陵公彰等十一人皆為王」，至該年四月「行還許昌宮」〔註 13〕，《魏志》所記載「每過中牟，不敢不速」的事情，當發生於黃初三年四月。這說明一直到黃初三年，在曹丕踐阼一年半左右，曹丕雖登基為帝，但曹丕諸弟如曹彰等，仍然對曹丕構成一定的威懾力。到黃初三年，曹彰等被封為王，只有曹植晚於諸位兄弟封王，而且是縣王，如果是政治爭奪，曹彰之罪豈不大於曹植？豈能僅有曹植待罪南宮？

〔註 12〕〔晉〕陳壽撰〔宋〕裴松之注《三國志．魏書．曹彰傳》，引〔魏〕魚豢《魏略》，中華書局，1982，第 557 頁。

〔註 13〕〔晉〕陳壽撰〔宋〕裴松之注《三國志．魏書．文帝紀》，第 79～80 頁。

曹操一死，曹丕就殺死了丁儀丁翼兄弟和在此前慢待他的小人孔桂等人。曹植作《野田黃雀行》詩作，表達了自己的憤怒和無奈：

高樹多悲風，海水揚其波。利劍不在掌，結友何須多？

不見籬間雀，見鷂自投羅？羅家得雀喜，少年見雀悲。

拔劍捎羅網，黃雀得飛飛。飛飛摩蒼天，來下謝少年。

曹植幻想中，自己拔劍砍斷了羅網，放走了網中的黃雀，但現實畢竟是現實，苦難，還在後面。